いねむり先生

伊集院　静

いねむり先生

その人が
眠むっているところを見かけたら
どうか　やさしくしてほしい
その人は　ボクらの大切な先生だから

出逢い

ソ連のチェルノブイリで原子力発電所の事故があった年の冬、ボクは一人で六本木《ろっぽんぎ》の通りを歩いていた。

東京タワーのむこうに人の肌に似た月がふるえながら浮かんでいた。

ボクは、昨晩、K先輩から教えられた待ち合わせのビルのメモ書きをポケットから取り出した。目当てのビルは鳥居坂《とりいざか》の交差点を少し下った場所にあった。

螺旋《らせん》階段を三階まで上ると店の扉があった。中に入るとカウンターの隅にKさんは一人でいた。

「やあ」

Kさんはちいさく手を上げて笑った。

「すみません、遅れてしまって……」

「今、来たところだよ」

ボクはKさんの隣りに座って飲みはじめた。

バーテンダーの背後は広いガラス窓になっており、そこにも月が浮かんでいた。

「昨日、ジャズを聴きに行ったんだよ。知ってる人が、勇気が出るって、言うんでね」

「はあ」

「それほどでもなかったね」

Kさんは笑って煙草《たばこ》に火を点《つ》けた。

煙りが窓の月に重なるように流れていた。

「どう調子は？　相変らずいろいろ行っているの」

Kさんはボクがあちこちのギャンブル場をうろついているのを知っていた。

「そうですね。あちこち……。何があるってわけじゃないんですが……」

Kさんは、新婚ほどなく妻を亡くして田舎《いなか》に引っ込んだボクに、時折、連絡をくれて、上京したら逢《あ》いにくるように言ってくれた。

宿無しのボクを気遣って、家に泊めてくれたり、知人のホテルマンに連絡して宿泊先を紹介してくれたりした。

Kさんの家族はとても親切で、泊った翌朝など可愛《かわい》い姪《めい》っ子さんが朝食を用意してくれたりした。ボクはKさんに甘えるばかりで仕事もせず、あちこちに出かけて遊んでいた。

Kさんはウィスキーを注文し、繋《つな》ぐように煙草に火を点け、やや間を置いて言った。

「そろそろ東京に戻ったら」

「は、はい」

「君に逢わせたい人がいてね」

Kさんがボクに人を逢わせたいと言ったのは初めてだった。

「いい人なんだよ。チャーミングでね」

その時、Kさんの目がやわらかになった。

その夜は六本木界隈《かいわい》で酒場を二軒回り、Kさんと別れた。

年が明けて、田舎にいたボクのところにKさんから丁寧な手紙が届いた。手紙には放埒《ほうらつ》な生活をしているボクを心配しているKさんの気持ちが籠もっており、Kさんの本業のユーモアのあふれた絵で皆して遊ぶ光景までが描いてあった。Kさんは上京をすすめていた。手紙の追伸に一行あった。

〝ぜひ一度、逢わせたき人がいます〟

二月の中旬に田舎を出て、途中、関西を回り、岐阜、松阪《まつさか》に少し逗留《とうりゅう》し、三月の初めに東京に着いた。

浅草《あさくさ》のホテルからKさんに連絡を入れると、今夜、空いているかと訊《き》かれた。電話のむこうのKさんの声がいつになくはずんでいるように聞こえた。

四谷《よつや》のバーで待ち合わせ、あらわれたKさんは口早にウィスキーを注文し、その一杯を引っかけるようにして飲み干し、行こうか、と立ち上がった。

タクシーの中でKさんが言った。

「＊＊＊さんは知ってるよね」

ボクは首をかしげた。

「ほら、＊＊を書いた作家の人だよ」

「はい、名前は聞いたことがありますが作品を読んだことは……」

「＊＊＊＊を書いた＊＊＊は知ってるだろう」

「その人ならよく知ってます」

「同じ人なんだよ」

「えっ、そうなんですか」

その名前は麻雀《マージャン》好きなら大半の人が知っていて、昔、深夜のテレビで〝麻雀の神様〟と呼ばれていて、ボクも麻雀を打っている姿を見た覚えがあった。ただその人がどんな人なのかは何も知らなかったし、雰囲気だけがやけに玄人《くろうと》っぽく、顔さえもよく覚えていなかった。

「その人に逢わせたいんだ」

Kさんは少し興奮気味に言った。

――逢わせたいと言っていたのは、その人のことだったのか。

新宿《しんじゆく》の路地裏にある店は客が十人も入れば満杯になるひろさだった。

Kさんは店に入ると奥を覗《のぞ》き見て、

「いた、いた」

と嬉《うれ》しそうに言った。

店の奥にテーブル席がひとつだけあった。

カウンターの客の背中を避《よ》けながら奥に着くと、その人が首をうなだれて目を閉じていた。

ぽっこりと出たお腹《なか》が赤ん坊のようで、そのお腹の上に両手を行儀良く揃《そろ》えて置いたぽっちゃりとした手も赤ん坊そのままのように見えた。

店の中にはジャズのセッションの激しい音が流れていた。

Kさんはテーブルの前に立って腕を組み、感心したように言った。

「よく寝てるなあ……」

Kちゃん、何を飲むの。カウンターの中から女性が訊いた。

「何にする？」

Kさんがボクを見た。

「今夜は逢えたから少し張り込むか」

Kさんが特上のウィスキーの名前を口にした。

「ダブルでふたつだ」

あら何かいいことでもあったの？　カウンターの女性が笑った。

Kさんとボクはグラスを手にテーブル席の椅子に腰を下ろした。

「＊＊＊さんで＊＊＊＊さんだ」

Kさんがふたつの名前を口にして相手を紹介した。眠むってる人を紹介されてもどうしていいかわからなかった。

「お疲れなんですかね」

ボクは周囲の騒々しさにも眠むり続けている相手の様子を見て訊いた。

「いや、よく眠むるんだ。歯ミガキ粉は白。消防車は赤。先生は眠むるってとこかな」

「はあ……」

Kさんはその人をじっと見ながらグラスのウィスキーを飲んでいた。その人を眺めているとがKさんの酒の肴《さかな》のように思えた。

大きな頭だった。首を折るようにして眠むっているから頭のてっぺんがボクの目の前にあった。頭髪は見事にてっぺんからなくなっていたから、その異様なまでの巨頭が何か人間とは別の生きものの身体《からだ》の一部のように思えた。

「それにしてもでっかい頭だな……」

Kさんが笑って言った。

ボクはKさんの横顔をちらりと見た。

こんなふうに愉《たの》し気《げ》なKさんの表情を、これまで見たことがなかった。

――Kさんは本当にこの人が好きなんだ……。

大きな頭と赤ん坊のように可愛いお腹と行儀良く合わせた指が何とも愛らしく思えてきた。

店内に流れる音楽が別のジャズセッションにかわった。入口の方で客同士が何やら言い合う物音がしていた。店の女性も他の客も気に留めていない。

諍《いさか》いの声のせいもあったがボクにはこの店が騒々しく思えた。

それにしてもよくこんな騒々しい所でこの人は眠むっていることができるものだと思った。

Kさんが相手に顔を近づけ唇を突き出し、冗談半分に言った。

「この野郎、いつまで寝てるつもりだ」

ダメよ、起こしちゃ、店の女性が言った。

「わかってるよ」

Kさんは言って空になったグラスをボクにむかって振った。

ボクはKさんのグラスを手に立ち上がり、カウンターの女性に二杯目を注文した。

グラスを手にテーブル席に戻ろうとすると、その人が目を開いていた。

「ようやくお目覚めですか」

Kさんがその人の顔を覗き込んでいる。

その人は自分を少しずつ目覚めさせるかのように何度も目をしばたたかせた。

大きな瞳だった。

その瞳がじっとKさんを見て、次に店の中を見回し、ここがどこなのかをたしかめるような顔付きをしていた。

そうしてグラスを持って立っていたボクの顔をじっと見て、眉間にシワを寄せ、何かを考えるような表情をした。

「サブロー君、君のことを誰だったかなと思って名前を思い出そうとしてるんでしょう。そりゃ思い出せないよ。初めて逢う人なんだから」

Kさんが言うと、その人は小首をかしげてから一、二度首を横に振った。

その仕草が、『いや、違う、どこかで逢ってるぞ』と言いたげに見えた。

「やっぱり逢ってたか」

Kさんは下唇を嚙《か》んでボクを口惜《くや》しそうに見上げ、ボクとその人を交互に指さし、

「博奕場《ばくちば》か？」

と声を上げた。

「ボクは初めてです」

その人が納得したようにうなずいた。

「チェッ、なんだ。今のそのうなずきは、何なんですか。まぎらわしい仕草はやめて下さい。紹介します。サブロー君です。こちら＊＊＊さん」

「初めまして」

ボクが頭を下げると、その人は照れたようにちいさく会釈した。

「サブロー君、突っ立ってないで座んなよ」

Kさんにうながされてボクが腰を下ろすと、大きな目がボクの顔を覗き込んでいた。

――なぜこんなふうに見るんだろうか。

ボクはどぎまぎした。

そうしてボクから目を離すと、テーブルの上のウィスキーが入ったグラスを睨《にら》みはじめた。

――何を考えてるんだ？

ぽっちゃりした指がグラスに伸びた。

その手をKさんが軽く叩《たた》いた。

「それは私のウィスキーでしょう」

今度はKさんを睨んだ。

「そんな目をしてもダメです。先生は今まで寝てたんですから」

Kさんの言葉にその人はまた首をかしげた。

カウンターの中の女性がいそいそと外に出てきて、その人の隣りに座り、手にした水を差し出した。

「先生、起きたのね。おはよう。じゃお水を飲みましょう」

じっと水の入ったグラスを睨んでいる。

「何も入っちゃいませんよ。ただの水ですから、そんな目をしないで下さいよ」

女性が怒ったように言うと、そのグラスを取って喉を鳴らして飲んだ。

「実は毒が入ってたりして……」

女性が言うと、その人はいきなり胸元を掻《か》きむしってコクリと首を折って目を閉じた。

「あら死んじゃった」

「こらこら、もう寝なくていいの」

女性が笑った。

Kさんも笑っている。

カウンターに座っていた男たちが一人、二人とテーブルにやってきた。

「おやおや死んだんだって」

「ほう先生、ご臨終か」

目を閉じてるその人の周りを男たちが囲んだ。むこうで諍っていた二人も座っている。

「おまえたち、むこうで飲んでろよ」

Kさんが言った。

「いやだよ、起きるのを待ってたんだから」

何やら子供が遊び相手を取り合っているような会話だが、Kさんに応えた丸眼鏡《まるめがね》の男の頭髪には白いものがまじっており、他の男たちもそこそこの年齢だった。いい大人が酒場で眠り込んでいた一風かわった初老の男をここまで好いているのだから、よほどこの死んだ振りを続けている人に魅力があるのだろう。

「このあいださ、演劇雑誌に書いてた浅草の芸人の話はよかったね。あの時代を知ってるのはもう先生しかいないね」

「ああ、俺も読んだよ。先生、この頃、少し真面目《まじめ》になったんじゃないの」

「ヨイショしても起きないね。まさかまた寝込んじゃったんじゃないの」

その言葉に皆がその人の顔を覗き込んだ。

ウウ〜ン。

その人が声を上げた。

「おや、吠《ほ》えたね」

　丸眼鏡が言った。

「あんたたちが誉《ほ》めるから起きにくいのよ」

　店の女性が言うと、お腹の上に置いていた手が女性の手を取り、二度、三度うなずいた。

「ほらご覧なさい。先生のことは私が一番わかってるんだから」

「何を言ってんだよ。先生がママに惚《ほ》れるわきゃないよ」

「あら失礼ね」

「いいからおまえたちむこうに行け。俺は先生に話があるから苦労して探し当てて来たんだ」

　Kさんが怒ったように言った。

　皆が不満そうな顔をしてぞろぞろ引き揚げはじめた。

　チェッ、上手《うま》いこと言いやがって、丸眼鏡が捨て科白《ぜりふ》を残してカウンターに戻って行った。

　皆がいなくなると、その人がそっと片眼を開け、Kさんにむかってニヤリと笑った。

　Kさんも笑い返した。

「Kさん、ちょっと行こうか」

初めて口をきいた。

やさしい声だった。

Kさんが立ち上がって、オアイソと言った。

その人が腰を上げようとしたのでボクも立ち上がった。

二人して並ぶような恰好《かっこう》になると、その人がボクを見上げるようにした。

「す、すみません。デカイばっかりで」

「謝ることじゃありません。いいことです」

「はあ……」

三人で店を出た。

少し小柄なKさんとでっぷりと太った先生が話をしながら前を歩いていた。

「どこへ行くんですか」

Kさんが訊いた。

「うん、ちょっとお腹が空《す》いたんだ」

「こんな時間に食べたらまた太りますよ」

「死ぬよりはましです」

「大袈裟《おおげさ》でしょう」

聞いていて何だかいい呼吸の会話だった。Kさんの声がはずんでいた。

「この先にちょっと美味《うま》い餃子《ギョーザ》を喰《く》わせる店があるんだ」

「餃子だけじゃ済まないでしょうに」

「今夜は済ませます。何かに誓ってもいいですよ。それに人間はこれ以上は太らないでしょう」

「また大袈裟な……」

その時、先生が足音も立てず、すーっと路地に入った。

それは風が流れるような所作だった。

Kさんがあわてて路地に入った。ボクも急いで続いた。狭い路地は足元でドブ板が音を立てた。

路地を抜けると、また少し広い路地になり、そこを右に折れると、立ちん坊なのか、女たちが数人客を引いていた。

女が二人寄ってきて声をかけている。Kさんは、いらない、いらない、と言っているが、先生はうつむいて歩いていた。

女たちの姿が見えなくなると、暗がりから男が一人あらわれた。

先生が立ち止まった。じっと相手の男を見ている。男がくぐもった声で何事かを言った。先生がKさんに先に行くようにうながした。Kさんはうなずいてボクを手招きし、小声で、様子を見ててくれ、と言った。ボクは二人の数メートル先で立ち止まり、煙草を出してくわえた。

先生は男に金を渡していた。男はぺこぺこ頭を下げている。男が先生の耳元で何かをささやいた。先生はゆっくりうなずいた。そうして様子を窺《うかが》うようにしていたボクをちらりと見た。相手の男もボクを見た。

その時、どうしてそうしたのかわからないが、ボクは男を威嚇《いかく》するように睨みつけてしまった。

路地を抜けIデパートの裏手から表通りに出た。周囲が明るくなり、喧騒《けんそう》が寄せ、人があふれた。

そこでボクは意外な光景を目にした。

デパート前から西にむかう歩道は往来する人が多く、混雑した人の流れに合わせて歩くようになる。ところが先を歩き出した先生の大きな身体が人の群れの中に吸い込まれるように進みはじめたのだった。

何が起こったのかと思った。Kさんもボクもあわてて歩調を速めたのだが、先生の背中がどんどん離れて行く。追いつこうと身を乗り出すと往来する人の肩や腕にぶつかり、痛い、何だこの野郎、と文句を言われるありさまだった。

見ると巨体をわずかに右に左に傾けているが、危うい感じは少しもなく、人と人の間を縫うように歩いていた。

――何だ、これは？

ボクは呆気《あっけ》にとられて人混みのむこうに消えてしまいそうな人影を見つめていた。

赤信号でようやく追いついたと思ったら、すぐに信号がかわった。そこで歩く様子を観察すると、対向して進んでくる人が奇妙に先生の進む空間を空けているようにも見えるし、追い抜こうとする寸前には、やはりこれも前を進む人が道を譲るようにも映った。

すぐあとにKさんが突進した時はすでにその隙間は閉じていて、Kさんは相手にぶつかり、謝ったり、逆に睨みつけて進んでいた。

ボクは可笑《おか》しくなって笑い出した。

人混みがとけた歩道に先生は立っていた。

ボクらがようやく追いつくと、先生は映画館の前に立って路地の奥を指さしていた。

店は屋台のようなつくりの東南アジア系の料理店で、傾いた柱のあちこちに油で汚れた品書きが無雑作に貼りつけてあった。

Kさんが店の者にトイレの場所を訊いた。

二軒先に公衆便所があると言われた。

Kさんがいなくなり、ボクは先生と二人きりになった。

先生がじっとテーブルの上を見ていた。

何を見ているのだろうかと視線の先に目をやると、アルミの灰皿の蔭《かげ》から一匹のちいさな蜘蛛《くも》が出たり引っ込んだりしていた。そのあわてた様子がコミカルだった。

蜘蛛がテーブルの中央に出てきた。

蜘蛛はそこで動きを止めた。それでも足先は小刻みに動いている。どちらに行こうか迷っているふうだった。店の奥で物がこわれる音がすると、蜘蛛は飛ぶようにテーブルから消えた。

先生は大きな目でその動きを見ていた。

こんなふうに虫を真剣に観察している大人をボクは初めて見たような気がした。

「ラーメン食べましょうか」

先生が言った。

「はい」

先生がラーメンを注文した。

Kさんが戻ってきた。

「ひでえトイレだ」

Kさんが店の者を呼んで餃子を注文した。

餃子の数で先生とKさんが言い合った。

そんなに食べられるわけないでしょう。いやここの餃子は美味《おい》しいんだ。美味しいのと量は違うでしょう。満腹になったら美味しいものもまずくなるでしょう。でも美味しいんだよ……。

その時、テーブルの上にラーメンがみっつ、音を立てて置かれた。

「何だ、これ？　注文なんかしてねぇぞ」

Kさんが店の者に言った。

Kさんが先生を見てからボクを見た。

ボクは先生を指さしそうになり、すみません、とKさんに頭を下げた。

「君が頼みやしないよ。先生、どうして先にラーメンなんか頼んだんですか。これじゃお腹が一杯になって餃子が食べられないでしょうが」

Kさんが呆《あき》れたように言った。

先生は親に叱られた子供のように下唇を突き出していたが、いきなり箸立《はしたて》から箸を取ると、目の前のラーメンを手元に引き寄せ、すごい勢いで食べはじめた。ボクも同じようにした。

「俺の分も二人にまかしたよ」

Kさんはゆっくりビールを飲んだ。

Kさんのラーメンは先生とボクで半分ずつ食べた。

餃子はやはり残ってしまった。

「これを食べるまでは帰らないよ」

Kさんは老酒《ラオチユウ》をはじめていた。

「ごもっともです。食べ物を残すと罰《ばち》が当たります」

そう言いながら先生も老酒を飲んでいた。

「さっき路地で逢った男は知り合いですか？」

Kさんが話題をかえた。

先生は首をかしげた。

「それじゃたかられたんですか？」

「いや、昔の知り合いの名前を言ってたから……」

「言ってたからって、金は何なんですか」

「それで干上がっていると言うもんだからね」

「騙《だま》されたんじゃないんですか」

「知り合いの名前は覚えていたんだ」

「どういう知り合いですか」

「和田《わだ》組のマーケットの頃の」

「そんな昔の話を……」

Kさんはまた呆れたような顔で先生を見た。先生は先生で少し怒ったような顔をしていた。

二人の様子がおかしいのでボクはトイレに立った。

なるほどひどいトイレである。

少し時間を置こうとトイレの脇の電柱の下で煙草に火を点けた。

一軒先のバーのドアが音のするほど激しく開いて着物を着た女がトイレに駆け込んだ。女は素足だった気がした。すぐにトイレから女の泣き声がした。何が哀《かな》しいのか悲鳴に似た泣き声が続いた。

店に戻ると、先生とKさんが大笑いをしていた。

Kさんは涙を流して笑っている。よく見ると隣りの客も笑っている。隣りの客がKさんに話しかけて、また笑った。中国語だった。

「どうしたんですか」

「あの餃子をこいつらに売りつけたんだ」

「本当に!?」

「ああ、先生が餃子を食べないかと言ったら、いきなり話しかけてきやがった。先生が知り合いにそっくりでびっくりしてたらしい」

先生を見ると少し恥かしそうに首をかしげている。

「この手の顔が中国にいるのかね」

Kさんが感心したように言った。

それを聞いていた店の者が、タイジン、タイジン、と先生を指さして言った。

「何が大人《たいじん》だよ。けど儲《もう》かったな」

Kさんがテーブルの上の百円玉を指先で叩いた。

「それでもう少し何か食べましょうか」

先生が言った。

「そうですね。残ったらまた売ればいいか」

Kさんと先生が笑うと隣りの中国人たちも笑い出した。

その夜の帰り際に、先生がボクに言った。

「この次は競輪か、麻雀をしませんか」

「はあ……」

どうしてボクが競輪、麻雀を遊ぶとわかったのだろうか。

――そうか、Kさんが話したのか。

「そっちの方が酒よりよほど愉しいものね」

先生は言って白い歯を見せた。

ボクが笑い返すと、

「早いうちにしましょう」

と先生は嬉しそうに言った。


翌日から北関東を二週間ばかり遊んで回った。

前橋《まえばし》で思いがけない大雪に見舞われ、二日間、前橋の街に居た。

四月になろうかという時期に降った大雪だったので、交通があちこちで遮断し、街は少し混乱していた。白い布でおおわれたような街に川だけが水音を立てて流れていた。

流れたり移ろうものを眺めていると妙な安堵《あんど》があった。しかし安堵と同じ量の、いやそれ以上に、ボクは日々の大半の時間を薄気味悪い不安と過ごしていた。時にそれは焦躁、憂鬱、恐怖といったさまざまなかたちとなってあらわれ、果ては暴力的になったり、絶望感に打ちひしがれたりした。

どう考えてもボクは人間として失格者だった。

前橋から立川《たちかわ》に行き、駅前ホテルに二日宿泊して競輪場と雀荘にいた。

懐具合がこころもとなくなり、浅草の安宿に戻ることにした。浅草に一軒ブーマンを打たせる雀荘があり、そこを覗くと遊びやすいメンバーがいて、三日三晩、雀荘で過ごした。

メンバーが散ってしまうと、それまで熱かった身体が溶けるような感覚に襲われた。雀荘を出ると宵の口だったので近くのバーに入った。

二年半ほど前、ボクは長くつき合っていた若い女性とようやく所帯を持った。すったもんだしたあげくの結婚であったが、ボクなりに放埒《ほうらつ》な暮らしに終止符を打ち、再出発しようとしていた。そんな矢先に妻が癌《がん》であることがわかり、明日死んでもおかしくないと医者に宣告された。それでも生還することにわずかな希望をたくして治療に専念した。ボクは仕事を退《や》め付き添った。厄介な病気だった。死を突きつけられて二人は抗《あらが》い続けたのかもしれなかった。

妻は嘱望された女優であった。ボクは病院を取り囲んだ取材陣に隠れるように家と病院を往き来した。二百日後、死は唐突にやってきた。やり場のない憤りと虚脱感はボクを酒とギャンブルにのめり込ませた。

半年後に重度のアルコール依存症になり、強制的に入院させられた。三十歳半ばで心身ともボロボロになったボクに手を差しのべてくれる人がいて、退院ができた。以来酒量を自制していた。

その夜は何か箍《たが》が外れたように飲んでしまった。それでも入院の時に味わった恐怖感は覚えていて何とか店を出たが、目が覚めた時は伝宝院《でんぽういん》通りの隅の路地に寝ていた。

寒い夜でがたがたと身体が震えた。

胸先に触れると段ボールがかけてあった。

浮浪者三人と話し込んでいた自分を思い出した。段ボールをさわりながら、あのような人たちの方が世間の人よりもよほど情があるのだと白みはじめた空を見ていた。

のそのそと起きて周囲を見回した。

礼を言いたかったが、彼等《かれら》の姿はなかった。段ボールと新聞紙をたたんで塀沿いに置いた。

六区《ろっく》まで歩いて、映画のポスターや大衆演劇の演目をひとつひとつ見て回った。

——どんな芝居なのだろうか……。

今日の夕刻にでも見物に行こうと思った。

宿に戻り、預けておいた荷物を出して着替えた。

昼前まで横になり、宿を出て仲見世《なかみせ》通りに出た。

浅草寺《せんそうじ》の縁日のようで人通りが多かった。

途中、本屋の前を通り過ぎた。三月の上旬、Kさんと逢った先生の顔が浮かび、引き返して本屋に入った。

ちいさな本屋で小説の類いよりも漫画本が多く、棚のちいさな一角に文庫本が並んでいた。

先生の名前のある背表紙を見つけて、それを買った。

本を買うのはいつ以来だろうか。

ポケットに仕舞って歩き出すと、本は微妙な重みでポケットの中で揺れていた。

喫茶店に入って本を読みはじめた。

浅草のことが書いてあった。

偶然にしても何やら因縁じみているように思えた。

途中まで読んで、先生らしき主人公の少年が文庫本の活字の上を小人《こびと》となって歩きはじめた。小人はくっきりと輪郭をつくりはじめ、少しずつ大きくなろうとしていた。そのまま読みすすめるのが怖くなり本を閉じた。

喫茶店を出て六区にむかった。

芝居を観《み》ようと小屋の前まで行ってみたが、その気が失《う》せて、街をそぞろ歩いた。

隅田川《すみだがわ》沿いに出て、橋をひとつ渡って向島《むこうじま》を歩き、また橋を渡って駒形《こまがた》を歩き、また橋を渡る……。

川の水音がずっと耳の底に聞こえて悪くない気分だった。

夕刻まで歩いて、バスに乗って浅草に戻った。

夕食の後、Ｋさんにお礼の電話を入れた。

「サブロー君、今、どこにいるの？」

「東京です」

「何だ、そうなのか……」

「どうしたんですか」

「昨日、君の田舎に手紙を出したところだ。帰るはずじゃなかったっけ」

「す、すみません」

「謝ることじゃないよ。で先生はどうだった？」

「あっ、とてもいい人でした」

「いい人か……」

「あっ、チャーミングな人でした」

「そうそう、それだよ。君ならわかると思ったんだ。チャーミングだろう」

「はい。とても、チャーミングでした」

「今夜、空いてる？　少し先生の話をしようか」

ボクは妙に興奮して出かける準備をした。

左門町

四谷の地下にあるバーの階段を下りていくとKさんはカウンターの隅で一人で飲んでいた。

客はKさんだけで、店の女は奥のテーブルで煙草を吸っていた。

「このところ東京にいることが多いんだね」

「ええ、何だか……」

「早いとこ上京したらどうなの」

「はあ……」

ボクが返答にあぐんでいると、まあ、それはいいや……、とカウンターのグラスを取りウィスキーを注いだ。Kさんはちらりと背後の女を見て、やる気のない奴《やつ》だ、と言った。

「で、どうだった？」

「何がですか」

「先生だよ」

「ああ、逢えてよかったです」

「だろう。ほらサブロー君が言ってた、チャーミング。まったくそうなんだよ」

「……そうですね」

「本は読んでみた？」

「ええ、『生家へ』って本を少し……」

「どうだった」

「………」

どう言っていいのかわからなかった。

――少し怖いとこが……、
と言おうとした時、Kさんが言った。

「『百』を読みなよ。いいよ」

「ヒャクですか」

「うん、漢数字の百だよ」

それからKさんは先生の話をはじめた。

話を聞いていて、Kさんが先生を敬愛しているのが言葉の端々に感じられた。

「あんな人は、この歳《とし》になるまで一度も見たことがないな……」

　そう言っては思い出すような目をしたりした。

「見ていて……馬鹿なのか、えらく頭がいいんだか、わかんなくなる時があるよ」

　いろんな話をしながら、最後に、

「いいよな。実にいいんだなあ……」

　とうなずき、先生を誉めていた。

　Kさんとは長いつき合いではないが、ボクの知る限りKさんは人とつるむとか、他人に依ることをしない人だった。ボクの印象ではむしろ〝孤〟を旨として生きているように見えた。そのKさんがここまで一人の人にこだわるのが意外だった。

　ボクはKさんのグラスを持つ手元を見ながら、先夜の新宿でのKさんと先生の姿を思い浮かべた。

　先生といる時の、あの嬉々《きき》とした、まるで少年のようにはしゃいでる表情はこれまで見たことがなかった。

「あの眠むってたのはさ、病気なんだよ」

「えっ、病気なんですか」

「ああ、ナルコレプシーって言ってさ。突然、所構わず眠むっちまう病気なんだ」

　――ナルコレプシー……、そんな病気があるんだ……。

「原因不明の病気らしいんだけどな。脳幹の機能がおかしくなってるって言うんだが、治療法もないらしい……」

「突然って……、昼、夜関係なしにですか」

「ああ、突然だ……。ヒッヒヒヒ」

そう言ってKさんは何かを思い出したように笑い出した。

「どのくらい突然かって言うとさ……」

Kさんは先生が麻雀をしている最中に眠り出した話をした。

先生はそれまでも何度か麻雀をしている時、突然、眠り出したことがあったという。

「いやあ、あれにはびっくりこいたわ」

と言って話し出した。その日の麻雀はKさん以外のメンバーは初対面だった。

打ちはじめて一時間が過ぎ、闘牌《とうはい》のペースも慣れてきた頃、或《あ》る局面が佳境に入った。

自分の手番になった時、先生が牌《パイ》を自摸《つも》ったきり急に動きを止めた。目の前の手牌《てはい》をじっと見つめたまま考え込んでいる。

麻雀は状況によって自分の手の内が複雑な時や、上家《カミチャ》の切り出した牌に対して動くかどうか考えることがある。将棋や囲碁の長考などとは違って、せいぜい数秒である。人によっては考える癖のある打ち手もいるが、上級者同士の打ち合いではほとんどない。

三十秒近く経《た》っても先生は考え込んだままだった。こういう場合、誰かが、どうしました？　そんなにいい手なんですか、などと言って早くするようにうながすのだが、目の前で考えている相手は、〝ギャンブルの神様〟〝雀聖《ジャンせい》〟と別称を持つほどの打ち手である。Kさんと残る二人は先生が動くのを、しばらく待ったという。

雀卓の端にわずかに右手を置き、自分の手牌をじっと見つめている。一分近く経過した時、グーッと奇妙な声がした。

Kさんはおかしいと思って、雀卓に鼻先をつけるようにしてうつむいている先生の顔を覗き込んだ。

「寝てやがる」

Kさんが舌打ちした。

その言葉に残る二人のメンバーは目を剝《む》いて先生を見ていたという……。

「サブロー君、ここまでならよくある話なんだ。なにしろ病気なんだから」

Kさんは美味しそうにウィスキーに口をつけてからボクの顔を見て、ヒッヒヒヒとまた思い出し笑いをし、話を続けた。

「その晩、徹夜になるかもしれないというんで、皆腹ごしらえにそれぞれサンドウィッチを注文しといたんだ。でまず三人はそのサンドウィッチを頰張りながら、神様のお目覚めをお待ち申し上げたわけだ。ところが俺たちがタマゴサンドを喰ってる間に、グーッが二回、ガァーッが一回、まあ熟睡ですな……」

「で、どうしたんですか?」

「寝かしとくわけにはいかないから、俺が起こしたのよ。『先生、先生の番ですよ』ってね。それでもお目覚めにならない。そんで俺は大声で、名前を呼んだんだよ」

「へぇ～、そんなことがあったの。それでどっちの名前を呼んだの?」

いつの間にかカウンターの中に店の女が立っていて頰杖《ほおづえ》をついて訊いてきた。

「麻雀の時だから決ってるだろうよ」

「そうしたら?」

「ガバッと目を覚まして、俺たちの顔を見てだな。三人がサンドウィッチを喰ってたんでいきなり自分のサンドウィッチを喰いはじめたんだ。なにしろ大食漢だからな。それを見て、俺は言ったんだ。『喰ってる場合じゃなくて、あなたが牌を切るんですよ』ってね。そこで目の前を見て麻雀の最中だと気付いたんだな。そうしてまた考えはじめたんで、『そうじゃなくて、切るんですよ』と言ったんだ」

「そうしたら」

「いきなりサンドウィッチを切りやがった」

ハッハハハ、ボクは笑い出した。

ヒッヒヒヒ、とKさんも笑っている。

二人が笑い合っているとカウンターの中の女が言った。

「そんなの嘘《うそ》だわ。嘘っ八に決ってる。先生はそんな品のないことしないわ」

「嘘なもんか。じゃ今度、先生が来た時に訊いてみりゃいいよ」

「訊けないよ。あんな照れ屋さんにそんなこと……」

女は自分のことのように頰を赤くした。

——妙なことだ……。

ボクは恥じらう女を見て思った。

「真実ってのは嘘みたいなもんなんだ」

「そうかもね。事実は小説より奇なり、って言うものね。でも先生に関してはそれは絶対に嘘よ」

「もういい。あっちに行ってろ。そういやあ、サブロー君、小説は書いてるの？」

Kさんが思い出したように言った。

「もう書いてません」

「もうって？」

「無理っす。ぜんぜん歯が立ちません。自分には無理だってわかりました」

「そんなことはないよ。俺は専門家じゃねぇからよくわかんないけど、サブロー君の小説好きだよ」

数年前、小説雑誌に投稿した小説が掲載されたことがあり、その折、Kさんは分野外のさし絵をその小説のために描いてくれていた。

「あら、あなた小説書いてんの」

女が言った。

「書いてませんよ」

ボクがむきになって応えると、女は、怒ることないでしょうに、と不機嫌になった。

「ああ暇だわ。宵の口から一組じゃね。こんな時にぶらっと先生でも来てくれないかしらね」

「この一週間は締切りがあるって言ってたから、ぶらりはないな」

「そうか、先生は仕事してんのか」

女はまたカウンターを出て、奥のソファーに腰を下ろして煙草を吸いはじめた。

それから二時間余り、二人で店にいた。

そろそろ引き揚げようかとKさんが言い出した時、店の電話が鳴った。

「この時間じゃ、また無言電話かしら……」

女は無愛想な声で電話に出た。

女の表情が一変した。嬉しそうに笑っている。

「今、話をしてたところなのよ。クシャミしなかった。えっ、誰かって……、Kさんと若い子がいるよ」

「先生か?」

Kさんが訊くと女がこくりとうなずいた。

Kさんがボクにウィンクした。

「電話に出てって……」

Kさんは電話を取ると大声で言った。

「ハイ、長寿庵《ちょうじゅあん》です。かけ蕎麦《そば》とかけ麻雀。ハイ、大至急まいります」

Kさんは嬉しそうに言って電話を切ると、チクショウ、仕事だって言ってやがったのに、と笑いながら、サブロー君、お呼びだ、と立ち上がった。

四谷、左門町《さもんちょう》の路地に入った頃には霧雨から小雨にかわり、古い家並と大小の寺社の塀が雨に黒く光っていた。

マンションが数軒続いた一角にある先生の家に着いた時は十二時を回っていた。

「長寿庵です。毎度……」

Kさんがインターフォンにむかってそう言うとドアが開き、先生が顔を出してニヤリと笑った。

先生がボクを見て笑った。あの笑顔だ。逢ってみると、やはりこの人にしかない独特の雰囲気が漂っている。

玄関から居間に入ると、卓袱台《ちゃぶだい》がわりの電気炬燵《ごたつ》のテーブルと自動麻雀卓が妙な配置に置いてあった。家具はそれしかなかった。先生の他に痩せた中年の男が二人いて、彼等が炬燵を隅に移動させていた。

——五人か、なら今夜は見《ケン》にさせてもらおう……。

とボクは思った。

ところが麻雀をやるのは先生以外の四人だった。

ボクたちが打っている間、先生は原稿を書き、仕事を終えるとメンバーに入るという。

それぞれが名前を名乗って、場所決めをして席についた。ルールはKさんと背の高い方の男が取り決めていた。

先生はその間ずっとボクたちの様子を見ていた。

「やりたいんでしょう?」

Kさんが言うと、先生はニヤリとまた笑って、こちらがS社の**君で、こちらがF社の**さん、サブローさんだ、とボクを紹介した。

「今は瀬戸内海のそばで休憩中だ」

その言葉にボクはどうして先生がボクの生家を知っているのだろうかと思った。

ボクは背後に立つ先生を振りむいた。

「思ったより早く逢えたね。あとでやりましょう」

「は、はい」

スタートボタンを東場《トンバ》のKさんが押して、牌のヤマがせりあがってきた。

牌はまだ新しかった。洗牌《シーパイ》をしていると、背後から先生の指が伸びてきた。太い指である。その指が雀台のフェルトの上に落ちていた髪の毛をつまみあげた。

「マスター、ついでにビールとさきイカ」

Kさんが言うと、先生は他の三人に、君たちも飲む、と訊いた。

長身の男が牌を伏せて立ち上がり、先生、私がやりますから、どうぞ原稿をお願いします、と真面目な顔で言った。

先生は、男の言葉にうながされるように隣りの部屋に消えた。

Kさんが出親《でおや》で二度和了《あが》った。どちらも長身の男が放銃《ほうじゅう》した。彼の打ち方はどこかぞんざいで麻雀に集中していなかった。もう一人の眼鏡をかけた男はいかにもつき合っているふうで、気配の薄い運行だった。

「締切りは迫ってるの?」

Kさんが長身の男に訊いた。

「そうですね。こっちが終れば、彼ですから……」

眼鏡の男が会釈した。その会話で、二人が原稿を取りに来ている編集者だとわかった。

——こんなふうに自宅まで原稿を取りに押しかけるのか。

三時間が過ぎて、先生はまだ出て来ない。

麻雀はKさんの一人勝ちで、長身の男がその分をまるまるやられていた。男にはやられている感じはなく、原稿を待つ間の遊びを自分一人でかかえ込んでいるような態度だった。

次の半荘《ハンチャン》が終った時、男は点棒を卓上にさらして、計算をお願いします、と言って立ち上がり、隣りの部屋の襖《ふすま》を開けた。

ボクの場所から隣りの部屋の様子が見えた。

薄暗い部屋の中に、そこだけ灯《とも》りが点り、大きな背中を丸めるようにして、先生は仕事をしていた。二人のくぐもった声が聞こえた。

「あの人っていつもこんなふうに打つの？」

Kさんが眼鏡の編集者に訊いた。

「原稿が気になるんじゃないんですか」

「それと麻雀は別でしょうが」

「でもいいんです、メンバーを集めましょうかと言い出したのは彼だし。正直、私の方は困るんですが」

男は不満そうに牌に触れていた。

「暗い話だね……」

Kさんは言ってからボクにむかって、

「サブロー君、がんがん打ってかまわないんだからね」

と言った。

長身の男が部屋から出てきた。

「どうなの？」

「あと二時間はかからないでしょう。そっちの分も半分上げてくれてるようだよ」

「えっ、本当に」

不満気だった男の顔が急に明るくなった。

窓のカーテンのむこうが白みはじめた頃、先生が原稿用紙をふたつ手にしてあらわれた。

二人の編集者がそれを受け取り、礼を言った。それぞれがうしろをむいて一枚一枚を見ている。ボクは二人の背中を交互に眺めた。

ボクの所作に気付いたのか、先生がボクを見て笑った。部屋の中に奇妙な安堵のようなものが漂っている。

じゃ、私、これを持ってすぐ社に戻ります、と眼鏡の男が言うと、長身の男も、俺も戻りたいんだが、と口ごもった。

「それじゃメンバーが割れてしまうよ。こんな半端な時間に終られてもな」

Kさんが言った。

それでも二人は帰り支度をしていた。

先生は雀卓の前に座り二人をちらりと見て、うらめしそうな表情をしたが、二人は先生の顔をいっさい見ないで玄関にむかった。先生は立ち上がって玄関に行き、何もおかまいもしないで、と挨拶していた。

先生がとぼとぼと戻ってくるとKさんが牌を叩きながら言った。

「躾《しつけ》の悪い編集者だな」

「こっちがさんざ待たしたからね……」

先生が言った。

あっ、とKさんが声を上げた。

「いかん。精算してない。あいつら逃げやがった」

Kさんが立ち上がった。

「もうタクシーに乗ってるよ。それは私が払っときましょう」

「いや、それは筋が違う。なんて奴等だ」

「すみません」

先生とKさんが同時に吐息を零《こぼ》した。

「三人麻雀でも……」

先生がおずおずときりだした。

「いやです」

「誰か呼びましょうか」

「朝の五時ですよ」

「夜勤が終った人が」

「どこに？」

「………」

先生は黙って、手にした牌を睨んでいた。

「チンチロリンやろうか」

Kさんの眉が少し動いた。

先生が悪戯《いたずら》小僧のような顔をしてどんぶりをかかえてきた。

先生の賽子《サイコロ》を持つ指先はしなやかだった。太い指が驚くほど器用に動いた。

昼まで三人でチンチロリンをして、左門町を引き揚げた。

帰り際に先生が玄関先でボクに訊いた。

「今日、川崎《かわさき》に行くの？」

「明日からの伊東《いとう》の方がメンバーが面白そうなので」

ボクが伊東温泉競輪場の話をすると先生の目が反応した。

「私は温泉が好きなんです」

「嘘を言いなさんな。なかなか風呂に入らない人が」

Kさんが言うと、先生は手桶《ておけ》で肩にお湯をかける所作をした。

「温泉は別です」

「初耳だね」

「私も初めて人に話しました」

Kさんは大きくタメ息をついてドアのノブを回した。

青山

左門町からの帰り道、Kさんはボクに東京に出てくるように再度すすめた。

「サブロー君、東京にいればさ、先生のような人とも、こうして遊べるしさ。君にとって悪いことじゃないと思うよ。そりゃいろいろ事情もあるかもしれないが、人はただ遊んでるってわけにもいかんだろう。それにぶらぶらするにしても東京なら何かと出くわすってこともあるしね……」

Kさんがボクのことを親身になって心配してくれているのが痛いほどわかった。なのにボクは、この数ヶ月、それに応えることができずにいた。Kさんを失望させてしまうのが怖かった。

ボクは、自分はこれでほぼこわれてしまった……、と自覚した時があった。

自分の中に、何か得体の知れぬ固まりがあって、子供の時分には気付かなかったのだが、二十歳の後半から、その固まりを意識するようになった。

石のようなものと言うと恰好がよく聞こえるが、自分のイメージとしては、フンコロガシのフンのような感じで、たぶんものごころついた頃から、自分は一人でそれを転がしていたのだと思う。

これまで見てきたもの、気になったものもならなかったものも、片っ端から袋に放り投げるようにフンの中に入れたのだろう。だからそこに詰まっているものをきちんと覚えているわけでもなく、何かかたちが定まっているようなものもなかった。整理しているわけでもないから、そこに順列、系統といった類いのものは少しもなかった。

フンコロガシがわずかな風で彼の体躯《たいく》より大きなフンとともに思わぬ場所に転がってしまうような、それでいて、その場で出くわした微小なものをフンの中にせっせと取り込むように、ボクの固まりは少しずつサイズと硬度を増大させていったのだろう。自分でさえ何を取り込んでしまったのかわからない曖昧なシロモノだった。

フンの中身のすべてがわからないわけではなかった。転がりながら、これもあれもとフンの中に入れ込んだものには……。例えば、生家の裏手にあった廃工場の奥にちいさな庭があり、そこに涸《か》れた古井戸があった。子供同士でいる時は度胸試しに覗くといっても、顔を突っ込んだ瞬間は恐怖で目を閉じてしまっていた。それでも覗きたいという衝動にかられ、夕暮れに一人で廃工場の中に入り、古井戸の縁を震えながら両手で握り、顔を突っ込んで思いっ切り目を見開く。そこで見たものが何であれ、聞こえてきたものが何であれ、決して井戸に引き込まれない所から身体の重心を持ち上げない。その感覚をフンの中に詰めてきた……。例えば、横浜にいた時代、三人の仲間とドラッグに耽《ふ》けり、ベトナム帰還兵が好んで使用していた、象を射《う》つ睡眠弾に入れていたドラッグを服用した時、目の前の仲間が飛び跳ねると何百メートルも上空に昇ってしまう視覚的な幻覚の中で、笑い続けている自分に、これ以上、歓喜に立ち入るな、という声のトーンと、その感覚……。

そういうものが無秩序にフンの中にまぎれ込んでいた。そこには一人でフンを転がし続けてきたボクの、生きる術《すべ》のようなものが詰まっていたのかもしれない。

一年前、その固まりが身体の中でゆっくりと、奇妙な音を立てて砕け散った。

——こわれた……。

その自覚だけが残った。

あとはもうフンコロガシはどこかに失せ、軸を失った自分が彷徨《ほうこう》しているだけだった。

Kさんの好意に甘えるのが一番良いのだろうが、それができなかった。丁寧な手紙をもらったり、上京した折には何かとボクを誘い出してくれるKさんに申し訳ない気持ちで一杯だった。

浅草の宿に戻ると、フロント係から電報が届いていると言われた。

――電報？　いったい誰から……。

ボクがこの宿に泊っていることを知っている者はいない。Kさんなら今しがた別れたばかりだった。

電報を受け取って開くと、差出人は田舎の妹だった。

アニへ　タブセカントクニ　レンラクサレタシ

とあった。

妹にだけ東京での宿泊先を教えておいた。

父が昨年、肝臓の手術をして以来、入退院をくり返していた。何かあれば連絡して欲しいと妹に言付《ことづ》けておいた。

電報にあったタブセカントクとは故郷の高校の野球部の監督のことだった。わざわざ電報をよこしたというのは監督に何かあったのだろうか。

監督の家に電話を入れた。奥さんが電話口に出て、数日前に監督が膵臓炎《すいぞうえん》で急遽《きゅうきょ》、入院したので、入院している監督に連絡して欲しい、と言われた。なぜ自分が病院に連絡するのか理由を訊いたが、主人が直接話をしたいと言っていると言われた。頑固な監督の性格は承知していたので、病院へ電話をした。しばらく待たされた後、電話に出た監督は元気だった。監督はボクに、入院期間が二、三週間かかると医師から言われたので、その間、後輩と野球部を見て欲しいと言った。暇にしていると思われたのだろう。選手の指導などできないと断わったが、受話器のむこうでやってくれと言い張って埒《らち》が明かない。仕方なく、翌日、様子だけを見に田舎へ帰った。

グラウンドに出ると、監督が言った後輩の代行監督がすでに指導をはじめていた。彼の口から、野球部のOB会が二派に分裂していて、今、監督を交替すると、対抗派に乗っ取られると聞かされた。大袈裟なことだと思った。

監督代行は後輩にまかせて、ボクは午後になるとグラウンドに出て、ボールを拾ったりして若い選手を眺めていた。

チームは春季の大会があり、懸命にプレーする選手たちを見たり、練習試合での対戦相手の監督に見知った者が多かったので、少しずつチームに関るようになった。早朝練習にもつき合いはじめた。ノックバットも持つようになった。監督の退院が少し先になると言われ、二ヶ月近くグラウンドに出る結果になった。

選手たちに引っ張られるようにして、陽光の下に出て、半日、身体を動かしたことがボクの体調を少し恢復《かいふく》させた。

監督が復帰した日にグラウンドを引き揚げた。

その夜、監督の快気祝いに町に出た。

食事の間も、酒場に移ってからも、ずっと野球の話をしている監督と後輩を見ていた。

数日後、ようやく野球から解放されたボクは上京した。

Kさんから二度、連絡が入っていた。

『先生も、サブロー君はどうしてるのか、と言ってたぞ。顔を見せにおいでよ』

一ヶ月後にはと約束しておいたものが、二ヶ月先になっていた。

梅雨《つゆ》前の東京の陽射《ひざ》しはひどく暑気をはらんでいた。

Kさんは一ヶ月前に引っ越しをしていた。

万年青《おもと》の鉢植えを手に玄関に立っていると、以前、見かけたお手伝いさんがボクの顔を見て怪訝《けげん》そうな目をした。お手伝いさんは奥に引っ込み、Kさんがあらわれた。

Kさんは少し驚いたような表情をしてから、

「サブロー君、よく来てくれたね。いや、そんなに陽焼けして見間違えたよ。元気になったようだね」

「ええ、まあ元気にしてました」

家にお邪魔すると、夫人も、お手伝いさんもボクの顔をしげしげと見て、元気になられてよかった、と嬉しそうに言った。

それまでのボクの顔は周囲にはどんなふうに映っていたのだろうか。

新しい家の居間には、大きな絵が掛っていた。掛っていたというより、この絵のために居間を設計したような感じだった。

十九世紀中期のフランス、バルビゾン派を思わせるような風景画だった。

「でっかい絵だろう。絵具代だけでもたいしたものだ」

Kさんは笑って言った。

美味しい蕎麦を馳走《ちそう》になった。

先刻のお手伝いさんが長野の方の出身で、彼女の手打ちだという。

美味かったので二杯平らげると、

「食欲も出られて、本当に元気になられてよかった」

と夫人に言われた。

蕎麦のあとで、ちいさな果物が氷の入った綺麗《きれい》な切子のガラス器に盛られて出てきた。

初めて目にする果物だった。

トマトに似ていた。

「これ何ですか」

「プチトマトって言うんですよ。最近、私の田舎の方で栽培しはじめたようなんです。これがなかなか美味しいんです」

口に入れてみると、なるほど美味かった。

みっつくらいをすぐに平らげた。

「もっと召し上がりますか」

「いや、もう十分です」

ボクは壁の絵を眺めた。

夫人も絵を眺めていた。K夫人は物静かで品のよい女性だった。

夫人と二人してしばらく絵を眺めていた。

長居も悪いと思って、そろそろ引き揚げようと思った。

Kさんが居間に入ってきた。

スーツを着て、ネクタイをしていた。

どこかに出かけるようだった。

「じゃボクはそろそろ帰ります」

立ち上がると、Kさんが言った。

「サブロー君、このあと何か予定があるのかい？　一緒に食事をしようと思って君の分も予約をしておいたんだ。青山《あおやま》になかなかの鮨屋《すしや》を見つけたんだ。先生も呼んである。君が来るかもしれないと言ったら喜んでいたよ」

Kさんは笑ってボクを見た。

「ぜひご一緒しましょうよ。静かで落着いたお店なんです。先生もとても気に入っていらして」

夫人が言われた。

「はあ……」

電話が鳴って、お手伝いさんがKさんを呼びにきた。

仕事の話のようでKさんは奥に行った。

「先生にお逢いになったんですってね」

「はい。Kさんに逢わせてもらって……」

「素敵な方でしょう」

「はい」

「私がこれまで東京でお逢いした方の中で一番素晴らしい人です。私は言葉をよく知らないので、どう表現したらいいのかわかりませんけど、お逢いしてて何かこう気持ちがなごみますでしょう」

「は、はい」

普段は物静かで、おっとりとした印象だった夫人が、先生の話になると珍しく昂揚《こうよう》しているのがわかった。

青山・外苑《がいえん》通りから少し奥に入った閑静な場所に鮨屋はあった。

先生はまだ来てはいなかった。

Kさんと夫人、ボクの間に席をひとつ空けて先生を待った。

静かな店で主人一人が客前に立ち、奥からわずかに人の気配がするだけだった。

夫人がちらりと時計に目をやった。

「こういう時は間違いなく来るんだ。それに君がいると遅れたことがないだろう。あれは、本当に病気なのかね……」

「そんな失礼なことを……」

鮨屋の主人の目が動いた。

かすかに靴音がした。

木戸が開いて、そこにスーツ姿の先生が立っていた。立ち上がって迎えたボクたちに、少し照れたように笑い、

「今夜はお招きにあずかりありがとう」

と丁寧に頭を下げた。

玉虫織をほどこしてあるのかスーツの生地が店の淡い照明にほのかに光沢を放っていた。

ボクを見て、かすかに笑ったやわらかな表情は、これまで二度逢った時と同じなのだが、どこか何かが二回の印象と違っていた。

無精髯《ぶしょうひげ》に剃刀《かみそり》が当ててあったり、寝起きの乱れた髪が整っていたりという身なりが違うこともあるかもしれないが、店に入ってきた瞬間に感じたのは、

——先生は、こんな人だっただろうか。

という奇妙な違和感だった。

最初の一杯で、おめでとうございます。いや、どうも……、と言葉が交わされた。

そう言えばタクシーで店にむかう車中でKさんから、今夜は先生の文学賞のお祝いをする旨を伝えられ、それがどういう類いのものなのかもKさんから説明をされたのだが、すっかり忘れていた。

Kさん夫婦は先生の祝事をわがことのように喜んでいた。先生は恐縮したように頭を下げていた。ボクはどう言葉をかけてよいのやらわからず黙っていた。

ひとしきり話が盛り上がった後、しばし沈黙があった。ボクは先生の顔をちらりと覗いた。気配に気付いたのか先生がボクを見た。

その時、一瞬、垣間《かいま》見た先生の表情にボクはあわてて目を伏せた。

先生は、何か戸惑っているように見えた。でもそれはボクの見間違いのような気もした。二度しか逢っていなくて、しかもこれまで出逢った大人の中の誰とも似かよった所がなかった。構えも、人への対応も、やわらかすぎてとらえどころがなかった。初めて目にしたタイプの人だから、ボクにわからないものがあって当然のように思えた。

その夜の先生は口が重かった。夫人との会話にも先生の言葉は途切れがちだった。あえて言葉をつなごうとしない夫人の配慮のようなものに、先生とK夫妻の関係の深さが感じられた。

話題が浅草の芸人の話になって、ボクも知っているエノケンやロッパ、そして彼等の脇にいた人たちの昔の様子を、先生が時折話して、それが可笑しくて、皆が笑った。独特の会話の妙のようなものがそこにあるのだが、ごく自然に語るので芸人の生身のようなものが想像できた。

鮨屋の主人が一人の芸人の愛称を口にした。

「あの人に若い時に世話になりましてね」

「＊＊さんが伝宝院裏にいた頃かね」

「ええ。ご存知で……」

「口はきいたことはありません。ただ遠くで見ていただけです」

「あの頃、伝宝院裏から少し行った所で、私、修業していまして、店をよく覗かれました」

「＊＊って知りませんね。どんな芸人なんですか」

Kさんが言った。

「まあ脇の脇なんだけどチョイ役がなかなかでね。なんかの隙を狙って主役を喰おうとする時があって、ステージの上でよく叱られてね。それが芸風だったのかな……」

先生は遠くを見て懐かしむように言った。

「私は小僧だったんで＊＊さんの舞台は観ていないんです。店に見えた時を知ってるんです。一人でふらっと見えてました」

「あの人は、アナーキーな芸風と違って素はやさしかったんじゃないかな」

「そうなんです。やさしい人でした。今はどうしていらっしゃるんですかね。仲が良かった＊＊さんはテレビに出てますよね」

「そうだね……」

「お逢いしたいですね」

主人も懐かしそうに言った。

「芸人というものは……」

先生が低い声で言って、言葉を止めた。

皆、次の言葉を待ったが、それっきり目の前の盃《さかずき》を見ていた。

「寝ますか」

Kさんが笑って言うと、先生が笑い返した。

「芸人というものは……、人知れず消えていくものです」

その言葉に皆が先生を見た。

「芸人というものはそういうものです。皆が皆、生きてるうちに咲くわけではありませんから、散り方を会得するんでしょう。粋《いき》というもんより、むしろ気障《きざ》を連中は好むんです。芸人の性《さが》というのは、あれで恰好はいいんですね」

その言葉を聞いてKさんが言った。

「そうだとしたら何か切ない気もしますね……」

「まあ本流に乗れない者というのは、そういう流れ方をするしかないでしょうね……」

先生はそう言って目を盃の中の酒に落した。

話題は、前の年の暮れに公開されたアメリカのエンタテインメントミュージカルを集めた映画のことになった。

「フレッド・アステアの動きには無駄なものがないんです。計算をしてなくてですから、それが傷になってるように私には思えます。どこかで崩れがないとバランスがとれない気がします。その点、いっときの浅草軽演劇もそうですが、アメリカでもB級と呼ばれているスラップスティックの作品は観ていて飽きがきませんね……」

その時だけ先生は饒舌《じょうぜつ》だったが、すぐに口ごもることが多くなった。

鮨もあらかた出て酒に手が伸びなくなった頃、今夜はお疲れでしょうからと夫人が言って引き揚げることになった。

表通りに出て、ボクは先生とKさん夫妻に礼を言って歩き出した。背後でKさんがボクを呼んだ。振りむくとKさんがボクを手招いていた。引き返すと、Kさんが言った。

「サブロー君、宿はどこだい?」

「浅草ですが……」

「なら済まないが、先生がこれからどこか寄るらしいんだ。俺は明日、九州に行かなきゃならないんだ。悪いが送って行ってくれないか」

「いいっすよ」

「それで悪いんだが、途中で寝るようなことがあったら、少し寝かせてくれるかね」

「ああ、わかりました」

先生のそばに歩み寄ると、紙袋を持ったまま目を閉じていた。

——もう寝てるじゃないか。

先生、と声をかけると、びっくりしたように目を開いて、ボクを見た。その表情が、君は誰だね、というふうに見えた。

タクシーに乗り込もうとしたKさんがこっちにむかって大声で言った。

「先生、サブロー君ですよ。上野《うえの》に行くんでしょうが」

タクシーが来て二人で乗った。

上野に行ってくれ、とタクシーの運転手に告げ、先生に上野のどの辺りかを訊いた。

先生は黙って前方を睨んでいた。ボクはもう一度同じことを訊いた。

「うん、上野はね……。いや神楽坂《かぐらざか》に行って下さい」

先生はタクシーの窓から外をじっと見ていた。重い沈黙がひろがりはじめた。

こうして二人きりになってみると、何やら怖いような、厄介なものに首を突っ込んでしまいそうな不安がひろがった。

――ともかく神楽坂までお送りして別れよう。

ゴトン、と音がして足元を見ると、黄色のクズが散らばっていた。

――何だ？　これは……。

先生は首を折るようにして目を閉じていた。

先生の手から離れた紙袋がボクの方に口を開いてかたむいており、そこからセルロイドの箱のようなものが飛び出していた。足元のクズを指でつまみあげた。オガクズに似ていた。鼻先に近づけるとオガクズと同じ匂いだった。

――これってもしかして……。

紙袋から覗いた箱をたしかめた。……やはり鉛筆削り器から零れ出した削りクズだった。

ボクはもう一度、先生の様子を見た。

うなだれたまま眠むっている。膝の上に置いた手はピクリとも動かない。よく寝ていた。

『今夜はお疲れでしょうから……』

K夫人の言葉が耳の奥で聞こえた。

この眠むりが疲れのせいなのか、病気のせいなのかはわからなかった。

ボクは足元の削りクズを拾いセルロイドの箱に戻し、先生の足元を窮屈にしている紙袋を持ち上げた。

――重い。何だ？　この重さは……。

ちらりと中を覗くと、何やら分厚い本と原稿用紙の束が入っていた。

それにしても鉛筆削りを持ち歩く大人を初めて見た。

タクシーが坂道を上りはじめた。

「お客さん、神楽坂はどの辺りですか」

運転手が訊いた。

「先生、着きましたよ。神楽坂はどこに行かれるのですか？」

尋ねたが返答はなかった。もう一度、少し大きめの声を出してみたが同じだった。

運転手がバックミラー越しにこっちの様子を窺っていた。寺が見えたので停《と》まるように言った。

ボクは先生の肩先をゆすぶってみた。

「先生、神楽坂に着きました。先生……」

まったく目覚める気配はなかった。

どうしたものかと思った。

ボクは運転手にここで降りることを告げ、金を渡し、先生の肩を少し強目に叩き、先生の耳元で声を上げた。

先生は弾《はじ》かれたように上半身を起こし、目を大きく開いて、ボクを見た。

「す、すみません。神楽坂に着きました」

先生は窓の外を見て、二度、三度うなずき車を降りた。

「ここで降りてよかったですかね」

ボクが紙袋を渡すと、先生はそれが何なのかわからないような表情をして、中身を確認してようやく自分のものとわかって、礼を言った。

「うん、ありがとう」

「じゃボクはここで失礼します」

「はい。ではどうも」

先生は丁寧に頭を下げた。

やはりこれまでと様子が違った。どこか意識が違う所にあるような感じだった。

ボクは先生に挨拶して道路を渡ってタクシーを拾った。先生は舗道の上にじっと立ったまま動かなかった。タクシーの窓から、その様子をじっと見ていると、このままそこに先生を残して立ち去ることが躊躇《ためら》われた。運転手が行き先を訊きながら車を発進させた。

引き返してみると、今しがた別れた場所に先生の姿はなかった。

通りには人影もまばらで、店仕舞いをしようとする男が縄暖簾《なわのれん》を手に立っていた。

「すみません。そこに紙袋を手にした、このくらいの、大きな身体をした人を見かけませんでしたか」

男は首をかしげて、知りませんね、と言った。

向いに赤提灯《あかちようちん》のぶらさがった店が見えた。

そこに急ぎ足でむかった。ひさしぶりに走ったので額から汗が噴き出している。

——ちゃんと目的の場所までお連れすればよかった……。何を自分は考えてたんだ。

あんなに世話になっているKさんがわざわざボクに、先生を送ってくれないかと頼んできたのに、眠むっていた先生を無理に起こし路上に置いてきてしまった。

タクシーが走り出して、先生が親切に自分に声をかけてくれた顔がよみがえり、矢来《やらい》町《ちよう》の先で車を降り、あわてて引き返した。

赤提灯の店の木戸を開け中を覗いたが先生の姿はなかった。通りに出て周囲を見回した。後悔した。ボクにはこういう身勝手なところがある。情なくなった。

ボクはしばらく周囲を探してから先生と別れた場所に戻った。

坂下の外堀《そとぼり》通りから足元をさらうような夜風が吹いていた。

――あんな重い荷物を持って、どこに行ったのだろう。

夜風の中に、鉛筆削りと削りクズの匂いがよみがえった。

どうして鉛筆削りを持ち歩いていたのだろうか。どこかへ仕事に出かけるつもりだったのだろうか……。

街路灯が消えた。通りから人の気配が失せて静寂がひろがると、風音だけが大きく聞こえてきた。

仕方ない引き揚げよう。明日、Kさんに連絡を入れて、このことを謝っておこう……。

上空を抜ける風音が少女の悲鳴のように聞こえた。夜空を仰ぎ見るとよほど風が強いのか、夏にむかう星光が震えるように揺らいでいた。

関東平野はこの風で夏を迎えるのだろう。子供の声に似た風音はすぐ後方でしていた。振りむくと、寺の石塀のむこうに大きな欅《けやき》の木が聳《そび》え、枝がたわむたびに音を上げていた。生きものが鳴くような音だった。子供の声に似ていたのは、たっぷりと葉をつけた枝が競い合って音を立てていたからだった。

以前どこかで、こんなふうに音を立てる大樹を見たような気がした。どこか南のちいさな町だった。曖昧な町の風景がおぼろにあらわれた。たしか池のほとりに聳えていた大樹だった……。

ボクは視線を落して木の根元を見た。塀越しに寺の境内を覗くと、むろん池はなく、ベンチがひとつ星明りに浮かんでいた。

「あっ……」

ボクは声を上げた。

そのベンチの隅にぽつんと座る人影があった。木の幹と重なっているが、その体軀は、先生とよく似ていた。人影はじっとしたまま動かなかった。

ボクは石段を上がり境内に入った。

人影の足元にかたむいたまま置いてある紙袋を見て、ベンチに座っているのが先生だとわかった。

――眠むっているんだろうか……。

そうではないように思えた。これまで見た眠むっている姿には脱力したように身体の芯がぐにゃりと歪《ゆが》んだ感じがあった。しかし視線の先の欅の下にうずくまっている影には緊張感が漂っていた。

ボクは手水舎《ちょうずや》の柱の蔭に隠れるようにして先生を眺めていた。

――何をしているのだろう……。

大きな背中をまるめるようにして、やや前屈《まえかが》みになり、両肘を膝頭に乗せ、両手を合わせて、前方をじっと見つめている。時折、風が上着の裾を揺らし、足元に吹き寄せる風がズボンの裾を上下させていた。

境内の隅の吹き溜《だま》りのような場所で身体を固くするようにして何かを見つめている。表情はわからないが、先生の目は前方の闇をじっと見つめていた。

先生の頭上で悲鳴のような音を発している欅の枝と葉。さらにその上空で瞬《また》き続ける星々。降り注ぐ天体の瞬きと騒々しい季節風の中で、先生は身をかたくして何かを見つめていた。

その姿には安堵も平穏もないように思えた。ただ寂寥《せきりよう》だけがひろがっていた。

ボクは不安になった。見ていて先生の、あの巨軀《きよく》が少しずつちいさくなっていく錯覚にとらわれた。

「先生……」

胸の中でつぶやいたが声にはならなかった。どうしてよいのかわからなかった。

あれほど人から慕われ、ユーモアにあふれた人が、こんなふうに吹き溜りの中で、ただの石塊《いしくれ》のように闇の中に置き去りにされていた……。

梅雨の晴れ間がのぞいた午後、ボクはひさしぶりに浅草を散歩した。

浅草寺の境内に鬼灯市《ほおずきいち》が立っていた。

こんなにたくさんの露店が建ち並んで、よく商いになるものだと感心した。それにしても人の数が多かった。

見ると境内の看板に〝四万六千日〟とあった。すれ違う人の会話には訛《なま》りも多くあった。遠くからの参詣者もあるのだろう。

ボクはお堂の近くで一休みしている老婆《ろうば》に訊いた。

「〝四万六千日《よんまんろくせんにち》〟って何ですか？」

「ヨンマンロクセンニチじゃなくてシマンロクセンニチだよ。あんた知らないのかね。この日にお参詣《まいり》に来たら、四万六千日、毎日お参詣に来たのと同じになるのさ」

「そりゃ便利だ」

「そうそう便利だろう。なにしろ四万六千日分の功徳《くどく》が受けられるんだから、ハッハハ」

老婆は愉快そうに笑った。

「四万六千日って何年分になるんだ。ずいぶんだよな……」

ボクが指を折っていると老婆がすかさず言った。

「百二十六年分だよ」

「ハッハハハ、そんなに生きちゃいないのにな」

ボクが笑うと、老婆も笑った。

ボクは本堂脇の社務所の売り場で、青い竹串にはさんだ三角のお札が珍しかったので、女の子に何のお守りだと訊いた。

雷除《よ》けのお守り札だと言う。

ひとつ買ってみた。友人にやろうと思っていた。

その夜、青森の弘前《ひろさき》から遊びともだちが上京することになっていた。

Yという男で、去年の秋に宇都宮《うつのみや》の競輪場で知り合った。

Yから声をかけてきたのだが、屈託がない上に、ザラッとした性格が二人でいても楽だった。Yはボクよりひと回り歳上だったが何かにつけて丁寧な男だった。

そのYが娘の結納で上京する。女房とは十五年近く前に離縁していて、義母が育てた娘だという。離縁した女房の母親とどうしてつき合っているのか詳しいことは訊かなかったが、それもYらしいと思った。

弘前で不動産屋と保険業をやっているという。いずれにしてもギャンブルを長く続けられる人間の条件は、日銭が入る身分であることだ。いくらあり余る金を持っていても、出る一方の算用の暮らしでは必ず裸になる。裸で済めばいい方で、気が付けば身体までカタにとられ雁字搦《がんじがら》めになる。

算入があれば、収支を見るバランスが自然と身につく。たとえ小銭であっても日銭にはその強味がある。

バランスがなぜ不可欠かというと、ギャンブルの収支というもののほとんどがマイナスだからだ。麻雀、ポーカーのように胴元がなく、対人のギャンブルであっても収支はマイナスになる。ましてや胴元のあるギャンブルは、最初にテラを取られる。一回毎《ごと》のテラを払ってからの博奕はプラスに転じるチャンスが極めて少ない。ではなぜギャンブルをするのか、という疑問を抱く人があっても当然である。しかしその問いに答はない。ギャンブルは、これをする人としない人がいる。それだけでしかない。

Yとは新橋《しんばし》の駅ビルの地下にある店で待ち合わせた。

ボクが祝儀袋を差し出すと、Yは受け取ろうとしなかったが、何度もあることではないでしょうに、と言うと、黙って頭を下げて受け取ってくれた。

いつもは口数の少ないYが、その夜は自分と娘、離縁した女房の話をはじめた。

「逃げられたんだわ……」

そう言ってYは自嘲するように笑った。

「サブさん、あんたの家族の話は一度も訊いたことがないな。家族はいるの？」

「いるにはいたが……死に別れだ。死に別れも、考えてみれば逃げられた部類かもしれないな」

ボクが笑って言うと、Yは真顔で、つまらねえことを訊いちまったな、と頭を下げた。

「そんなことはないさ。死に別れた家族なんてのは世間にゃ、ごまんといるよ」

「だども……」

「死に別れの方が、生き別れよりさっぱりするさ」

それっきりボクたちは黙って飲んだ。

Yが、馬刺しを食べるか、と訊いた。

ボクが首を横に振ると、ここの馬刺しは美味いんだがな、と口惜しそうに言った。

「かまわんから、遠慮なく食べてくれ」

Yが馬刺しを注文し、トイレに立った。

ボクは店のレジのそばに電話をかけに行った。

宿に電話を入れた。

宿の主人に、伝言はないかと訊いた。田舎に住む妹から連絡があるはずだった。

主人は妹からの伝言を告げてから、Kさんから連絡があったとつけくわえた。

妹からの連絡は、金の振り込みのことだった。Kさんからは、連絡が欲しいということだった。

Kさんの家に電話を入れると、夫人が電話口に出てきて、二時間前に出かけたと言われた。連絡先を残して行ったので、と電話番号と店の名前を告げられた。

その店に電話を入れると、すぐにKさんが出た。

「おう、サブロー君、探していたんだ。今、東京だろう」

「はい」

「これから逢えないかな？」

「今はちょっとともだちと逢ってるものですから……」

「そうなのか……」

Kさんの声が急にトーンダウンした。

「何かあるんですか」

「いや、先生からひさしぶりに電話があって君をご指名なんだ」

「麻雀ですか」

「それはむこうに行ってみないとわからないが、たぶん、そうだろう」

「……そうですか」

「いや、無理をしなくていいんだ。ともだちにつき合ってくれ」

「すみません。青森の弘前から来た人なんで」

「そりゃ、ゆっくりしてあげないと」

「十時に終ると思いますが」

「そう、十時だね。かまわないよ。こっちは待てるから」

「わかりました。それで場所はどちらに？」

Kさんは赤坂《あかさか》の料理屋の名前と場所を教えてくれて、最後にこう言った。

「先生が君に礼を言って欲しいと言っていたよ。ほら、外苑の鮨屋に行った夜のことだよ。君がずっと待ってくれていたのをとても感謝してたよ」

「はあ……」

「夜中まで君がいてくれたお蔭で、無事に旅館に入ることができたって……」

「とんでもありません。実はボク、あの夜……」

ボクはKさんに神楽坂であったことを説明した。

「そうだったのか。でもサブロー君、よく引き返してくれたよ。感謝しているよ」

「いいえ、ボクの方こそ先生から帰りのタクシー代をもらったんです」

あの夜半、先生がようやくベンチから立ち上がると、ボクは先生に声をかけた。

先生はボクの顔を見て驚いていた。

「君、ずっと待ってくれてたの？」

「い、いや、一度、浅草にむかったんですが、何となく気になって引き返してきたんです」

「それからずっとここにいたの」

「いや、何軒か店を回りました」

「私を探して？」

「は、はあ……」

「それは済まなかったね」

「そんなことはありません。先生がお休みだったんで、ボクも眠むっていました」

先生はじっとボクの顔を見ていた。

それからゆっくりと境内を見回した。

「子供の頃、よくここで遊んだんだよ。学校をサボると、まずここに鞄《かばん》を隠しにきたもんだ」

「不良だったんですね」

「不良？　あっ、そうだね。ハッハハ」

先生は声を上げて笑った。

「戦時中、ここで出兵式があってね。近所の先輩の何人かが戦場に行きましたよ……」

先生は遠くを見るような目をしていた。

「先生の生家はこのお近くなんですか」

「うん、こっちの方に坂を下ったらすぐにあるんだ。ここら辺りは庭のようなものでした……」

「ボクの生家のそばにも、こんな寺がありました。よく遊んでました」

「サブロー君の田舎はどちらでしたか」

「山口県の防府《ほうふ》です」

「あっ、そうだね。チンチロリンをやった夜に話したよね」

「ええ……」

「防府なら競輪場があるね」

先生はそう言ってからニヤリと笑った。

「はい。333《サンサンサン》バンクの田舎の競輪場ですが」

「昔、あの街に＊＊という選手がいたが、どうしてるのかな」

「＊＊さんなら、今、競輪選手会にいます」

「そうか、捲《まく》りの強い選手でね。何度か的中《とら》してもらったことがあるよ」

「そうですか」

「私は、この先に行く用があるんだけど、サブロー君はどうするね……」

「ではそこまでお送りしましょう」

私たちは寺を出て、通りを渡り、ちいさな路地の階段を下りて行った。

神楽坂

ボクたちはその宿の庭に面した濡縁《ぬれえん》に並んで座っていた。

先生はボクの隣りに腰を下ろし、その猫を見ていた。

ちいさな庭の中央に古びた池があり、手入れがされてないのか、水は涸れてしまっている池の真ん中に一匹の黒猫が吹き溜った枯葉とじっとしていた。

先生の視線も猫の方にむいていたが、先生が猫を見ているのかどうかわからなかった。

庭といっても数歩歩けば表に出てしまう箱庭で、時折、塀のむこうの坂道を通る人の足音がすぐ近くに聞こえた。

先刻、お茶をお持ちしましょう、と言って奥に消えた老婆は、まだお茶を運んでこなかった。

神楽坂の通りを毘沙門天《びしゃもんてん》の向いから路地に入り、くねくねと曲がった石畳の階段を段だらに下りて行くと、黒塀に囲まれたその宿はあった。向いは料亭で、宿とはいうが家の風情は、待合いに見えた。

先生は、格子の木戸をがらがらと開き、石敷の上を数歩渡って玄関の前で、すみません、と声をかけた。もう寝てしまっているのか、返事がなかった。もう夜中の二時を過ぎていた。

先生はもう一度、声をかけた。さっきより少し大きな声だった。すると家の中から猫が、ミャーオ、と返答した。先生がボクを振り返って笑った。ボクも笑い返した。

――猫が寝ずの番をしているのか……。

すぐに家の中から物音がして、曇りガラスの玄関戸の内鍵を開けはじめる人影が見えた。

――たいした猫だ。

ショールを肩にかけた老婆が出てきて、あら先生、さっきまでお待ちしてたんですが遅いので休んでしまいました、と笑って言ってからボクを見て、＊＊社の方ですか、と訊いた。

「いや、彼は私のともだちです」

先生がはっきりした声で言った。

今晩は、サブローと言います、と老婆に頭を下げると、足元で猫が鳴いた。暗がりから出てきた猫は先生の足元に身体を寄せて、またひと鳴きして中に消えた。

ボクはここで、と先生にいとまを告げようとすると、

「まあ、そう言わないで……」

と先生は言い、老婆が、お茶くらい召し上がって行って下さいまし、と笑った。

通された部屋は八畳の広さの真ん中に掘炬燵造りの四角の机がひとつあるだけの殺風景な部屋だった。

二、三日閉め切ってたんで少し空気を入れ替えましょう、と老婆は雨戸を開けた。暗がりから風にたわんだ竹の葉が覗いた。谷の底地のせいか、欅を鳴らしていた風の気配は弱まっていた。

今、お茶を淹《い》れますから、と声が遠ざかり、先生とボクは濡縁に出た。部屋と同じようなちいさくて殺風景な庭があった。

ボクたちはぼんやりと池のあたりを見ていた。

老婆はまだあらわれなかった。

白竹がざわざわと風に揺れていた。

猫は池の底で目を閉じていた。水がないとはいえ、奇妙な所にいるものだと思った。

「あすこがいいのだろうか……」

先生が猫を見て言った。

「どうなんでしょうか」

「猫というのは人間に添おうとしない分だけ、かたちがいいねえ」

「はあ……」

ボクは先生の言ってることがすぐにわからず曖昧に応えた。

――人間に添おうとしない分、かたちがいい？

それってどういうことなんだろうか。

目の前の猫が少しずつ歪んで、まるで水底で眠むっているように見えてきた。いつしか、ないはずの池の水が乳白色になり、風音とともに波紋をひろげると、そこに先刻、寺の境内のベンチでうずくまっていた先生の姿が浮かび上がってきた。ボクは猫を見ていて、切ない気持ちになった。

ボクたちはひどく長い時間、そこに座っている気がした。

背後で声がして老婆がお茶を運んできた。

お茶を淹れながら、生憎《あいにく》、女将《おかみ》が出てましして気がききませんで……。あっ、いけない。ビールの方がよろしかったかしら？　と老婆が言った。

先生がボクの顔を見た。ボクが笑うと先生が、そうだね、ビールにしてもらおうか、と言った。

ビールが運ばれてきて、ボクはそれを受け取り、栓を抜いた。先生のグラスに注ぎ、自分のグラスにも注ぐと、そこに座ったままでいる老婆に、一緒にやるかね、と先生が訊いた。

いいえ、あたしはこんな夜中に一杯やっちまうと眠むれなくなる体質《たち》でして、と妙に嬉しそうに返答し、ピーナツでも持ってきましょう、と立ち上がった。

ピーナツを小皿に載せて戻ってきた老婆が、ハルがこっちに来てませんか、と心配顔で訊いた。

「猫なら池の中にいるよ」

先生が嬉しそうに返答した。

えっ。本当ですか。こんな夜中に水浴びなんかして、と首を出して猫の名前を呼んだ。

ミャーオ、と猫が鳴いた。

先生とボクは笑いながらビールを飲んだ。

「もう少し飲むかね。ウィスキーでも持ってきてもらおうか？」

「いいえ」

「私ならかまわないんだよ。どうせすぐには仕事にならないだろうから」

「これから仕事をなさるんですか」

「いや、少し休むつもりです。かなり休んでいた気もしますが……。ウィスキーをもらいましょう」

先生が立ち上がろうとしたので、ボクは言った。

「本当に大丈夫です。実は酒を控えるようにしてるんです」

「体調でもよくないの？」

「いいえ、前に酒で少し身体をやられたものですから」

「肝臓？」

「いいえ、心臓とこっちの方を……」

ボクは右手の人さし指をこめかみに当てた。ボクの言葉に先生はピーナツを摘まんで口に入れようとしていた手を止めた。

「そうなんだ……。ひどかったの？」

「だいぶあちこちに迷惑をかけたようです。でもはっきりとは覚えていないんです」

「あれは厄介だものね……」

先生は思い出すように言った。

「アル中になられたことがあるんですか」

「いや、私のは薬の副作用でね。もっとも副作用というより、作用したいからどんどんやってたんだからしょうがないよね。症状は同じようなものです」

「じゃ幻覚がひどいもんなんですか」

「薬が切れてしまうとね」

「じゃ同じなんですね」

「心臓は発作なの？」

「どうなんでしょうか。そん時は倒れてしまって、あとは病院で目を覚ますくり返しだったんでよく覚えていないんです。ただ心臓は丈夫らしいんです」

「私もそうなんだ。心臓が強いのも善《よ》し悪《あ》しだってね。植物状態になった時などなかなか死ねないらしいね」

「そうなんですか」

「猿は見た？」

先生は幻覚症状のことを訊いた。

「ええ」

「あれは厄介だね。憎たらしいというか、威嚇をしてくるしね」

「………」

ボクは返答しなかった。

幻覚の症状は口にしたり、思い返したりすると、何かの拍子でそのゾーンにいとも簡単に引き込まれることがあった。

「ああ、よそう、よそう。この手の話題は危険だものね」

先生は話したことを消し去るように二度、三度、頭を横に振った。

――先生も同じ目に遭っているんだ……。

ボクは笑って、そうですね、と言った。

「ごめん、ごめん。悪かったね」

そう言ってから先生は戸惑うような目で卓袱台《ちゃぶだい》の上をじっと見ていた。その表情がいかにも、変なことにはならないよな、と確認しているふうだった。

競輪の話題になった。

先生の記憶力は驚くほどだった。話題にのぼった中には同じレースを本場（競輪が開催されている現場の競輪場）で二人とも見ているものもあった。

「そうか……。私たちは同じ現場で遊んでいたんだね」

先生が嬉しそうに言った。

ボクも妙に興奮した。

「あのレースの直前、雹《ひょう》が降ってきましたね」

「そうそう、あれは驚いたな。私、レース中に雹が降ったのは初めて見ましたよ」

「ボクもです。先頭を走ってた＊＊が悲鳴を上げてました。転ぶぞ、転ぶぞって」

「そうだったの。そりゃ知らなかった」

ひとしきり話をして外を見ると、いつの間にか闇がとけて夜が明けようとしていた。

先生にいとまを告げて立ち上がった。

玄関先まで見送りに出た先生が、車代はあるの？　と訊いた。大丈夫です、と返答すると、

「サブロー君、ひさしぶりに楽しかったよ」

と少年のように笑った。

「ボクもです」

「四、五日したら、ここに連絡をくれませんか」

先生が小紙を差し出した。

小紙を受け取ると、一緒にちいさく折った五千円札があった。

ボクは先生を見た。

「失礼とは思いますが、車代です。受け取って下さい」

「必要ありませんから……」

ボクが断わると、先生は強い口調で言った。

「そうして下さい」

「わかりました」

ボクは階段をゆっくりと上り出した。

振りむくと先生は腰に両手を当てた姿勢で宿の前に立っていた。頭を下げると、先生が手を振った。角を曲がる時にもう一度振りむくと、先生はまだそこに立っていた。

新橋で別れるつもりでいたが、よほど娘の婚約が嬉しかったのか、Yはもう一軒つき合って欲しいと言った。

普段は物静かなYがひどく饒舌になっていた。

知っている銀座《ぎんざ》のバーにぜひつき合ってくれ、そこにすでに連絡を入れて、友人を連れて行くと言ったから、とYは執拗《しつよう》に誘った。

ボクは、このあと約束があると言いそびれた。

赤坂の店に電話を入れた。

Kさんを呼んでもらうとすぐに電話に出た。事情を話すと、麻雀になって、メンバーが揃ったので大丈夫だと言われた。

「じゃ、また連絡を入れます」

と電話を切ろうとすると、

「あっ、サブロー君、ちょっと待って」

と言われ、電話口に先生が出た。

「この間はありがとう。ずいぶんと迷惑をかけたね。このあと少し麻雀をするんだけど見えませんか」

「メンバーが揃っていると言われましたが……」

「そうなんだけど二抜《にぬ》けでやりましょうよ。君がいた方が面白いから、よかったらぜひ来てくれませんか」

「ありがとうございます。今、友人と一緒なので終ったらすぐに伺います」

先生はKさんと電話をかわり、雀荘の電話番号と四谷、左門町の先生の家の電話を報《しら》された。

「連れが少し長引いていて、いずれにしても電話を入れます」

銀座の雑居ビルの中にあるちいさなバーに行った。

カウンターだけの店で、先客が一人だけいた。

Yの顔を見ると、ママらしきカウンターの中の女が大きな声を上げて喜んだ。

ママはYと同郷で、国訛りの言葉で懐かしそうに話していた。

掛け合う言葉を聞いていて、二人の間柄もあるのだろうが、東北の言葉は美しいと思った。

「サブローさんは俺の東京のたった一人のともだちだべ」

Yは嬉しそうにボクをママに紹介した。

酔っているせいか、Yは何度もボクを紹介した。その度にママが、ボクを見て笑った。

「この人ったら子供の時にお城のお堀で泳いでうんと叱られたのよ。それだけじゃなくて……」

ママがYの子供の頃の話をした。

ボクの知っているYと違う面があって、Yは照れたように頭を掻いていた。

ひとしきり飲んでボクはYを置いて店を出た。

夜の十二時を過ぎていた。

公衆電話で雀荘に連絡すると、伝言があり、左門町の先生の家で打つことになったと言われた。

左門町に電話を入れると男が出て、名前を名乗るとKさんにかわった。もうはじめているので早く来るように言われた。今から銀座を出るのでとKさんに告げた。

タクシーで左門町にむかった。

タクシーが銀座から外堀通りを通過しようとした時、ボクは胸元がつかえ気持ちが悪くなった。

酒を飲み過ぎたのか、と思ったが、二軒の店ではさほど飲まなかった。

どうしたのだろう、と思っているうちに吐き気がした。

「すみません。止めて下さい」

バックミラーから訝《いぶか》しそうに覗く運転手に、気分が悪いので降車することを言った。

待ちましょうか、という運転手に行くように断わり、日比谷《ひびや》公園の中に駆け込んだ。

草叢《くさむら》に嘔吐《おうと》した。暗くてわからないが血は出ていないようだった。食中《しょくあた》りをしたのだろうか。そんなものを食べた覚えもなかった。

胃の中が空になるまで吐くと少し楽になった。

公衆便所を探し、顔を洗い口をすすいだ。衣服には汚物はついていなかった。

男が一人入ってきた。身なりで浮浪者とわかった。

金をめぐんで欲しいといきなり言った。

ボクは男を見た。男は視線を逸《そ》らした。

「いくら欲しいんだ」

男は顔を上げ、少し考えてから、千円と言った。ボクはもう一度、男を見た。男はまた目を逸らした。むこうを向いてろ、と言い、ポケットから千円を出し、洗面所のタイルの上に置いた。

男は金を取ると、ありがとう、と丁寧に礼を言った。澄んだ声だった。

公園を横切ろうとすると、また吐き気がした。しばらくベンチに座って休んだ。

胃が痛んだ。こんな症状は初めてだった。

この体調では左門町に行っても迷惑をかけてしまう。メンバーが足りているなら、今夜はよそう。

見上げると、木々の隙間に夏の月が皓々《こうこう》とかがやいていた。神楽坂の寺の境内のベンチでうずくまっていた先生の姿がよみがえった。

月明りが公園に降り注ぐように、先生の声が聞こえた。

『いや、彼は私のともだちです』

旅館の老婆にボクのことを話した時の声だった。

どうしてこんな時に、そんな声がよみがえったのかわからなかった。

依るべき人もいなかったが、自分を孤独とか、何かの時に淋《さび》しいと感じたことはなかった。トモダチと言われた時、ボクはもしかして動揺していたのかもわからない。

先刻の銀座の雑居ビルで、Yから何度も、東京のたった一人のともだちだべ、と言われたのに、それとは違うものだった。

また旋風《つむじかぜ》の中にうずくまる先生の姿が浮かんだ。

——何だろう……。

ボクは自分の感情に戸惑った。

この一年、いや、それ以前から、ボクは特定の人や物事に固執することを避けてきた。それはボクの生きる術のようなもので、このやり方をいつどこで体得したかはわからなかったが、一人きりという場所、状況に自然に帰ることができた。

ボクは月から目を離し、公園の中を見渡した。月明りに淡く浮き上がった木々や建物がひっそりとそこにあった。

また声がした。

それは便所で逢った男の声だった。

ありがとう。澄んだ声であった。


左門町に着いた時は三時を過ぎていた。

玄関のチャイムを鳴らすと、初めて見る男がドアを開けた。

「いらっしゃい」

男は笑って言ってから、鍵をかけておいてね、とすぐに奥に消えた。

皆雀卓についていた。

Kさんの背中が見えた。背中が動いて、

「どうした、サブロー君、銀座から歩いてきたの」

と言ってから、腕時計を見直し、

「歩いてきてもこんなにはかからないわな。もしかしてウサギ跳びでもしながら来たのかい」

皆が笑った。

「もうすぐ終るからね」

先生が言った。

「いや終らせない。俺が親だもの。五十二本場まで積んでやる」

また皆が笑った。

「サブロー君、紹介しておくよ。S先生。こちらは対面《トイメン》の先生と違って本当の中学の先生。こちらがかの有名なI君。婦人科の先生ってか」

Sさんが頭を下げ、Iさんは立ち上がって、

「Iです。よろしく」

と丁寧に挨拶した。

「サブローです。遅くなってすみませんでした」

「銀座のホステスさんにでもつかまったの」

Kさんは相変らず振りむかずに背中を丸めて話していた。

「い、いいえ」

ボクがしどろもどろに応えると先生が笑って言った。

「Kちゃんもういいだろう。その七筒《チーピン》ポンだ」

「えっ、じゃリーチだ」

「な、何だ？」

「リーチですよ。聞こえませんでした。出したら当たりますからね。容赦しませんから」

「まいったね。そのリーチ。こんな牌で当たりなら、なんて性格が悪いんでしょうね」

Iさんが牌を静かに切った。

「セーフだ」

「じゃ、ボクもリーチだ」

「えっ」

楽しそうな麻雀だった。

皆、嬉々として遊んでいた。

前回、同じこの部屋で、先生の編集担当者が入って打った麻雀と違い、目の前で遊びに興じている男たちには愉悦が感じられた。

――これって何だろう……。

ギャンブルが持つ、あの独特な感情の棘《とげ》のようなものが見えなかった。

――お金を賭けてないのかな……。

そんなはずはない。

なのに先生にも三人の男たちにも金のやりとりが介在した時の、あの独特の匂いがしなかった。むしろそれとは逆の、ギャンブルとはかけ離れたところでしか見ることのない情愛のようなものが漂っていた。

しがらみが外されたやわらかな水の中で魚がじゃれ合っているような、光の射す水辺で仔鹿《こじか》が睦《むつ》み合っているような雰囲気があった。

心地好《よ》い風景だった。

——これって何なのだろう……。

ボクはこの奇妙な雰囲気を作っているのは、やはり先生だと思った。

——すごいことだな……。

ボクは先生の顔を見た。

真剣な表情で相手が河に切った牌《ホウ》を睨んでいた。

時折、相手の切った牌に対して目を剝いて反応し、相手の思惑を計るように顔をじっと見ている。

見られた方は、

「何ですか」

と笑って訊き、

「いや……」

とだけしか言わない先生を見てほくそえんだりする。

まるで遊び盛りの仔ライオンが百獣の王のタテガミや、背中やら足や尾に嚙みついているようにさえ映った。

半荘《ハンチャン》が終り、S先生が立ち上がった。

「どうぞ」

「ボクはいいです。少し熱っぽいので見学してます」

「いいんですよ。遠慮なんかしなくて」

S先生が言った。

「そうそう、ここは遠慮はなし。熱があるんなら誰かに感染《うつ》して帰りゃ治るし」

Kさんが言った。

「ホントだよ。やりましょう」

Iさんが言った。

「じゃ半荘戦でなく、ここから東風《トンプウ》戦にしようか」

先生が提案して、勝負が早く終るルールになった。

東の出親がボクで局がはじまった。すぐにボクはIさんの大きな手役に放銃してしまった。

清一《チンイーソー》色の綺麗な手役が予期せぬ速さで仕上がっていた。

三人ともIさんの手役をしばらく見ていた。

「熱があるって人から当たるかね。非人情な奴だね」

Kさんが言った。

「私も、そう思います」

先生が言った。

「そ、そんな……。せっかくこんな手がきたんだし、誰だって当たるでしょう」

Ｉさんが笑って言った。

「俺なら見逃すね。相手は病人ですよ」

「私も同感です。それにしてもいい手だね」

先生がＩさんの顔を覗き込むようにした。

「何ですか？　その目は。ボクは何も不正なことはしてませんよ。いやだな、この人」

二局になり、先生がいきなり西風牌《シャはい》を鳴いた。

二巡回ったところで、ボクが切った牌に先生が、ロン、と声を出した。

「あっ、そんなに安いので和了《あが》ったの。えっサブロー君、ハコ天なの……。あっ、いかん、三着だ」

Ｋさんは歯ぎしりしてから先生に言った。

「初めての人に、しかも病人に対して西《シャ》ノミで和了《あが》るかね。Ｉのことを非人情なんてよく言いますよ」

先生は黙ったままで、やや間があって言った。

「サブロー君、すみません」

「とんでもありません」

先生が二《に》抜《ぬ》けで抜けた。

四人が打牌《だはい》をはじめると、

「コーヒーでも淹れようか」

と先生が言った。

Iさんが立ち上がり、私がやりましょう、と言った。ボクも立ち上がり、自分がやりましょう、と言うと、Kさんが、

「先生がコーヒーを皆さんにお淹れしたいとおっしゃってるのですから、ここは淹れてもらうのが礼儀というものです。それに今夜はお勝ちになってますし」

と丁寧に言った。

明け方まで打ってお開きになった。

皆先生の家を出て、通りにむかった。

大通りに出て、KさんとS先生がタクシーを拾って去った。

ボクが一番歳が若かったので、Iさんの車がくるのを道端に立って待った。

Iさんはボクより身体が大きかった。

先刻、麻雀をしている時も思ったのだが、Iさんの手が大きいのに驚いた。

「熱は下がりましたか？」

Iさんが訊いた。

「ああ、楽しかったんですっかり忘れてました。ええ、もう大丈夫です」

「それはよかった。サブロー君、この辺りは詳しいの」

「いやあまり……。どうしてですか」

「一杯くらい飲んでから引き揚げようかと思って。サブロー君は飲めるの？」

「ええ少しなら……。どんな所でもいいんですか。四谷の方に行けば居酒屋かなんかがあると思いますが」

「うん、どこでもいいよ。じゃちょっと行こうか」

ボクたちは四谷の方にむかって歩き出した。

「先生とは古いの？」

Ｉさんが訊いた。

「いや、今夜が四度目です」

「そう……。面白い人でしょう」

「はい」

「逢ってみてどう思いました？」

すぐ先に赤提灯が風に揺れているのが見えた。

「ここでいいんじゃない」

「じゃボクが中の様子を見てきましょう」

Ｉさんの職業は歌手で、たいがいの人は彼の名前と歌を知っていたから、妙な店で客と厄介があっても嫌だろうからと、ボクは様子を見に入った。

でもＩさんはすぐに一緒に入ってきた。

「サブロー君、妙な気を遣わないでいいですよ。ボクは大丈夫だから」

麻雀の時にも思ったのだが、Ｉさんには構えがなかった。それが先生に似ているふうにも思えた。

カウンターの隅で二人してコップ酒を飲んだ。

「チャーミングな人ですね」

「えっ、誰のこと？」

「先生です」

「あっ、そうだったね。そうチャーミングなんだよね。ああいう大人の人に逢ったの初めてなんだ。世の中、捨てたもんじゃないって思ったね」

Ｉさんは笑って酒を口先に運んだ。

「サブロー君って仕事は何してんの？」

「今は何もしてません」

ボクがそう応えると、Ｉさんはグラスに目をやって、急に笑いながら言った。

「いいな。それはいいよね」

「すみません」

それからしばらく黙って飲んだ。

「サブロー君、先生と時々、逢うといいよ。これは何って言ったらいいのかわからないけど、勘みたいなものだと思うけど、サブロー君にもいいような気がするよ」

「はい。Kさんに誘ってもらって逢いに行きます」

「うん、そうだね。また遊びましょう。今夜は楽しかったよ。つき合ってくれてありがとう」

差し出されたIさんの手を握り返すと、やはり大きな手だった。

店を出て、車を拾った。

車の流れの中にまぎれていく車影を見送りながら、IさんもボクがＫ初めて逢うタイプの人だと思った。

浅草にむかうタクシーが走り出した時、ボクは、今夜、先生に車代をもらったお礼を言うのを忘れたことに気付いた。

「いかん……」

ボクが舌打ちすると、運転手が、何でしょうか、と言った。

「いや何でもない」

ボクは夜が明けはじめたお堀端に目をやった。

一宮

ボクは東京駅のステーションホテルの前に立って、先生を待っていた。

約束した時間を少し過ぎていたが、ボクは心配しなかった。

先生は必ず来ると思っていた。

三日前の夜、新宿の酒場で別れる間際に先生は言った。

「サブロー君、私はどんなことがあっても必ず行きますから」

そうして店のマッチの上に、今日の待ち合わせの日時を記して、ポケットに仕舞い込んだ姿を見ていた。

その上、昨日、Kさんから、今日の約束を確認するように、今日の待ち合わせの場所を示した手描きの地図が送られてきた。その地図の隅に、どうしても行きたいらしいのでよろしく頼みます、とあった。

よく晴れた朝だった。雲ひとつない夏の空は澄みわたって気持ちのよいほどだった。

朝の駅の近辺は早朝のせいか人の往来が少なかった。

先生は練馬《ねりま》の自宅からでも左門町からでも、おそらくタクシーに乗って来るはずだったが、ボクは駅から真《ま》っ直《す》ぐ皇居に続く道を眺めていた。道の両サイドに銀杏《いちょう》の樹《き》がゆたかな緑色に揺れ、皇居に続く道が真緑色の透視図のように浮かび上がっていた。東京の真ん中でこんなにひろびろとした道を見るのは初めてだった。開放的な風景は少し不安を抱くほどだった。

一時間が経っても、先生はあらわれなかった。ボクはここでずっと先生を待ってもかまわないと思っていた。

鳥の声がした。せわしない鳴き声だった。見ると数十羽の雀《すずめ》の群れが競い合うようにして銀杏の樹を右から左へ、左から右へ移動していた。戯《たわむ》れているようにも見えるし、何か必死で飛び回っているようにも見えた。鳥の群れは少しずつ皇居の方にむかって遠ざかって行く。群れが目の前の透視図の奥へ入り込んで行く様子を見ていた。

やがて鳥影があとかたもなく消えると、透視図の中心からちいさなシルエットが見え隠れするのが目に入った。蟻《あり》のような頭の大きなシルエットは少しずつこちらに近づいてくる。天気がいいせいか陽炎《かげろう》が揺れていた。その中を一人の影が歩いてくる。

あれっ？　ボクはその人影を目をこらして見た。

――もしかして……。

シルエットがはっきりとした姿となって朝の光の中に浮かんでくると、それが先生だとわかった。

「先生だ……」

ボクは思わず声を上げた。

やや顔をうつむき加減にして、コートのポケットの中に右手を入れ、急ぐふうでもなくぽつぽつと先生は歩いていた。時折、こちらを見て目的地を確認するようにして歩いてきた。正面をむいた顔がまぶしそうだった。

昼間、陽光の中にいる先生を見るのは初めてだった。

電車が動き出すと、先生はじっと車窓に目をやり、新橋、浜松町《はままつちょう》の、流れる街の風景に顔をむけていた。何かを見ているふうでもなく、ただ視線が外にむけられている感じだった。

先生は狭いシートにコートを着たまま座っていた。それがいかにも堅気《かたぎ》とは違ったふうで先生らしい気がした。その上、一泊二日の競輪の旅なのだが何ひとつ荷物を持っていない。手ぶらなのはボクも一緒で、コートを着たまま座っているのも同じだった。同じようにしていることに奇妙な安堵があった。

こうして先生と二人で〝旅打ち〟に出ることが不思議だった。

三日前に先生とKさんの三人で酒を飲んでいて競輪の話題になった。

先生が急に真面目な顔で言った。

「サブロー君がかまわなければ、私を一緒に連れて行ってもらえませんか」

「えっ？　そ、それはかまいませんが……」

ボクが言うとKさんが脇から忠告した。

「サブロー君、よした方がいい。飯はびっくりするほど喰うし、ところかまわず眠むってしまうよ。こちらさまのお世話だけで一日が暮れてしまうぞ」

「はあ……」

ボクが口ごもっていると、先生が大声で言った。

「決して迷惑はかけません。食事も我慢します。今夜から競輪に備えて十分に寝ておきます」

「私とIさんとで旅に出る前もそうおっしゃってました」

「あの時は体調も悪かったのです。でも今回は万全を期します」

「それと同じ言葉を聞いた気がしますな」

Kさんが言うと、先生は唇を真一文字に結んでじっと手元に目を落したまま動かなくなった。まるで子供が困り果てて身を固くしているようだった。

「サブロー君、お願いします。決して迷惑はかけません」

先生はカウンターの椅子から立ち上がってボクに最敬礼した。

「そ、そんなふうにしないで下さい。ボクはご一緒するのは全然構いませんから……」

ボクが返答すると、先生は白い歯を剝き出して笑ってトイレに立った。

ボクは自分一人では心配なのでKさんに同行してもらえないかと誘った。Kさんは仕事が忙しくて無理だと言った。

でもこうしていざ二人で旅に出てみると、やはりKさんにいてもらえた方がよかったと思った。

先生は黙って車窓を眺めていた。

ボクは緊張してしまい、何か声をかけて話をしなくてはと思うのだが、何をどう話してよいのやらわからない。

ぎこちなく時間が過ぎていった。

新横浜駅を過ぎたあたりで、ボクは先生に訊いた。

「朝食はどうされますか。食堂車に行きましょうか。それとも弁当を買ってきましょうか」

「う～ん……。私は大丈夫です。サブロー君、お腹が空いているならどうぞ」

「ボクは大丈夫です」

「そう。何だかひさしぶりの旅打ちなんで、私、興奮してしまって、昨夜、なかなか寝付けなくてね……」

「じゃ少しお休み下さい」

「それがちっとも眠むたくないんだ。子供の遠足だね」

そう言って先生は照れたように笑った。

ボクも笑い返した。

——先生でもそんなふうになるんだ……。

ボクは少し驚いた。

「それに一宮《いちのみや》は、競輪場にも街にも思い出があってね」

先生は、今日二人でむかう競輪場のある愛知の一宮の街の話をして、嬉しそうな顔をした。

「そうなんですか。いい思い出のようですね」

「うん、少しね」

先生の表情がいつもと違ってまぶしそうに見えた。

——先生はこの旅を本当に愉しみにしていたんだ……。

ボクは駅で買った競輪新聞と鉛筆を渡した。

新聞を受け取ると、先生はポケットから金を出してボクに渡そうとした。新聞の代金なのだろう。

「精算は帰りにしましょう」

「いやその度、細かくしておいた方がいいでしょう」

「ではそうしましょう」

先生は明日の新聞代まで払った。

「一宮は名古屋から東海道《とうかいどう》線に乗り換えるんだったね」

「そうです。前に行かれたのはいつ頃だったたんですか」

「う〜ん、たしか八、九年前だったか……」

そう言って目を閉じると何かを思い出そうとするのか首をかしげた。

「＊＊＊」

いきなり競輪選手の名前を口にした。

「去年引退した選手ですね」

「そうなんだ。あの選手で少し的中《と》してもらってね」

「闘志のある選手でしたね」

「うん。あの選手の叔父貴《おじき》が昔、選手をしていてね。そっちもなかなかのファイターでね」

「そうなんですか」

先生はしばらく昔の競輪選手の話を懐かしそうに話した。

電車は相模川《さがみがわ》の鉄橋を渡った。

ボクは海側の窓を見た。晴天にちらりと見えた海が光っていた。

車輛《しゃりょう》の前方のドアが開き、車内の売り子がカートを曳《ひ》いて入ってきた。

幕の内弁当いかがですか。小田原《おだわら》名産……。売り子の声を聞いて先生が、

「少しお腹が空きましたね？」

とボクの顔を見た。

弁当を買って二人で食べはじめた。

「栗《くり》御飯ですか。なかなか美味そうだね。これは当たりですね」

「はい。幸先《さいさき》がいいですね」

「この調子で当たり続きといきたいですね。今夜の泊りは一宮ですか？」

「はい。安い旅館しかとれませんでしたが」

「その方が情緒があっていいですよ。うん、この栗は美味い」

「すみません、飲み物を買うのを忘れてました。すぐに追い駆けて買って来ます」

「戻って来ますよ」

「大丈夫です、すぐ買って来ます」

お茶を買って席に戻ってみると、先生の様子がおかしかった。

うずくまるようにしたまま下を向き、目を閉じている。

目の前に開いた弁当は食べさしのままで箸の一本が足元に落ちていた。
——どうしたんだ？　身体の具合がどこか悪いのだろうか。
先生の様子がおかしい。
——発作か……。
ボクは一瞬、そう思った。
膝の上に置いた手は握り拳をこしらえて、その指が震えていた。
ボクは先生の顔を覗き込んで耳元でささやいた。
「先生、先生」
返答がない。
「先生、大丈夫ですか？」
先生はボクの声が聞こえたようで、二度、ちいさくうなずいた。
そうして握っていた拳をゆっくり開いて握り、大丈夫だからと言いたげな仕草をした。
大丈夫と言われても額から汗が噴き出して鼻先や首筋に流れ落ちていた。
——いったい何が起こったんだ？
ともかく先生の体調がおかしくなっているのはたしかだった。
——このままにしていいのだろうか……。
次の駅で降りた方が……、と思ったが電車は名古屋まで停まらなかった。

Kさんから聞いていた、眠むり込んでしまうナルコレプシーとは違う感じだった。いやナルコレプシーのひとつの症状かもしれない。

「先生、お茶を飲まれますか?」

「………」

うつむいて目を閉じたままで返答がなかった。言葉を喋《しやべ》るのも苦しいのかもしれない。

ボクは洗面所に行き、冷たい水をお茶の容器に入れてきた。

先生はじっとしたままである。

その時、いつの間にか窓のカーテンが閉じられているのに気付いた。

——そうだ。Kさんに訊いてみよう。

ボクは電話のある車輛に行き、Kさんの自宅に電話を入れた。

お手伝いさんが電話に出て、Kさんは徹夜で仕事を終え、まだ休んでいると言われた。

ボクはお手伝いさんに事情を話した。

しばらくしてKさんが電話に出た。

「あっ、もしもしサブローです……」

ボクはKさんに先生の様子を説明した。

「ナルコじゃないのか」

「いや眠むってはいらっしゃらないのです。じっと目を閉じて何か痛みを堪《こら》えていらっしゃるようなんです」

「何をしてそうなったの？」

「弁当を召し上がってて」

「食中《しょくあた》りじゃないの」

「いや、それは……、食べたばかりですし。見た感じ、発作じゃないかと思うんです」

「発作ねぇ……」

Kさんの声が悠長に聞こえた。

「どうしたらいいでしょうか。電車を止めて、病院に連れて行きましょうか」

「サブロー君、そりゃ無理だろう」

「でも本当に苦しそうなんです」

「サブロー君、もう一度戻って様子を見て電話をくれますか。もう治ってるかもわからないから」

「は、はい」

ボクは席に戻った。

先刻より、先生の表情はやわらいでいるように見えた。

それでも目を閉じたまま動かない。

「先生、大丈夫ですか」

「…………」

　返事はなかった。

　顔色は少し戻っているし、発汗は止まっていた。

　デッキに出て、Kさんに電話を入れた。

「すみません。サブローですが、小銭が切れそうで……」

「サブロー君、今、どの辺りを電車は走ってるの？」

「静岡辺りだろうと思いますが」

「あのね、窓から富士山《ふじさん》は見えてたかい」

「えっ、富士山って、あの富士山ですか」

「そう」

「たしか窓を開けて競輪の話をしてましたから……。でも今はカーテンが閉じてありますが」

「君が閉じたの？」

「いいえ」

「じゃ、それだよ。富士山のせいだよ」

「えっ、何とおっしゃったんですか」

「だから、具合がおかしくなったのは富士山のせいだよ。あのね。君に話しておかなかったけど、先生ね、尖《とが》ったものを見てるとおかしくなる時があるの」

「……尖ったもの？」

「そう鳥のくちばしとか、円錐形《えんすいけい》のものもダメなんだ。恐怖でおかしくなるんだ。富士山が見えなくなれば元に戻るから。悪いけど徹夜明けなんで切るよ」

「は、はい……」


その日の競輪は後半ひどく荒れて、レース中の落車も多く、スタンドのファンが興奮して騒ぎがあった。

先生は前半戦で狙っていたレースをひとレース打って、それが推理と違う展開になり、あとはずっとスタンドで眠むっていた。

周囲の人間たちが皆血眼《ちまなこ》になって金を張り、レースの度に怒声を発する中で、一人コートを着込んでポケットに手を入れて眠むっている姿は、まるまる成長した蚕《かいこ》のようで、見ていてしあわせそうに映った。

その寝顔には電車の中で見た苦悶《くもん》する表情はいっさいなかった。

やわらかな陽射しにコートが艶《つや》やかに光っていた。

競輪場という場所は全体の造りがコロセウムのような円形の競技場になっているから、無風状態の日でさえ、どこからか風が湧いてくる。

その風が先生の髪や頬を撫《な》でるようにして吹いている。こんなおだやかな先生の表情を目にしたのは初めてのことだった。

――一緒に来てよかった……。

と思った。

私が車券を買いに行っている隙に先生の懐中に手を入れる輩《やから》が多いので、その日は〝メッセンジャー〟と呼ばれる車券を買いに行く役の若い男を雇った。

地回りの用意した若衆なのだろうが、気のいい若者だった。

「そっちの旦那は競輪場ではいつもこうして寝てるの？」

「今日はよく休まれるね」

ボクが言うと、若者はよほど先生の睡眠が可笑しいと見えて、クックックと喉を絞められた鶏のような声で笑った。

「明日も打つのか？　東京からじゃ、今日はどこ泊りだね？」

「一宮だが、競輪の客が全国から集まってるから、いい宿はどこも一杯だった」

「ならうちの兄貴に訊いてみようか」

「おかしなところはダメだよ。大事な先生を連れてるんだから」

「へぇー、この人は先生なのか？　そんなふうには見えないけどなあ」

「本物の先生はそういうもんじゃないかな」

「そうは見えないな……」

若者は先生をまじまじと見て笑った。

「いいから早く車券を買ってきな。それと宿の手配を訊いてみてくれよ」

「わかった。安くていい宿をな」

「安くなくていいよ」

「わかった」

若者は勢い良く人混みの中に入って行った。

全国五十数ヶ所ある競輪場はどこでもそれを仕切っている地回りの組があり、競輪場に関る商いの元締め、競輪場の周囲に開催日だけ露店を出す者、飯屋、白タク……とさまざまな稼ぎに絡んでしのぎをこしらえている。だから宿ひとつでも彼等の伝《つて》の方が間違いがない。

この一宮競輪場をふくめて中部地区は競輪場が日本で一番多い所だ。土地柄、〝イトヘン〟(繊維関係)の旦那衆がかつて多く、ギャンブルも盛んだった。戦後ほどなくの〝イトヘン〟が好景気の時代は、中部の競輪ファンは日本全国を旅打ちする猛者《もさ》が多かった。

ウゥーン、と唸《うな》り声がして、先生の顔を覗くと夢でも見ているのか声を上げていた。

その顔が、今朝の電車の中での、あの苦しい表情と重なった。

Kさんの声が耳の奥によみがえった。

『サブロー君、具合がおかしくなったのは富士山のせいだよ。あのね。君に話しておかなかったけど、先生ね、尖ったものを見てるとおかしくなる時があるの。円錐形のものもダメなんだ。恐怖でおかしくなるんだ』

恐怖でおかしくなる、と言われても、そんなことが現実に起こる人を目にしたのは初めてだし、第一、世間には尖ったものはごまんとあるし、そんなものにいちいち反応して苦悶していては生きて行けないだろう。

ボクは競輪場の中を見回した。

国旗のポールだって、風向計の先だって、自転車が入らないように置いてある工事用のプラスチックの三角の帽子型のものでさえ皆尖っているのではないか。

ボクは自分の手の中にある赤鉛筆の先をじっと見た。

――鉛筆は怖くないのだろうか。

これでは仕事ができないだろうに……。

先生がまた唸り声を上げた。

その声を聞いていて笑ってしまった。

若衆に頼んでおいた宿の手配が済んで、先生とボクはタクシーに乗って一宮の繁華街に出た。

「繁華街といったって、ほんの少ししかないですよ」

運転手が言うと、先生が＊＊町に行ってくれないか、と町名を告げた。

「あそこもうすっかり寂れてますよ」

「たしか映画館があったと思うんだが」

昔、訪ねた町に先生は行こうとしているようだった。

「あの映画館はもうとっくに閉めてありませんよ」

「そうなの。まあ行ってみて下さい」

すぐに目当ての界隈にタクシーは着いた。

運転手の言うように通りも路地もがらんとして、店灯りもない暗い場所だった。

先生はじっと外の様子を見ていた。

「ごらんのとおりですよ、お客さん」

運転手はスピードをゆるめて、昔、通りの中心があったらしき辺りを進んだ。

「その角で停めてくれるかね」

先生が言って、ボクたちは車を降りた。

タクシーが去ると周囲は闇がひろがっているばかりだった。

店は皆閉じていて、人の気配がしなかった。

先生は通りの真ん中に立って、右、左、後方と見回し、たしかこっちだと思ったが、と言って先に歩き出した。

最初に逢った新宿でもそうだったが、先生は急に早足で歩き出すことがあった。

当人は無意識なのかもしれないが、一緒に歩いた方は意外なスピードに少し面喰らう。

路地をふたつ曲がった場所で、先生は目の前の建物を見上げた。

閉館になった映画館があった。

館名があったであろう正面の壁には、〝座〟という文字が、それもほとんど欠けた状態でへばりついていた。

「昔にしてはモダンな造りの映画館だったんですね」

ボクが言うと、

「そうそう、なかなかモダンですね」

先生は少し残念そうに答えた。

「昔、こっちに遊びに来て、この館に毎日入りびたっていたことがあるんです。別に東京で観ればいいのだけど、わざわざ足を運んだこともありました……」

先生の大きな吐息が聞こえた。

「たしかこの先にちょっとした食堂があったんですが……」

先生は映画館の裏手に回った。

そこにぽつんと店灯りが見えた。

先生は立ち止まって店を眺めていた。

「あの店ですか」

「いや、違う気がします」

しかし周囲に店は一軒もなかった。

「まあ入ってみましょうか」

先生が言った。

「そうですね」

ガラス戸を開けて入ると、頭にスカーフを巻いた女が一人と、彼女の子供だろうか中学生くらいの男の子がボクたちを見た。

客は一人だけで雑誌を見ながら食事をしていた。

いくつかの定食のメニューがぶらさがっていた。

先生はテーブルに着くと店内を見回していた。

「何にしましょう?」

カウンター越しに女が訊いた。

「ビールでも飲みましょうか」

「そうですね、ビールを一本下さい」

少年がビールを運んできて二人して飲みはじめた。

「食事は何にしますか」

女が訊いた。

するとと先生が相手に言った。

「昔、ここらに美味しい味噌煮《みそに》のとんかつを食べさせる店があったんだけど……」

「それはうちの隣りです。私のおばあちゃんがやってたんですが、七年前に死んで、もう店は閉めたんです。味はだいぶ違いますが、お出ししましょうか」

「ああ、お願いします」

「ひとつですか」

ボクは指を二本立てて、二人前の注文を言った。

「その店に来たのはずいぶん前なんですか」

「いや、そんな前とも思わなかったんですが。私の間違いかもしれません」

料理が来るまでにビールをもう一本注文した。そのビールもすぐに空になった。ギャンブル場は思った以上に身体から水分が出てしまっているものだ。

「老酒《ラオチュウ》があります。飲みませんか？」

「いいですよ」

「サブロー君はたしかお酒に気を付けてるって言ってたよね」

「今夜は大丈夫です。博奕を打つとバランスがよくなるんで」

「ああ、わかりますよ。それ……」

先生がうなずいた。

「あれって何なんですかね？」

「分泌が良くなると言いますね。アドレナリンなんかもよく出るらしい」

老酒が来たのと同時に料理が出てきた。

「美味しそうですね」

「そうだね」

箸で分けられるほど肉がやわらかくなっていた。

口に入れてみると美味かった。

先生もたしかめるように口を動かしていた。

「どうですか。おばあちゃんのとずいぶん違うでしょう」

女が言った。

「いや美味しい。おばあちゃんのよりも美味しいかもわかりません」

先生は言ってニヤリと笑った。

「競輪で見えたんですか？」

女が先生を見た。どうして競輪とわかったのだろうか。

「昔、逢ったかね」

先生が訊くと、女は、長いことこの街を出ていたので逢ってないでしょう、と言った。

それでも記憶の断片に何か相手のことが残っているのか、先生はちらちらと女を見ていた。

先客が引き揚げた。

奇妙な音がして、そちらを見ると少年がテレビゲームをはじめていた。
＊＊、もっと音、ちっちゃくしやあ、と女が少年に注意した。
かまわないよ、と先生は言って少年にむかって笑った。

先生が、最終レースでスタンドが騒いでいた理由を訊いた。落車の審議についてだったことを説明すると、落車は続くからね、と納得したようにうなずいた。

「競輪はいいね。明日の新聞はもうそろそろ出るね」

「帰りに買っていきましょう」

「今朝の新聞代、私、払いましたか」

「はい、いただきました」

そのことの記憶がないのか、先生は首を少しかしげた。

先生は立ち上がり、女にトイレの場所を尋ねた。

トイレに行く途中、少年の背後に立ってプレーを見学していた。

「上手いね」

先生が言うと少年は照れたように笑った。

そんなことしても何の役にもたたないのに、困ったもんです、と女が愚痴をこぼした。

「いや、こういうものはあとで役に立つものです」

先生は女に言った。

トイレから戻り、ほどなくやってきたもう一人前も先生は平らげて、ボクたちは店を出た。

通りを歩きはじめると独り言のように先生が言った。

「テレビゲームというのも面白そうですね」

「なさるのですか」

「いや、したことはありませんが、あれでいろいろ工夫がいるらしいですね」

「一人で遊んで面白いんですかね」

「うん。遊びは一人遊びが基本でしょうが、あれは一人遊びじゃないでしょう」

「そうなんですか」

「ええ、今、日本全国でだいたい同じ時間に子供たちはあれをやるそうです。その様子を少し俯瞰《ふかん》すると、日本中の家々の屋根をはぐれば何十万人という数の子供が同じゲームをしてるようです。あれは皆と遊んでるんですよ」

――ああ、なるほど……。とボクは思った。

そういう見方があるのか、とボクは思った。

先生と並んで歩き出した。

ボクは気配を感じて、立ち止まって空を仰いだ。

満月が皓々とかがやいていた。

人の肌に似た艶かな光彩だった。

先生も立ち止まって月を見上げたが、すぐに下をむいた。

「サブロー君はよく空を仰ぎますね」

「ええ、子供の時からの癖のようです」

「そうですか。私は月とか星が少し苦手です」

ボクは先生に富士山のことを訊こうと思ったが、それは尋ねてはいけないことのように思えた。

「一軒だけ飲んで行きましょうか」

先生の言葉に、ボクは、そうしましょう、と返答した。

時折、月に雲がかかって、先生の大きな背中が闇に消えたり、浮かび上がったりした。

やがて前方に店灯りが見え、立ちん坊の女たちの影が淡く揺れていた。

先生とボクはいつの間にか、遊廓《ゆうかく》のあった場所らしき一角に来ていた。

饐《す》えたような臭いがするのは、どの街にもある遊廓あとの特徴だった。

赤いワンピースを着た女が一人、先生に近づいてきた。女の履いた突っ掛けの音が妙に甲高《かんだか》く響いて、ふてぶてしそうに歩く女の態度が、いかにも自分たちのテリトリーに入ってきた獲物を品定めしているふうだった。ボクは咄嗟《とっさ》に先生に歩み寄ろうとしたが、二人の会話ははじまっていて先生の背中越しに女の笑い顔が見えた。

先生も女のかける言葉に何やら愉しそうに受け応えしていた。女の表情が少しずつ科《しな》をつくるようになっていた。二人の笑い声も初見の儀礼的な笑いから、声を潜めたような艶笑になっていた。このまま先生が待合いの奥に上がるようなら、それはそれでいいのだろうと思った。

その時、仲睦まじそうにしていた女が、急に怒鳴り声を上げた。

「///、///、///……」

捲《まく》し立てる女の言葉は、興奮していてよく聞き取れないほどで、時折入る、男の性器を侮辱する言葉に女の憤怒《ふんぬ》が伝わった。

女が先生を罵倒するのをやめないので、ボクは二人の間に割って入り、女に、いい加減にしろ、と注意した。女はよほど腹にすえかねることがあったのか引こうとしない。先生は口の中でぶつぶつ何かを言っている。よく聞きとれない。それを聞いてか、女がまた先生に怒鳴り声を上げ、つかみかかりそうな勢いで先生にむかって行こうとした。

ボクが女を制そうとした時、女が唾を吐いた。女の唾がボクの顔にかかった。

「この野郎、何をしやがる」

ボクは女の二の腕を鷲《わし》づかんだ。女の顔が歪んだ。引き攣《つ》っていた目がとけた。女は
ボクの手を振りはらい店の方につかつかと引き揚げた。

「先生、行きましょう」

ボクが歩きはじめると、先生はその場に立ち止まったままだった。

ボクが振りむくと先生がぽつりと言った。

「あんなに怒るとは……。彼女に謝ろう」

「どうしてですか。あの女が悪いんでしょう」

「いや……」

「声をかけてきたのもあの女だし、いきなり怒り出したのも、あの女じゃないですか」

「そうじゃないんだ……」

ボクは先刻の女が来た方角を見て、赤いワンピースを探した。女の姿はたむろする女たちにまぎれてよくわからなかった。

ぎこちなさそうにしている先生を見て言った。

「わかりました。呼んできましょう。待っていて下さい」

ボクが歩き出すと、サブロー君、いいよ、と先生は止めた。

宿に引き揚げようということになり、タクシーを拾うために通りに出ようと歩き出すと、先生がまた立ち止まった。

――やはり、あそこに戻りたいのかもしれない……。

ボクが振りむいて、戻りましょうか、と言いかけると、先生は目を細めるようにして路地の奥を見ていた。

「どうしましたか」

ボクが訊くと、先生は路地の方を指さした。見ると路地の奥にぽつんと店灯りが揺れていた。

ネオンの文字灯りだった。

「バーか何かですね。寄って行きますか」

「あのネオン、JAZZと見えるんですが」

路地の一番奥にあったので、ボクも目を細めて、そのネオンの文字を見た。たしかにJAZZとあり、店名の方は半分消えていた。

「本当ですね。JAZZってなってます」

途端に先生が白い歯を見せて笑った。

宝物でも発見したように笑い出した顔を見ていてKさんの言葉がよみがえった。

「好きなものが多い人でね……、映画だろう。ボードビルというか軽演劇だね。それと落語だ。それからJAZZ、JAZZはちょっとしたもんだよ。あとは相撲と、……えっとそれからドラッグに、あっ、忘れてた、喰い物だ。これは驚くよ」

「何が驚くんですか」

「量だよ、半端じゃない。大喰いなんだな。先生が言うには遺伝的なもんらしい。父上が七十歳を過ぎる頃まで朝、昼、夜、大盛りで飯を二杯ずつぺろりと平らげてたらしい。飯屋なんぞに行った時は気を付けないと、おそろしい量を注文するからね」

「そうなんですか。それであとはギャンブルですか」

「ギャンブルは好きなもんと違うでしょう。あれは先生の身についたもんだから」

「ハッハハハ」

Kさんの言葉が可笑しくてボクは笑い出した……。

Kさんの話にあった、JAZZはちょっとしたもんだ、というのを思い出し、これで先生の気持ちが少しでも楽になればいいと思った。あの店に行こう……。行きましょう。そう言おうとすると、先生はすでに路地の奥にむかって歩き出していた。

ボクはあわててあとをついて行った。

店に入ると先生は入口に立って店内を見回し、店主らしき男が立つカウンターの向いのテーブル席に座った。

音楽のボリュームが大きく、板張りの足元がベースの音で揺れている気がした。それもそのはずで、ボクたちが座った席のカウンターの正面、左右に大きなスピーカーが突き出していた。

壁も床も、テーブル、椅子もすべて木造りだった。音楽スタジオのようだった。

——ずいぶんと凝った造りだな……。

店内はカウンターだけが明るく、ボクたちの座ったテーブルの上にグラスに入ったロウソクの灯りが揺れていた。客はカウンターに一人、奥のテーブルに数人いた。

カウンターから主人らしき髯の男が出てきて、注文を訊いた。

「ジンライムを」

先生の声がはずんでいた。

「同じものを」

ボクが言うと、先生が主人に、＊年頃のエリントンの＊＊＊……ですか、と訊いた。

主人が鼻先にシワをこしらえて笑ってうなずいた。

「お好きですか」

「いいね、この頃の＊＊＊は。アルト・サックスはジョニィ・ホッジス？」

すると主人の目がかがやき、右手の親指を突き出した。

先生が満足そうにうなずいた。

先生の膝の上に置いた右手が軽快にリズムを取っていた。

酒が来て、グラスをかかげた。

「ここっていい店なんですか」

「うん、いい店です。こういうことがあるから旅打ちはいいよね」

「そうですね」

「サブロー君はジャズはどうなの」

「モダンジャズはあんまり……。ガーシュインなら少し聴きました」

「ガーシュインはいいよね。〝アイ・ラブ・ユウ・ポーギィ〟〝マイ・マンズ・ゴーン・ナウ〟〝ザ・マン・アイ・ラブ〟……」

先生はガーシュインの曲を次から次に口にしていた。

「このエリントンやベイシーがやると、なんか嬉しくなるね」

先生は上機嫌だった。

「ボク、競輪新聞を買ってきます」

ボクが立ち上がると、先生はボクのシャツの袖口を握って言った。

「サブロー君、新聞は帰りでいいよ。一緒に聴こうよ。ガーシュインをかけてもらおう」

ボクは座りなおした。

ジンライムのお替りを注文し、主人がテーブルにやってくると、あとでいいですからガーシュインをリクエストしたいんだけど、と頼んだ。

丁度、レコードが終って、主人は背後にずらりとレコードが並んだ棚から何枚かを取り出していた。

「サブロー君、いい旅になりそうだね。出かけてきてよかったよ」

「そうだといいですね」

「私はなるたけ、君の競輪の邪魔をしないようにするからね」

「あっ、そんなことぜんぜんありませんよ」

「少し仕事も持ってきているしね」

「その時は言って下さい。けど今の宿で仕事は大丈夫ですか」

「うん……。さっきは驚いたね」

「ああ、何だか失礼な女でしたね」

「いや失礼したのは私なんだ。実は私、ああいう女の人たちから二回に一回は叱られてしまうんだ」

「そうなんですか」

「うん、手術して以来、あっちはさっぱりでね。それをどう説明していいか。彼女たちにも失礼がないようにね。けど上手くいかないんだな。トノヤマさんのは効かないね」

「何のことですか」

「夜の街で女の人たちに声をかけられた時にともだちから、いい断わり方を教えてもらったんだが、どうもダメだね」

「そうなんですか」

「うん、友人にトノヤマさんという俳優さんがいてね」

「トノヤマさん？」

「うん、トノヤマタイジって知らないかな。ジャズのともだちでね」

「〝裸の島〟に出演してた人ですかね」

「そうそう、いい作品を観てるんだね」

「あと漂流した船の船長役もしてた……」

「それは〝人間〟だよ。〝人間〟も〝裸の島〟も新藤兼人《しんどうかねと》が監督した作品だ。サブロー君、映画が好きなんだ？」

「いや、そんなに好きというほどでは……」

「けどトノヤマさんの主演作品を二本も観てる人はなかなかいないよ」

ガーシュインの曲がかかってボクたちはレコードを聴きはじめた。

店には二時間近くいた。

先生は客が引けた後にテーブルにやってきた店の主人とずっとジャズの話をしていた。

二人に共通の知人が岡崎《おかざき》にいたというのでまた盛り上がっていた。

タクシーを呼んでもらって店を出た。

「あれっ？」

ボクが声を上げると、タクシーの運転手もボクたちを振りむいて笑った。

宵の内に乗ったタクシーだった。

「お目当ての店はあったかね？」

「ああ、娘さんの代にかわっていたけどありました」

「そりゃよかった。いや、見つからないんじゃないかと思ってね。三業地の近くだったから変な女たちにつかまったんじゃないかと心配してたんだ」

「ハッハハ、つかまったんだ」

先生が笑った。

ボクも笑い出した。

「先生、トノヤマさんの教えって何だったんですか」

「〝インポテンツの病気持ち〟……」

「えっ、それをあの女に言ったんですか」

「うん……」

先生は悪戯が見つかった子供のように肩をすくめた。

——インポテンツの病気持ち……。

あれだけ笑って話をしていて、誘いを断わるのにそれを言ったんじゃ、女だって怒るはずだ。

ボクは女の怒鳴った顔を思い出し、思わず吹き出した。すると先生も吹き出し、二人して笑い声を上げた。

「いいことあったみたいですね、お客さん」

運転手の言葉を聞いて、また二人とも笑い出した。


翌日、先生は体調がいいのか、競輪場のスタンドで眠むることがなかった。

かといって、レースを打つ様子もなかった。

ボクも午後の遅いレースしか買いたいレースがなかったので、二人してレースを見ることが続いた。

「サブロー君、次のレースだけど、どんなふうに読む？」

「これですか。⑦番車の斉藤《さいとう》が先行力は一番あるんでしょうが、①番車の山田《やまだ》の後位が片折《かたおり》で、彼は山田の師匠の水口《みずぐち》と競輪学校が同期同部屋です。しかも山田の女房のたしか親戚になるんでしょう。山田は斉藤より少し力は落ちますが、うしろにこれだけのしがらみをかかえていれば思い切って先行するんじゃないでしょうか」

「そうなの。山田の師匠と奥さんまでからんでるレースなの。なら少し打ってもいいんじゃないの」

「ただ山田という選手は気性が激しいのか、自分のペースが保てない傾向があるんです。行くだけ行ってもオーバーペースになったら斉藤の捲りごろになるんじゃないかと思って、見《ケン》にしたんです」

「そうだね。たしかに斉藤には有利になるかもしれないね。見はギャンブルの肝心だものね」

「けど見が続くと少し苛立《いらだ》ってしまいますが……。どうもボクは堪《こら》え性《しょう》がなくて……」

「それは私も同じだ。〝短気は損気《そんき》〟と言うからね」

その言葉を聞いて、いつも鷹揚《おうよう》にしているように映る先生が気が短いというのがボクには意外だった。

「競輪もそうだけど、先行屋は、先行屋を演じているところがあるし、マーク屋はマーク屋を演じているから、そこの加減を読み間違えるとやられてしまうね。相撲取りもそうだよね。ただ相撲はもっとはっきりしてるから博奕としては崩れが少ないよね。サブロー君はたしか野球をしていたよね。関西も長かったんだろう。野球のコレはどうなんだろう？」

先生は鼻先を指で掻いた。

「あれは嵌《はま》りが厳しいみたいですね。ボクは実際、打ったことはないんですが、打っている連中の様子を見ていたら、上手いことやられているようですね。野球で大勝した話は聞きませんものね」

「ハンデ師の腕は相当らしいね？」

「そうらしいですね。一枚、二枚の上積みではないでしょう。見ていて最後は誘い込まれるみたいにやられるって言います」

「ポーカーと似てるね」

「あっ、そうですね。膨《ふく》らむだけ膨んだ上での嵌りは、もうギャンブルとは違ってるんじゃないかと思うんです」

「それは言えてるね。ハンデ師には逢ったことはあるの」

「いや、ありません。表には連中は出てはこないんでしょうね」

「そこら辺りの役所に勤めている人だったりしてね」

「ハッハハ、それなら面白いでしょうね」

「盆が大きいから、ウィットがあった方が面白いよね……」

ボクは先生の顔をちらりと見た。

先生は競輪場を覆った青空を仰いでいた。

――ウィットと博奕を繋げようとする人に初めて逢ったな……。

ボクは胸の中でつぶやいた。

前半のレースが終り、昼のインタバルの時間に場内放送があった。先刻も同じ人の名前を呼んでいた。

「東京の＊＊＊＊さん、東京の＊＊＊＊さん」

——あれっ、これって先生のもうひとつの名前じゃないかな……。

先生は、まったく放送が聞こえないふうでレースを見ていた。

レースが終るのを待ってボクはそれを報告した。

「先生、場内放送で先生の名前を呼んでいますが……」

「えっ」

先生は大きな目の玉をぐるりと動かし、少し思案する顔をしてから、

「人違いでしょう」

と笑った。

「でもたしかに下の名前も合ってました」

「いや、これだけ人が入っているんですから同姓同名はいますよ」

「東京の、とも言ってました」

そこで初めて先生は眉間にシワを寄せて、

「誰からでしょうか」

と訊いた。

「さあ、それはボクにはわかりません。東京で何かあったのかもしれませんから、とりあえずボクが訊いてきます」

ボクは立ち上がって競輪場の案内にむかった。

やはり先生への連絡だった。

伝言が記された紙を手に席に戻ると、先生はシートにうずくまるようにして眠っていた。

ボクは伝言を手にかたわらにいた。

起こしていいものやら、このまま寝かせておいた方がいいものやらわからなかった。

すぐに次のレースがはじまり、最終周回前に打鐘《ジャン》が場内に響き渡ると、先生が目を覚ました。

「先生、やはり先生への連絡でした」

ボクが伝言のメモを差し出すと、先生はそれを気難かしそうな顔をして読んでいた。

「大丈夫ですか？」

ボクが訊くと、先生はちいさくうなずいてから、

「原稿の締切りがありました」

とぼそりと言った。

「じゃ、東京に戻らなくてはいけませんね」

「いや、ファックスで送ればいいんです」

昨日もついてくれていたメッセンジャーの若衆を探した。

今朝、逢った時、今日は二人とも見がほとんどなので使いはいらないと断わっていた。

若衆はすぐにやってきた。

「どうしました？」

「今の宿じゃ、ファックスがない。ファックスのある宿を探してくれ」

「ファックスって、あのオフィスなんかに置いてあるやつですか」

「そうだ」

若衆は連絡を取りに行き、すぐに引き返してきた。

「名古屋に行った方がよさそうですね」

「そう。じゃ名古屋の宿は手配できるのか」

若衆は小首をかしげた。

「何とかしてくれ」

「じゃ、やってみます」

若衆はスタンドの階段を駆け上がった。

先生を振りむくと、また眠むっていた。

一宮から名古屋の宿に移り、翌日、先生は一日ホテルで仕事をするということだった。

朝早く、ボクは一人でホテルを出て駅にむかった。先生に声はかけなかった。

昨夜半、ボクの部屋に、＊＊社の編集者と名乗る男から電話が入り、先生はどこにいるのか、と訊かれた。

ずいぶんと横柄な口のきき方だった。

ボクと先生は名古屋に着くとデパートに行き、文房具売り場で原稿用紙と筆記用具を買った。ホテルのフロントにも夜中に原稿を取りに来てもらうように頼んで、その夜は外出をやめて、それぞれが部屋で食事を摂《と》った。

「先生は今、部屋で仕事をなさっていると思いますが」

「君は誰なんだ？」

「先生の知り合いです」

「失礼だが、どういう知り合いなんだね」

「…………」

ボクは何と答えていいのかわからなかった。

「君、聞いてるのか。君はそこで先生に何をさせてるんだ。こっちは原稿が入らずに困ってるんだよ」

「…………」

「君、何とか言いたまえ」

相手の言葉を聞いているうちに腹が立ってきた。

先生には悪いと思ったが、相手にははっきりと言った。

「おい、誰に口をきいてんだ。どうしていちいちおまえに名前を名乗らなきゃならないんだ。こんな夜中に電話をよこして、その口のきき方は何だ。用があるなら、そっちが来るのが道理だろう」

それで相手が黙った。

名古屋から一宮にむかう電車の中で、昨夜の電話での悶着《もんちゃく》がよみがえり、嫌な気持ちになった。

あの手の人間と先生が仕事をしているのかと思うと何だかつまらないというか、切ない気分になった。

競輪の方も、案の定、午前中のレースからつまらない打ち方をしてしまった。

昼時になり、ボクは名古屋のホテルに電話を入れた。

先生の部屋の電話は応答がなかった。

フロントに訊くと、朝の内に先生は出かけたと言われた。

——そんな朝早くからどこに行ったのだろうか……。

こんなことなら無理にでも一宮に一緒に来ればよかったと思った。

午後からのレースも先生のことが気になって集中できなかった。

最終レース前にボクは競輪場を出て名古屋に引き返した。

先生はホテルに戻っていなかった。

ホテルのロビーで待っていると、紙袋をさげた先生が帰ってきた。

ボクの姿を見つけると、先生はニヤリと笑って手にした紙袋を持ち上げた。

「〝天むす〟だよ。これがなかなかでね。サブロー君、どうだったね。戦績は？」

「は、はあ、あんまり芳しくありませんでした」

「そうなの。最終レースなんかはサブロー君の得意なパターンだと思ったけど」

「先生、競輪場にいらしたんですか？」

「うん。もっとも名古屋競輪場で場外を打ってたんだけど」

――あっ、そうか、場外で買う手があったんだ……。

そんなことにはまるで気付かなかった。

「この〝天むす〟で、どっかで一杯やりませんか」

「いいですね」

「じゃ行きましょう」

ホテルを出て、ボクたちは大通りを歩きはじめた。

「仕事の方は大丈夫だったんですか」

「ああ、それで君に迷惑をかけたね。あれであの人も悪い人じゃないんだけど、編集者も辛《つら》い立場でね」

「そのことで謝っておかなくてはと思ってたんです」

「君はちっとも悪くないよ。締切りを間違えていた私のせいなんだから。夏になると週刊誌も合併号ってのがあるんだよ。それで締切りが変則になってね。いや、こんなことはサブロー君には関係のないことだ。私の方こそ悪いことをしました。このとおりだ」

先生が歩道の真ん中でボクに深々と頭を下げた。

「そ、そんなことしないで下さい」

「いや、本当にすみませんでした」

夕暮れの街を往来する人たちが、ボクたちを奇妙なものでも見るような目で見て通り過ぎて行った。


それは見事なほどの大樹だった。

先生は昏《く》れなずむ空にむかって枝々一杯に緑葉を茂らせた大木を見上げていた。

大木と先生はとても好対照で、聳《そび》える木の下でちいさな生きものが感心したようにてっぺんを仰いでいるふうだった。

ボクは少し離れた場所にあるベンチに腰を下ろし、何缶目かの缶ビールの栓を開けた。

少しずつ昼中の気配が失せて行く中で、大木と先生だけが、刻一刻と視界の中で鮮明になっていく……。

やがて先生は疲れたのか、木の下にしゃがみ込んでうとうとと眠りはじめた。

どこからともなく夜の風が公園の中に流れ出し、たわわに茂った葉をゆっくりと揺らしはじめた。

大木の下の先生が子供のように見えた。

——どこかでこれと同じような光景を見た気がする……。

それは初夏の夜のことで、神楽坂、毘沙門天の境内で見た光景だった。

しかし今、目の前に眠むる先生は、あの時とはまるで違っていた。

大きな背中を丸めるようにして、両足を少しひろげて眠むっている姿は、その背中に白い羽があっても、とても似合いそうに思えた。

そんな妄想をしていた時、一羽の鳩が先生のそばに舞い降りてきた。

鳩は初め、先生を窺うかのように二度、三度と小首をかしげながら先生の周りを歩き回っていた。やがて相手が何も危害を加えないことがわかったのか、先生のことを無視してあちこちを歩いていた。

大木と、鳥と、先生はごく自然に、そこにいた。

とてもおだやかな風景だった。

ボクはずっとそれを眺めていた。

いつしかボクも眠むってしまっていた。

目を覚ますと鳩はどこかに失せ、大木の下で先生はかわらずに眠むっていた。周囲は闇につつまれていた。

松　山

名古屋から戻って一ヶ月後、ボクは先生の自宅に電話を入れた。

名古屋の旅の終り、東京駅で別れる折、先生から言われた。

「来月の初旬を過ぎたら仕事が一段落しますから、ぜひ旅に行きましょう。こんなに楽しかった〝旅打ち〟はひさしぶりです。月が明けたら電話を下さい。引っ越しなんです。そこは少し広いから、サブロー君泊りに来て下さい。面白いビデオもありますから……」

そう言って先生は電話番号を書いた小紙をくれた。

それは電車が新横浜の駅を過ぎた時、先生が思い出したように胸のポケットから紙片を出し、その裏面に書いたものだった。

——丁寧な人だ……。

先生が去った後、小紙を見ると、それは一宮で行ったジャズの店の名刺だった。

丸い大きな文字で電話番号が記してあった。子供が書いたような文字に、ボクは思わず笑ってしまった。文字をしばらく見ていた。

『こんなに楽しかった〝旅打ち〟はひさしぶりです』

今しがた先生が言った言葉がよみがえり、それが本当だったらよかったと思った。

月の初めに自宅に電話を入れると、野太い男の声が応えて、どちらさん、と訊かれ、名前を名乗ると、どういう御用件で、と言われ、競輪の旅のことで電話をするように言われたと説明すると、先生は今休んでます。君、どういう人か知りませんが、そういうことで電話をしてくるのはやめてくれないか、と慇懃《いんぎん》無礼に言われた。

「はあ……」

ボクは先生からそう言われたのだともう一度話そうとしたら、いきなり電話を切られた。

新しい家に引っ越されて、先生の暮らしが今までと違ったのかもしれないと思った。

遊びだけの人間関係というのは、相手が何かのきっかけで遊びから足を洗い、それっきりつき合いが絶えてしまうことが時々あるから、先生との旅も、あれで終りだと思っていた。

その月の中旬、Kさんから連絡が入った。

「サブロー君にしては珍しいね……」

いきなりそう言われて何のことかわからなかった。

「何のことでしょうか?」

「先生が落ち込んでたよ」

「先生が?」

「うん。君、今月、先生と旅に出る約束をしてたんじゃないの。先生、旅の準備をして外にも出ないで君の連絡をずっと待っていたそうだよ」

「えっ?」

ボクは驚いた。

「先生は名古屋の旅で自分が眠むってばかりいてサブロー君に迷惑をかけたから、自分との旅が嫌になったんだろうって言ってたよ。ちゃんと謝りたいとも言ってたが、とにかくえらく落胆してた。旅で何があったかは知らないが、俺に免じて先生を許してあげてくれよ」

「そ、そんな……、ボクも楽しい旅でしたから」

「そうなの？」

ボクは電話をした時の次第を話し、新しい家に移って生活がかわったのだろうと察したことを説明した。

「……そんなことがあったんだ。そりゃ君も驚いただろう。まったくな……」

ボクは先生がそんなふうにしていたとは想像もしなかった。

「じゃサブロー君、俺から、その話は少ししとくから、あとで君からも連絡を入れてくれないか」

「わかりました」

先生の家の電話はしばらくコールが続き、誰も出なかった。

三十分して、もう一度電話を入れた。

またコールが続いた。あの男がまた電話口に出たらどうしようかと思った。

「ハイ、＊＊です」

電話に出たのは女性だった。

明るい声だった。

ボクは名前を名乗り、先生の在宅を訊いた。

「あっ、あなたサブロー君でしょう。タケちゃん、ずっとあなたの電話を待ってたのよ。

どうしちゃったの。あっ、初めまして、私、家内の＊＊です」

——家内？　先生の奥さんだ……。

「は、は、初めましてサブローです。先日はお仕事中に電話をして申し訳ありませんでした」

「先日、何のこと？　私、知らないわ。ともかく彼はあなたの電話を待っていたのよ」

「すみませんでした」

「そんなに謝ることはないわ。電話を下さったんだから、私も嬉しいわ。ちょっと待って下さいね」

「は、はい」

とても明るい人なのでボクは少し安心した。

「やあ、元気かい？」

「は、はい」

「Kさんから話は聞きました。悪いことをしました。かんべんして下さい」

「いいえ、ボクの方こそ仕事中と知らずに電話をしてしまって……」

「いや、君の方は私が何をしてるのかはわからないわけだし……」

そんなやりとりの後、先生が旅の話をはじめた。

「少し遠出もいいかと思うんだが……」

「遠出と言うと、北ですか、南ですか」

「う〜ん、西はどうだろう」

「では九州か、四国はどうでしょう」

「いいね」

「来週から松山《まつやま》で記念がはじまりますが」

「松山か、あそこは昔、よく行ったんです。いいですね」

先生の声が少し昂揚したように思った。

「じゃ松山にしませんか。初日は二十一日の金曜日ですから、当日の朝一番の飛行機で十分にレースには間に合いますから」

「………」

先生が急に黙り込んだ。

「二十一日は都合が悪いんでしたら……」

「そうじゃないんだ。飛行機がよくなくてね……」

「……飛行機が、……そうですか。なら新幹線で岡山か広島まで行って、そこからフェリーで松山に入るのはどうでしょう」

「いいね」

先生の声がはずんだ。

「じゃ細かい段取りは、明日、連絡します」

「明日の連絡なら神楽坂の宿のWにしてもらえますか。ほら、いつか二人で行った。今日の夜からあそこに入るんで」

「わかりました」

「Wの電話番号を今言うから、ちょっと待っていて」

「Wなら、この間マッチをもらって帰ったのでわかります」

「そうなんだ……」

先生が電話のむこうで笑った気がした。

電話を切ってからボクは、マッチの話は少し変だったかな、と思った。

宇品《うじな》港の桟橋に先生とボクは立っていた。

新幹線の岡山駅からは海が遠く、広島まで行って宇品の港に出る方がフェリーの乗継ぎが良かった。

先生は目を細めて瀬戸内海を眺めていた。

初秋の陽射しに瀬戸内の海ががやいていた。

「サブロー君の生家はここから近いんだよね」

「はい。車でもここから二時間で着きます。ちいさな港町ですよ」

「天満宮があるよね」

「よくご存知ですね。あっそうか、いらしたことがあるとおっしゃってましたね」

「そう、Sという選手を少し追い駆けていた時があってね」

「ああSさんですね。防府では名選手でしたからね」

先生はうなずきながら背後を振り返った。

そこに大きな革の鞄を肩に担いだ男が一人桟橋にやってきた。

競輪選手だった。

歳の頃なら五十歳前の選手で、頭に白髪《しらが》が見えた。

ボクも先生も思わず相手の顔をたしかめていた。

相手は口を真一文字にしたまま船着き場に行き、自転車の入った鞄を足元に置き、沖合いを見ていた。このフェリーに今乗るということは、彼は松山競輪に出場するのだろう。

先生とボクは顔を見合わせ笑った。

「午前中のレースで欠場でも出たのかね？」

「そうでしょうね」

同じ船に乗って、一方はレースを戦いに行き、ボクたちは相手が戦うレースを買いに行く。その関係が可笑しかった。

〝旅打ち〟と呼ばれるギャンブルの中でも競輪の場合は特に、こんなふうに博奕を打つ人間と、その対象となって戦う者が同じ乗り物で移動することが多かった。

〝旅打ち〟の中でも極めつきは、一人の選手を追い駆けて、例えば、その選手が青森競輪場で三日間戦い、その数日後、熊本競輪場で戦う予定になっていると、その選手が夜行の寝台列車で北から南まで移動する同じ列車に乗って賭け手も移動し、旅を続ける猛者《もさ》もいた。そうやって選手とともに何ヶ月も旅をして暮らす輩がかつて全国に何人もいた。

寝台列車のデッキに古い革製の独特なかたちをした〝輪行《りんこう》バッグ〟と選手たちが呼ぶ鞄があると、それはその車輌に競輪選手が乗っているということだった。

船が島と島の間を抜けながら汐目《しおめ》に心地好く揺れはじめると、先生はデッキの椅子に腰を下ろしうとうととしはじめた。

その眠むりが病気のせいでないのがボクにはわかった。

二度目の旅だったが、旅に出ると先生がどこか開放的になっている気がした。

汐風の中で気持ち良さそうに休んでいる先生を見ていると、自分までが気分がよくなってくるのが不思議だった。

島をいくつか抜けると四国が見えてきた。

青く霞《かす》んだ陸影が少しずつはっきりしてくると、先生が目を覚まして周囲を見回していた。

　しばらく眠むって目を覚ますと、先生はいつもこの同じ表情をする。

『ここはどこだ？』

　そんな目をして、それをたしかめるように周囲の風景を見回す。それから視界の中に見知った顔を見つけると、これもまた同じように、

『どうして君がいるんだ？』

　という表情で相手をじっと見つめる。

　やがて記憶が戻ったのか、それとも安堵からか、ニヤリと笑って相手にうなずく。

　その表情の加減で、それが厄介な眠むりだったのか、それともやわらかな眠むりだったのかがわかるようになった。

　でもたいがいは前者の、厄介な方が多かった。

　それを知っている人は皆心配そうな顔で先生を見る。先生は先生で相手の不安を見透かしているかのように、決ってニヤリと笑ってみせる。その笑顔を見ているのが辛い時もあった。

　先生は船がむかう先の港の背後にある山を見ていた。

　山の上に塔が聳《そび》えていた。

　――あの塔はマズイのかな……。

「昔はあんな塔はなかったね……」

先生は何でもないふうに言った。

——大丈夫なんだ。

よく見ると塔の上に丸い球のようなものがついていた。

——尖ってなければいいのかな。

いつの間にか先生の苦手なものを覚えてしまっている自分に気付いて、ボクは、こんなふうに一人の人間に依ってしまっている自分が意外に思えた。

「着いたら真っ直ぐに競輪場に行きますか」

「少しお腹が空きませんか?」

先生の言葉にボクが笑い出すと、

「何時に食べましたか」

と訊かれた。

「大丈夫です。今日はまだ食べてませんから」

「フッフフ」

先生が笑った。

「どうしました?」

「それならたくさん食べられる」

ハッハハ、ボクも笑った。

タラップの行列が進むのを待っている時、先生が背後でささやいた。

「うどんすきにしようか」

ボクはうなずいた。

最終レースの顔見世がはじまった時、一人の女性が大声を出しながらボクたちが座る特別観覧席、通称〝特観席〟と呼ばれる、主に招待者や競輪関係者がレースを見る席にやってきた。

「先生、＊＊＊先生……」

着物姿の女性は先生の名前を呼び、先生が立ち上がると同時に抱きついてきた。

周囲にいた客も、ボクも驚いた。

先生は恥かしそうに相手を見て、

「やあ、ひさしぶりだね」

と応えた。

女性は特観席の入口を振りむき、

「マサ、マサ、何しとう」

と大声で言い、誰かを手招いた。

長身の痩せた男が一人、小走りに近づいてきた。

「ほれ、先生よ。挨拶して」

「どうも、マサオです」

男は長身の身体を曲げるようにして頭を下げた。

先生が女性に、何か冷やかすような言葉を投げた。女性は科《しな》をつくって先生のお腹を手で叩いた。

先生がボクを女性に紹介した。

「初めまして、マキです。新しいお弟子さん？」

女性がボクを見て言った。

「そんなんじゃないよ。第一、私は弟子など持ったことはありません。サブロー君は私のともだちです」

「そうだったかしら。前に来た時はよく肥えた人で、たしか＊＊さんというお弟子さんが……」

「あの人は編集者です。サブロー君は仕事は関係ありません。本当のともだちです。むしろ私がお世話になってるんです」

「立派ね。若いのに先生のお世話をしてるなんて、感心な人ね」

「いいえ、ボクが先生にお世話になっているんです」

ボクが言うと、先生が言った。

「そうじゃないって」

「まあ、どっちでもいいわ。ともかく先生と仲良しなのね」

女性は言って、先生の方をむき、右手の指先を軽く伸ばしてちいさく振った。

「打てるんでしょう?」

女性が訊くと、先生はうなずき、

「たいしたもんだよ」

と応えた。

その手付きで麻雀か花札だとわかった。

「それは愉しみだわ。でも嬉しいわ。先生が松山に来てくれるなんて夢みたい。最終レースが終ったら駐車場に迎えに行かせますから。真っ直ぐ家《うち》に来て下さい。マサ」

女性が長身の男の名前を呼んだ。

男はいつの間にか場内のオッズ表示を見ていた。

「マサ、マサったら」

男は夢中でオッズを見ていた。

「あれも、これが好きで」

女性は指で鼻先を掻いた。これも博奕の符丁だった。

「どうして博奕好きの男ばかりに当たるんでしょうね」

女性の言葉に先生が笑った。

女性はオッズ板の下まで行き、男の手を取るようにして戻ってきた。

「面白い人ですね」

「うん、相変らずだ」

「真っ直ぐ家に来るように言ってましたが、宿の方はどうしますか？」

「………」

先生は少し困った顔をしていた。

「サブロー君はどうする？」

「一度、宿に入った方がいいと思います」

「うん、そうだね。じゃ私から彼女に話をしよう。君はこのレースをやって下さい」

「わかりました」

先生と女性が話し合っていた。

長身の男が近づいてきて、最終レースのことを訊いた。

「⑦番車はどうですかね、地元に遠慮するか」

「ここは遠慮なしで突っ込むでしょう」

「ふぅ〜ん」

長身の男は女性の方をちらりと見て、場内の隅にいるノミ屋の下に歩み寄った。

道後《どうご》温泉の元湯の前で、長身の男の運転する車を降りて、宿まで歩くことにした。

先生は元湯の前で建物を見上げていた。

「先にここで風呂に入って行きますか」

「いや、そうじゃなくて、こんな建物だったかな、と思って」

「どこか変わりましたか」

「漱石《そうせき》の〝坊っちゃん〟にあったさし絵と違うような気がして……」

「はあ……」

ボクは自分が中学生の時に読んだ夏目《なつめ》漱石の〝坊っちゃん〟のさし絵を思い出そうとしたが、まるで頭の中に残っていなかった。

しばらく先生は元湯の前に立っていた。

賑《にぎ》やかな声がして外国人の男女が十人ばかり元湯の暖簾《のれん》を分けて出てきた。

皆大声で楽しそうに話をしている。大柄な男と女たちで、寸足らずの浴衣《ゆかた》に下駄《げた》履《ば》きだった。

それで先生はやっと動き出した。

「むこうの人たちは浴衣が好きだね」

ボクは先生と宿に続く坂道を歩きながら、先刻から気になっていたことを訊いた。

「先生、さっきの〝坊っちゃん〟のさし絵って、最近ご覧になったのですか」

「いや、ずいぶんと前です。子供の時分のことですから……。戦前に父親が買ったんです。大事にしていたものを私がページごと切り取って、ひどく叱られました」

「はあ……」

——まあいいか……。

ボクは宿の看板が見えてきたので、あそこですね、と指さした。

先生はまた立ち止まって、宿を見た。

「ずいぶんと立派な宿ですね」

「そうですね」

玄関に立って声をかけると仲居があらわれた。名前を言うと、すぐに奥に案内された。

廻廊《かいろう》になった廊下を仲居のあとに続いた。

「少し立派過ぎたかな……」

ボクが言うと、

「な〜に宿くらい贅沢《ぜいたく》してもいいでしょう。松山のお金を皆持って帰りましょう」

「ハッハハ、そうですね」

先生が立ち止まった。

庭の木に立派な札が掛けてあり、〝天皇陛下御植樹〟とあった。

仲居が、その木を指ししめして丁寧な口調で喋りはじめた。

「あれは天皇陛下の御植樹なさいまし……」

先生は仲居の言葉の途中ですたすたと先に歩き出した。

ボクもあわてて後に続いた。

通された部屋は奥の間で窓から松山の街が一望できた。

「これはなかなかですね。ちょっと豪勢過ぎたかな……」

「な〜にこんなものでしょう。何ならこの宿ごと買って帰りましょう」

「ハッハハ、頑張ります」

先生も笑っていた。

今、お茶をお持ちしますんで、と仲居が部屋を出た。

「観光シーズンなのにずいぶんと安い宿だったな」

すぐに仲居が血相を変えてあらわれて、ボクたちの名前を訊いた。

「す、すみません。お部屋が違っておりました」

ボクと先生は顔を見合わせた。

通された部屋は別棟をふた階段下りたどん突きの部屋で、窓の外も隣家の塀しか見えなかった。仲居が小走りに去って行った。

「ちょっとこれはひどいな。部屋を替えてもらいましょうか」

「な〜に寝るだけですから。明日勝ったら温泉ごと買いしめましょう」

ボクは笑えなかった。

仲居があらわれて、夕食の時間を訊き、風呂に入るようにすすめた。

「さっきの元湯に行ってもいいのかな？」

先生が言った。

「ええかまいませんが、うちのお湯も評判なんですよ。岩風呂で庭が眺められます。天皇陛下が……」

仲居の言葉をさえぎるように先生が言った。

「サブロー君、元湯に行こうよ」

「そうですね。仲居さん、元湯までは浴衣で行ってもいいの」

「はい。ではお二人の浴衣を出しますんで」

「ちょっと待って、部屋はふたつ頼んでおいたよね」

ボクの言葉に仲居の表情がまた変わった。

仲居がまた名前を訊き直し、急いで部屋を出て行った。

「大丈夫かな、この宿」

先生は壁に背を凭《もた》せかけていた。

眠むってしまいそうな目をしていた。

「す、すみません、何度も」

仲居の甲高い声がした。

ボクたちは下りてきた階段を上り、元の棟に入り直し、あの廻廊をまた歩かされた。

「お遍路さんみたいだね」

先生が言った。

続き部屋に上がった途端、先生は濡縁の椅子に座り、そのまま眠むってしまった。

目の前に料理が並んでいた。

先刻、仲居が入ってきて、先生に膝掛けをかけてくれていた。

「お料理が冷めてしまいますよ。お起こししなくてよろしいんですか」

「うん、いいんだ。しばらく休ませてあげて下さい」

料理が冷めてしまうことより休んでもらう方がいいと思った。

ボクはテーブルに頬杖をついて、すっかり日暮れた庭と籐《とう》の椅子に休んでいる先生を見ていた。

何だか落着いたこころ持ちだった。

時折、車のクラクションの鳴る音がした。

せせらぎの音に似た水音がしていた。どこか近くに小川があるのだろう。

――どうして、ここにいるんだろうか……。

ボクは何となくそう思った。

ビールでも飲もうと思った。先生を起こさぬよう縁側の隅に置いてある冷蔵庫からビールを出した。栓抜きが見当たらなかった。冷蔵庫の上のグラスの周りを探したが栓抜きはなかった。冷蔵庫の裏に首を突っ込んでみた。

「サブロー君」

いきなり背後で声がして驚いて首を引っ込めると、先生が立っていた。

「ああ、目覚められましたか」

「何をしてるの？」

「栓抜きがないんで……」

「栓抜きがね……」

先生は濡縁に立って、庭先を指さしていた。

「何ですか」

「あれを……」

ボクは先生が指さした方を見た。

「池がどうかしましたか？」

「池の真ん中の石の上……」

ちいさな池の中央に竜宮城のような赤い宮がこしらえてあった。そこに亀の彫刻が見えた。

「竜宮城ですかね」

「サブロー君、あの亀、生きてます」

「えっ」

ボクは身を乗り出して亀を見た。

かすかに亀が動いた。

「本当ですね。よくわかりましたね」

「いや、ずっと見ていたら亀の位置が違ってたんでね」

「お休みじゃなかったんですか」

「さっき起きたんだ」

「そうだったんですか」

「お腹が空いたね」

ボクは笑い出した。

先生も笑った。

「料理を温めてもらいましょうか」

「いや、遅いからいいよ。先に食べればよかったのに」

「いや、ちょっと考えごとをしてたんで」

「そうなの」

ビールをドアの取っ手で開け、少し遅い夕食を摂った。

先生は珍しく食欲がなかった。

「食べられませんね。どこか体調が悪いんですか」

「いや、昼間のうどんすきを食べ過ぎました。サブロー君、昼間、競輪場で逢ったマキさんだけど、こっちが来るのを待ってると思うんだ。君、麻雀打つ？」

「かまいませんが、先生は大丈夫ですか」

「私はいいんだけど」

「ボクもいいですよ」

「何か考えごとがあるんじゃないの」

「ああ、たいしたことじゃありません」

「小説のこと？」

「えっ」

「考えごとって小説のことじゃないの」

「いいえ、違います。たいしたことではありません」

「読みました」

「何をです」

「君が書いた小説です。チヌのことを書いた作品、とてもよかったですよ」

「はあ……」

「今でも書いているの？」

「いいえ、今はもう書いていません」

「どうして？」

「………」

ボクはどう返答していいのかわからなかった。

先生の顔を見ると、これまでに見たことがないほど真剣な目をしていた。

ボクはその顔を見ることができなくなり、うつむいたまま黙っていた。

「こんなふうに言うと、君は気を悪くするかもしれないけど、私には君の小説のよさがよくわかります」

ボクはこの場を逃げ出してしまいたい気分になっていた。

ボクが黙っているせいか、先生も何も言わず二人とも沈黙したままだった。

「……ごめん」

消え入りそうな声で先生がボクに言った。

顔を上げると先生はボクに頭を下げていた。

「ち、ちがうんです。ボクには小説は書けません」

先生はうつむいたままだった。

「誉めていただいてありがとうございます」

ボクが言うと、先生は頭を振り、

「私はただサブロー君が小説を書いてくれたらいいと思ってることを言いたかっただけなんです」

「すみません」

それっきり先生は黙ってうつむいていた。

ボクもどうしていいのかわからなかった。

仲居が蒲団《ふとん》を敷きに来るまで、先生もボクもじっとしていた。

仲居が蒲団を敷いている間、先生とボクは濡縁に立って外を見ていた。

亀はじっと赤い宮の上に動かずにいた。

「麻雀でも行きましょうか」

「そうですね」

ボクたちはタクシーを呼んで、松山の市街に出た。

城の堀沿いの道を少し奥に入った場所に、〝みまき〟と看板のあるこぢんまりとした料亭があった。

女性は先生の姿を見ると、こんな時間まで何をしていたのか、と半分怒ったように言いながら、初老の男を紹介した。

男は先生に、共通の友人の名前を何人か出し、彼等の消息を話していた。

一見して、男が素人ではないことがわかった。

「自動卓より、手積みの方がいいでしょう」

先生はちらりとボクを見た。

――かまいません。

という顔をしてボクはうなずいた。

隣りの部屋に麻雀の用意がしてあった。

すぐに麻雀をはじめようということになり、女将のマキが隣室につながる襖を開けた。

そこは小部屋になっており、雀卓と座椅子の支度がしてあった。

「薬を飲みたいんだが……」

先生が女将に言った。

女将は雀卓の上にあった呼鈴を鳴らした。

足音がして、昼間、競輪場で逢った男が顔を出した。

「マサ、先生が薬を飲まれるから水を持って来とくれ」

「水ならそこにあるじゃないか」

男が突慳貪《つっけんどん》に言った。

ボクは水差しを取りグラスに水を注いだ。

先生は掌《てのひら》にいくつかの薬を載せて数えていた。グラスを渡すと首をかしげている。

「薬が足りませんか？」

「いや、揃ってると思うんだけど、いくつ飲むのかを忘れてしまって……。五つだったか、七つだったか……」

先生はたくさん薬を飲む。十年前に大手術をして以来、薬の量が増えたのだと言っていたが、半端な量ではなかった。

一度、両手に大きな袋をかかえていたことがあって、重くありませんか、持ちましょう、と言ったら、いや軽いんだよ、これ全部薬だから、と笑った。病院と薬局の五ヶ所を回って仕入れて来たと言う。仕入れるという言い方も妙だったが、薬が手に入ったからと少し昂揚していたのが可笑しかった。

薬を飲みはじめてしばらくすると、考え込むような表情をすることがあった。

「どうもあっちを飲み過ぎたな」

と言って、

「少し抑えといた方がいいようだ」

と別の薬を出して飲みはじめる。

その様子が、先生の大きな身体の中に鍋があって、その中でいろんなものが煮たっている、そこに食材代わりに薬を大量に入れ、掻き回してみて、味加減がおかしかったのか、塩や胡椒《こしょう》やバターを足すように追加の薬を流し込んでいるように見えた。

実際、薬を追加して、その反応を待っている時の顔には滑稽な印象があった。

「先生、えらいたくさん薬を飲むんですね」

女将が言った。

「はい。この頃は薬でお腹が一杯になるんです」

「ハッハハ、相変らず先生は面白いねぇ……」

「さあ準備ができたらはじめましょうや」

カジヤマという初老の男がボクの対面《トイメン》になった。

相手が真向いに座ってみて、男の左目がおかしいのに気付いた。義眼である。

先生はすぐにそのことに気付いたようだった。

義眼を見るのは初めてではないが、その男の義眼は少し違っていた。よほど精巧にできているのか、それともそういうふうにこしらえたものなのか、本来なら動きのない左の瞳が、相手の打ち出した牌を見ているように映る。奇妙なこともあるものだと思った。

女将もカジヤマも普段はブーマンのルールでやるようだったが、先生がゲストということで関東のリーチ麻雀にし、東南回《トンナン》しで半荘《ハンチャン》戦をやることにした。

四国は関西圏だから、主流はブーマンになる。ブーマンは大阪を中心に戦後、流行した和了《あがり》の速いポイント制の麻雀だ。このルールだと短時間で勝負が決するのでサラリーマンや仕事のある者も短時間で卓に入って抜けることもできる。大きな役を狙う者はなく、大役の醍醐味《だいごみ》がないように思われるが、そうではない。一度の失敗でその局、半荘を放棄せざるを得ないシビアなルールだ。

先生の提案で、どこかキリのいい時間にブーマンもやってみようということにした。

女将の打ち筋は女にしては珍しく攻め麻雀だった。カジヤマの打ち筋は攻守のバランスが取れていた。どちらかと言えば脇を締めた守りの強い麻雀だった。

先生は序盤から好調だった。

これで先生と麻雀を打つのも二回目になるが、今夜の方が調子がよいように思えた。それまでが不調というわけではなかったが、

——ああ、これが先生の麻雀なのか……。

という印象は受けなかった。

ただ随所に、やはり素人とは違うという場面は何度もあったが、それはこの時期の先生の麻雀の打ち方なのではという気がした。

「去年の夏の終りくらいから、麻雀が少しよくなくてね……」

先生はそう言っていた。

打っていて、或ることに気付いた。それはメンバーの違いで、あきらかに麻雀がかわっていることだった。

――そうか、これは〝旅打ち〟だものな……。

先生もボクも、お大尽《だいじん》の遊興の旅ではない。昼間の競輪が主力のギャンブルの旅である。夜の麻雀で現金《タネ》を失くしたら、それで終りになってしまう。

その上、相手は何年振りかに逢った女性と初見の男である。相手もこちらを喰いつぶそうとむかってきている。先生にすれば遠慮をするどころではないのだ。それはボクも同じだった。

ボクの麻雀はどちらかと言うとエンジンが遅がかりで、一夜で言うと、夜明け方から攻める傾向があった。

「サブロー君、ようやくエンジンがかかってきたね」

先生からまたそれを言われた。

「サブロー君と時間制限無しで、とことん打ってみたいもんだね」

先生は社交辞令で言ったのだろうが、ボクも先生の麻雀を時間をかけて見てみたかった。

「今夜はえらい勢いじゃねぇ。こげな先生を見るのは愉しいわ」

女将は一人負けを気にするふうでもなく、笑って打っていた。

先生はボクから和了《あが》ることはほとんどなかった。別にボクたちは何か申し合わせをしていたわけではない。

ただ二人で出かけた〝旅打ち〟だから、どちらかがプラスで引き揚げることができれば上出来だった。その考えはボクの中にも働いていて、それが逆にボクの打ち方を窮屈にしていた。それでもその夜はボクにもツキがあった。

だがツキは長くは続かなかった。

カジヤマがじわじわと上がってきた。その分、ボクが沈みはじめた。ガードに徹しようとしても、ボクには先生ほどの技倆《ぎりよう》はなかったから喘《あえ》ぎ喘ぎの局面が続いた。こうなるとギャンブルは軸がブレはじめる。余計なことまでが脳裡《のうり》をかすめ、つまらぬミスをする。

「ねぇ、この半荘《ハンチャン》で地元ルールにしない？」

女将が言った。

「そうしようか」

先生がボクを見た。

ボクはうなずいた。カジヤマは少し不満気だった。彼にすればようやくツキが回ってきたのだから無理はない。

いつだったか先生が言った言葉が耳の奥で聞こえた。

「漁師が船べりに立って汐目を読むように、ギャンブルも汐目が、流れが読めないとね。出と引っ込みが半端じゃ、泥舟になってずるずると沈むだけだ。それが一番悪い。出の時はなり振りかまわず突進して、流れがないなら、そこはきちんと引っ込むことに徹しないとね」

先生の書いたギャンブルの文章を読むと、大半がマイナスの領域に身を置かないためのものだ。

五年、十年と、いや一年を通してでもよいのだが、ギャンブルはマイナスの領域に身体の一部を入れている時が圧倒的に多い。そこから這《は》い上がるために賭け手は踠《もが》き、喘ぎ、ひどい時は嘆きながら打ち続ける。

ギャンブルで蔵を建てたものがないのは皆わかっているのに、誰もが次から次に金を引き出し、新手の者が次から次にあらわれては消えてゆく。強い風が吹けば倒れるとわかっている道理を、先生は風の中にいても勝算があると信じているところがある。それをボクは感心していた。勿論《もちろん》、大向うが目を見張る大勝などではなく、辛勝に近い勝ち方である。いつどこで培ったものかはわからないが、針の先ほどの微小なものであれプラスの領域に身を置けると信じて、平然と打ち続けるのだ。

ブーマンになって、やはり流れはかわった。

女将が少しずつプラスに転じようとしていた。先生は相変らず好調だった。松山という地運を引き寄せているのかもしれない。カジヤマがおかしくなってきた。それでもミスの少ない打ち方だから大敗はしない。むしろ大敗を一度か二度して流れのかわりを待つ方がいいのだが、惜しいところでミスを続けた。

障子越しに鳥の鳴き声が聞こえはじめた。

「マキさん、競輪があるんで少し休みたい」

先生が言った。

それをきっかけに仕舞いになった。

窓を開けると、すでに外は明るかった。

今夜もできるんでしょう、という女将の言葉を聞きながら、先生とボクは宿に引き揚げた。

帰りの車の中で先生が言った。

「あのカジヤマという人、かわったコンタクトレンズしてたね」

「あれ、義眼でしょう」

「ああ、義眼か……、フッフフ」

先生が笑った。

「ボク、何か可笑しいこと言いましたか？」

「いや色つきのコンタクトができたのかと思った」

「コンタクトに色が付いてたら視界も皆その色に染まるんじゃないでしょうか」

「いや、そうでもないらしい。ハリウッドのメイクってのはすごいらしくて、たしか映画の中で瞳にメイクした役者がいたよ」

「そうなんですか」

「うん、そういうのが欲しいと思ったことがあるんだ。それを目につけたら、怖い目になって麻雀やカードの時に役に立つかもしれないって」

ボクは首をかしげた。

「何か変なこと言ったかね、サブロー君」

「いや……」

「何ですか？」

「麻雀を打ってる時、先生の目は十分、怖いように思えますが」

「私の目が？」

「ええ」

「それはないね。私は若い時に目付きが優しすぎるんで、それを見透かされないためにずっと上目遣いにしてきたんだから」

「へぇー、そうなんですか」

「〝へぇー〟はないでしょう、サブロー君」

「ああ、すみません」

先生が笑い出し、ボクも釣られて笑った。


宿に戻って、少し休んでから競輪場に行くことにした。

空が明るくなりはじめたのでカーテンを閉じた。

すぐには休めそうになかった。

「ビールでも一杯飲みましょうか」

「そうですね」

ボクは冷蔵庫からビールを出し、先生のグラスに注いだ。

徹夜麻雀になったり、数日間、長丁場でギャンブルを終えた直後は、身体のどこかがまだ興奮状態にあり、すぐに休むことができない場合があった。

そんな時は酒を飲んだり、がつがつと何かを食べて身体に別のことをさせる人が多い。薬を服用したり、人によっては女の身体を貪る者もいる。そのせいかは知らぬが、〝博奕好きの子だくさん〟という言葉さえある。

ギャンブルは当人が考えている以上に肉体を酷使している。

ビールを飲み終えると、先生は、お先に、と言って寝間着にも着替えず、寝所の蒲団の中に潜り込んだ。

そこはボクの蒲団です。先生の部屋は隣りに……、と言う間もなく動かなくなった。

――まあ、いいか。

ボクは縁側の籐の椅子に座って、目を閉じた。

先生の部屋の蒲団に入ってしまうと熟睡してしまいそうだった。

目を覚ました。

何か鳥の声のようなものを聞いた気がした。夢の中のことかもしれない。

時間を見ると、まだ十五分も休んでいなかった。カーテンの隙間から射し込む陽射しが強い。

寝所の方を見ると、山のように盛り上がった蒲団から、こっちにむけて靴下を履いたままの足の裏が赤ん坊のそれのように覗いていた。

煙草に火を点けた。

煙りが白い糸のようにゆっくりと部屋の中を流れていった。

庭に面した窓のどこかに隙間があるのだろう。部屋の中が少し暑い。もしかしてどこか窓が開いているのかもしれない。

カーテンをゆっくりたぐって窓を見た。

池が見える。

ボクは思わず目を見張った。

真っ白なものが、そこに立っていた。

シラサギだった。

陽射しの中でシラサギは一本足ですっくと立ち、目をつむったまま身じろぎもしない。

まぶしいほどの純白は、陽光の中で奇妙な美しさを放っていた。

穴蔵の中から外界を覗き見ているようで変な感じだった。振りむけば、先生の足が蝶ネクタイのように覗いている。

昨夜何か気まずいことがあったような気もするのだが、それが何だったか思い出せない。

耳の奥で声がした。

先生の声だった。

『何か考えごとがあるんじゃないの』

『ああ、たいしたことじゃありません』

『読みました』

『何をです』

『君が書いた小説です。チヌのことを書いた作品、とてもよかったですよ』

まさか先生がボクの小説を読んでいるとは思いもしなかった。

それは以前、小説誌に掲載された短篇で、ボクの田舎のある瀬戸内海沿いの小市に暮らす一人の老人がチヌ（黒鯛《くろだい》）釣りに出かけ、夜半、磯の岩場の間に身体が嵌《はま》り込んでしまい、海が少しずつ満潮に近づき、次第に死が迫るというものだった。

「君のこの小説サア〜、わかるんだけど、題材がクライんだよね……」

編集者にそう言われた。

――これしか書けなかったんだよ……。

ボクにすれば、そう言いたかったが、口にしなかった。

原稿用紙三十枚のものを書き上げるのに、一年も時間を費やしていた。

「若いんだし、もっと面白いっていうか、読者のハートをつかむものを書かないとね……。けど編集長が掲載しようって言うからね」

どこか恩着せがましい態度にも腹が立った。

その作品のさし絵はKさんが忙しい中で描いてくれた。Kさんにも申し訳ない気がした。

雑誌に掲載されてから二年半余りが過ぎ、何度か書こうとしたが、何ひとつ書けなかった。その作品を書いている時にも、何か上辺のことだけを並べているだけで、詰まるところ自分には小説など書くのは無理なのだと思った。書いたものが小説になっているのかさえ皆目わからなかった。

その小説誌の担当が、嫌な態度の男から若い人にかわって、丁寧な手紙とともに挨拶に来た。

N君というその新入社員は久留米《くるめ》出身の爽やかな青年だった。初対面でいきなり言われた。

「ボクはあなたのふたつの作品がとても好きです。ぜひ次の作品を読みたいと思いました……」

「もう小説は書きません」

「どうしてですか」

「書けないんです。いや正直言うと自分には無理だとわかりました。小説を書く人は違う種類の人間だとわかりました」

「ボクはあなたが違うとは思いません」

「君はボクのことがわかってません」

ボクは声を荒らげてしまった。

「………」

N君は黙ってしまい、悪いことをしたと思った。

その後、二度、連絡が欲しいと伝言があったが、ボクからはしなかった。

小説はもういいよ、というのが正直な気持ちだった。

Kさんから先生を紹介され、こうして旅に出るようになったこととボクが小説をいっときでも書こうとしていたことを、繋げて考えられることが嫌だった。

だから、

『今でも書いているの？』

『いいえ、今はもう書いていません』

『どうして？』

と訊かれた時、その場から逃げ出してしまいたくなり、先生の顔をまともに見ることができなかった。

『ボクには小説は書けません。すみません』

謝るしかできなかった。

今後、二度と小説の話が、先生との間で出なければいいと思った。

そうでなければ、こうして先生と二人っきりで旅に出ることはできない気がした。

作家である先生と旅をしている感覚はなかったし、〝ギャンブルの神様〟と世間で呼ばれる先生とも旅をしているという意識は、ボクの中にはなかった。

たぶんそれは先生のやさしさがボクからそういう意識を失《な》くしてくれたのだと思うが、

こうして旅をしているだけでおだやかな気持ちになり、ボクの目から見て勝手に思っているのだが、先生もとても嬉しそうに見えた。それしかないように思う。

この数年間、ボクの中で鬱積《うっせき》してきたフンコロガシのフンのようなものが、先生といるわずかな時だけ忘れられている。

一時は自分のバランスをとるために酒に溺れ、ひどい依存症になった。今は、ギャンブルだけが唯一、安堵を得られる場所に思われて、日々が過ぎていた。

たしかに先生とはギャンブルの旅に出ているのだが、ギャンブルとは違う、奇妙な安堵があった。ただこれもどこかに恐怖心があり、何かのきっかけで、この安堵もこれまでと同様にいずれ消滅するのだろうと思っていた。

——けれど、これまでとどこかが違う……。

そんな感情を抱くことがあった。

それは先生という人間の存在そのものだと思った。

この時、ボクはまだ、作家として敬愛される先生と、〝ギャンブルの神様〟と呼ばれる先生の間に、まったく別の先生が存在していることに気付かなかった。

その日の競輪はボクも先生も好調だった。

「松山は方角がいいのかもしれないね」

先生は嬉しそうに言った。

最終レースが終り、競輪場から電車に乗り、道後温泉駅で降りると、先生は昨日と同じように元湯の建物を見上げていた。

「先生、ここで湯に入りましょうか？」

「うん？」

あまり気乗りがしないようだった。

温泉に来て、二人ともまだ一度も湯に入っていなかった。

Kさんとの会話がよみがえった。

「先生、なかなか風呂に入らないから……」

「そうなんですか。風呂嫌いなんでしょうかね」

「いや以前、そのこと訊いたことがあるんだ。そうしたら、恥かしいんだ、って言ってた。いい歳して恥かしいはないだろうと思ったけどね」

「ハッハハ」

「かわってるよ。ともかくシャイなんだな」

ボクが宿にむかって歩き出すと、先生が呼び止めた。

「サブロー君、ここに入りたいの？」

「えっ、いや、特別……。先生、入りますか？」

すると先生は少年のようにうなずいた。

ボクは元湯に入ると、先生の下足札を持ち、タオルと石鹸《せつけん》を買い、浴衣を借りた。

「肌着を買おうか」

「そうですね」

先生がガラスケースの中の肌着を見ていた。大きなサイズがなかった。

「中身を見てみましょう」

先生が手にした下着のビニールを取ろうとすると、湯屋番の男に、それ、女物ですよ、と言われた。

二人してずっと女物の下着を品定めし、それを開けようとしていた。

二階の控えの間に上がると、団体客がいてひどく賑やかだった。

女、子供の笑い声がする。ボクたちは部屋の隅で浴衣に着替えた。先生の浴衣は特大なのにちいさかった。

「沖縄民謡の人みたいだね」

「ハッハハ」

「サブロー君、やっぱり身体大きいんだね」

「変ですか？」

「いや似合ってるよ」

湯屋に入ると、湯気が立ち込めて中にいる人たちが白く透き通って映った。

先生は洗い場の小椅子に腰を下ろした。

ボクは身体を洗い、湯船に入った。

目を閉じた。これは気持ちがいい。

いきなり耳元で先生の声がした。先生が湯船に入っていた。

「サブロー君」

「ほら、ご覧よ」

言われて視線の先を見ると、大きな大理石製の亀の口から湯が出ていた。

「この街って、亀が多いですよね。あの池といい、今回の記念競輪の名称も金亀杯《きんきはい》でしたよね。松山の人って亀が好きなんですかね」

先生は返答せずにじっと亀を見ていた。

「どうかしましたか？」

「サブロー君、あの亀どうしたかね」

「そう言えば見ませんでしたね。亀のかわりにシラサギがいましたよ」

「シラサギって鳥の？」

「ええ、そうです」

「そう、知らなかった。見なくてよかった……」

──そうか、先生はたしか鳥のくちばしが苦手だとKさんが言っていたな。悪い話をしてしまったな……。

「先に上がります。のぼせ性なんで」

「私もそうなんだ」

「背中でも流しましょうか」

「いや、いいよ。変な関係に思われるといけないから」

「ハッハハ」

宿に戻り、二人して肌着を洗濯し、縁側に干している頃、食事の用意ができたと仲居が告げに来た。

「マキさんという女性の方から電話が入りまして、何時頃、お見えになりますかと訊かれましたが」

「わかりました」

先生はよく食べた。

やがて食事の最中に目を閉じた。

料理はまだ途中だったので、そのまま休ませてくれるように仲居に言った。

一時間くらい経って目を覚ますと、また食べはじめた。

「味噌汁、温かくしてもらいましょうか」

「大丈夫、ご飯が温かいから」

食事が済んだ頃、申し合わせたように迎えが来た。

玄関に出ると、マサと呼ばれていた男が立っていた。

男は車を運転しながら、どがいやったですか、今日の競輪のぐわいは？　二人とも麻雀強いそうやね、などとよく喋った。

女将がいないと、この男は饒舌になるようだった。

「ここには他にも面白い博奕場があるんだがね」

男が言った。

「ほう、どんな？」

先生がすかさず訊いた。

「札《ふだ》ですぞな」

「手本引《てほんび》きかね」

「そがんもんはない。たまに手本引きも立ちよるが、大阪《かみ》から人が来んとね」

「丁半《ちょうはん》かね」

「そうぞな、丁半じゃけん。けっこう大きな盆《ぼん》ぞな。そこでたまに合力《ごうりき》やっとるがね、わしは」

「そりゃ一度、覗きたいな」

「明日でも案内するかね」

先生がボクを見た。

ボクはうなずいた。

「うん、考えとくよ」

ボクたちには男が客を鉄火場《てつかば》に紹介することも生業《なりわい》にしているのがわかった。

「けんど、女将には内緒なもんよ」

男の言葉にボクたちは顔を見合わせて笑った。

その夜は女将が好調だった。

女はツキはじめると、男よりツキが濃いことが多い。少々の手役でも強引に突っ張ってくる。まともに打ち合うと、ツキのある方にはかなわない。

女将は上機嫌だった。

カジヤマは相変らず静かに打っていた。

ボクは大敗もないかわりに大勝もなかった。

先生はくすぶった手が続いていたが、明け方、国士無双《コクシムソウ》と四暗刻《スーアンコー》を立て続けに和了《あが》って逆転した。

週末ということもあって、昼前まで打つことになった。

終ってみると地元勢が二人ともプラスになっていた。

宿に戻ると、先生は今日は自分は競輪は休もう、と言った。

「それなら実家に行って夜までに帰ってきます。夕刻までに帰るのは無理なので……」

「大丈夫。食事は一人でするよ」

「すみません」

ボクは宿を出て、港に行き、フェリーに乗って広島から実家のある山口にむかった。

この旅の前に、山口の妹から連絡があった。頼んでいた友人から連絡があり、大丈夫だから待っている、と電話があったという。

借金を申し込んでいた。

あちこちに借金をしていたが、これが最後の借金になるような気がした。そのつもりで少し高額な金を借り入れる算段をした。

最終のフェリーで着き、宿に戻ると、先生は出かけていた。

今夜は麻雀も場が立たないはずだった。

宿の仲居に、誰か先生を迎えに来たのか、と訊くと、昨夜の男が来たという。

——札の博奕場に行ったんだ……。

夜の一時を過ぎた頃、隣りの部屋から物音がした。

覗きに行くと、先生が戻っていた。

「どうでした？」

「変な賭場でね。やられちゃったよ」

「変って、どういうふうにですか」

「う〜ん」

そう言ったきり先生は黙り込んだ。

何かあったのだ、と思った。

先生は部屋の中で何かを探していた。

「何か探しものですか？」

「出る前に、おむすびを頼んでおいたんだが……」

部屋の中にそれらしきものはなかった。

「お腹が空いてるんでしたら、ラーメンか何か食べに行きましょうか」

「ああ、いいね」

先生はズボンのポケットから小銭を出して数えていた。

——ああ、やられたんだ……。

「今日、実家に行って現金《タネ》を少し集めてきました。回すほど十分にあります」

「そう……」

温泉街の店はもう皆閉まっていたから、夜の松山の繁華街に出た。

鮨屋がまだ暖簾を上げていたので入った。

「カジヤマさんがいたよ」

「えっ、どこにです」

「札の場に」

「そうなんですか」

「ありゃ、なかなかの顔役でね。現金《タネ》を回してくれたよ」

「大丈夫だったんですか」

「その分はなんとか……」

やはり先生を一人にしておくのはまずかったと思った。

それでも先生の食欲は旺盛だった。

——これが〝旅打ち〟なんだろうな……。

ボクは酒を飲みながら思った。

先生は、時折、何の変哲もない風景の前で立ち止まり、そこでじっと佇《たたず》むことがあった。何か考えごとをしているのだろうと、そんな時、ボクは先生を放っておくことにした。

ほんの数分、そこにじっとしている時もあれば、三十分近く、その場に立ったまま動かないこともあった。たいがいは数分で終るが、長くなると我を忘れてしまうのか、手にしていた紙袋から中身のでん六豆が足元に散乱していたりした。

先生の目に何が映って、何を考えているのか、ボクには想像もつかなかった。

四国への旅の時、ボクは先生をそっとしておくことをつい忘れてしまい、もう廃《すた》れてしまっているらしい汽車の引込み線の夏草の中で立ち止まっていた先生に声をかけてしまった。

「先生、何か面白いものでもあるんですか?」

言ったあとからすぐに悔んだ。

「えっ? 何ですか。ああ、ごめん、ごめん」

先生はあわてて返答し、目をしばたたかせて照れたように笑った。

「あっすみません。邪魔をしてしまって」

「邪魔? そんなことちっともありません。サブロー君」

「何ですか」

「目に見えるものを写し取るというのは、なかなか上手くできないもんだね。私たちの記憶というのはずっと残っているものなのかしら。生きているうちに同じようなものを何べんとなく見るでしょう。それが最初にいつ見たかが思い出せなくなってしまう。いや子供の時分にそう思ったんだ。昨日、通った道でたしかに見た都電の線路なんだけど、翌日になってみると、目の前の線路が、これを見たのかどうかあやふやなんだ。それが不安でね。だから子供の頃から訓練をするようにしたんだ。見たものをカメラのシャッターを切って印画紙に焼き込むみたいに身体の中に描写を残しておくのを……」

そこまで話して先生は我に返ったような目をして、

「ごめん、変なこと言い出して……」

そうして、アチッ、と声を上げた。

指にはさんでいた煙草の火が根先まで燃えてきていた。放り捨てた煙草が夏草の中で煙りを立てた。

「大丈夫ですか？」

「うん、大丈夫だ。何か君に言おうと思ってたんだけど、今ので全部忘れっちまった」

「ハッハハ」

ボクは笑い出した。

「記憶とか、描写のこと話してましたよ」

「記憶、描写……。そう描写のことだと思う。描写とはいいことを言いますね。サブロー君」

「ボクが言ったのではなく先生が描写と言ったんです」

「そうだったかな。けど描写するというのは厄介だね。何で、そこにあるのかわからないものがあるでしょう」

「はあっ……」

ボクは先生が何を言おうとしているのかよくわからなかった。

──もしかして絵を描くことに似たようなことかもしれないのかな。

そう思ってボクは先生に言った。

「子供の頃、絵を描いてる時に、蜜柑《みかん》をそっくりというか、なるたけ蜜柑のように描きたくて描くんですが、精巧に描けば描くほど違っていってしまうのと似てる話ですかね」

「うん？　もう一度話してみて」

「ああ、いいです。ボクには上手く言えません」

「いや、言っていたよ。もう一度……。精巧に描けば描くほど何だったたっけ」

「蜜柑と違ってくるんです。やっぱり自分の目を一度通してしまってるからですかね」

ボクが言うと、先生は大きな目をさらに大きくして、ビックリしたような表情でぽつりと言った。

「同じだよ。私と同じなんだ、それ」

「はあ……」

「嬉しいね」

「はあ？」

市電の近づく音が聞こえたのでボクはあわてて先生に電車が来たことを告げ、彼方《かなた》に見える松山城にむかって歩き出した。

「いや同じだよ、サブロー君」

先生は背後でまだそれを言っていた。

電車に乗り込んで、考えごとをしている先生に声をかけるのはよくなかった、と反省した。


市電を終点の道後温泉駅で降りた。

先生はまた元湯の方を振りむいた。

——湯に入って帰りますか。

と言うのを口の中で呑《の》み込んだ。

「サブロー君、元湯に入って行かなくていいのかい？」

「ボクは大丈夫です。それに、あんまり湯に入るのは好きじゃないんです」

「あっ、そうなの。実は私も風呂に入るのが苦手なんだ。子供の時から、ずっとそうなんだよ」

「そうなんですか……」

「いや同じでよかったよ」

ボクたちは宿に続く坂道をゆっくりと上った。

先生は坂道が不得意だった。

坂道だけではなく、階段もダメなようだった。

松山に来ての初日、競輪場のスタンドでボクは先生に言った。

「松山が好調なら、このまま四国を東上して高松《たかまつ》という手もありますね。金毘羅《こんぴら》さんにお参りして」

「金毘羅さんはかんにんだね。あの階段を想像しただけで卒倒しそうだ」

「ハッハハハ」

ボクは先生の言葉がジョークだと思っていた。

しかし昨日の夕暮れ、やはりこの坂道で、先生は坂の途中で立ち止まって言った。

「手術をしてから、からっきし勾配がダメになってね。前は坂道なんてへっちゃらだったんだ。むしろ急な坂道なんてのが好きでね。一気に駆け上ったもんだ」

「ええ、わかります。ボクも子供の時、坂道があると走り出しました」

「私も子供の時分、坂道をあちこち巡っていたんだよ。あちこち歩いてみると東京はずいぶんと坂が多い所でね。それを小紙に記して並べると、坂と坂を繋ぐだけで東京中を回ることができるんだよ」

「本当ですか？」

「うん。ヨーロッパのどこの国だったか、そこは森というか木が多くてね。一人の男がずっと木の上で暮らして、地面に一度も下りずにいろんな町を旅したって話を聞いたことがあるよ」

「それは面白そうですね」

先生はまた歩き出し、

「電線マンというのを最初耳にした時、電線の上をずっと歩く人かなって思ってたんだ」

と独り言のように言った。

「ハッハハハ」

先生が、時折、真剣に話すことはびっくりするくらい面白いことがあった。最初、それが冗談なのか本気で話しているのかわからなかった。

でも少しずつ真面目に話していることがわかってくると、先生はやはり普通の人と違うのだとあらためて思った。

宿に戻ると、先生宛に荷物が届いていた。

「先生、東京から荷物が届いていますが」

受け取った荷を先生に持って行くと、先生は分厚い紙袋をじっと見て言った。

「やっと届きましたか」

先生はあらかじめ、その荷が届くのを知っていたようだった。

先生は紙袋を裏返し、差出人をたしかめてうなずいた。

「お仕事ですか」

「うん」

明日は競輪が中日《なかび》で休みになっていた。

明後日から後節がはじまる予定だった。

「仕事をなさるのなら、今夜は食事は別々に摂りましょうか」

「いや、やるとしても夜中だから、今夜は前祝いといきましょう」

「大丈夫ですか」

「セレモニーがないと仕事がはじめられない悪い性格でね」

先生は苦笑いした。

昨日から宿の食事は断わっていたので、二人して宿を出た。

いつもとは逆の坂道を下りて行った。

暗がりをしばらく歩くと石の階段があり、そこから商店街に続いていた。

階段が終ると、目の前がストリップ小屋だった。

ボクたちは立ち止まって看板を見た。

先生もじっと見ていた。

「サブロー君、こういうのは観るの？」

「あまり観ませんね」

「踊りだけじゃなくて、コントなんかをやってるといいのにね。踊りだけだろうな」

先生は少し口惜しそうに言った。

「訊いてきましょう」

ボクは中を覗いて、椅子に掛けていた男に訊いた。

「そういうのは今はやってないよ」

ボクは外で待っていた先生にそれを告げた。

「だろうね……。何を食べようか？」

「先生、何か食べたいものはありますか」

「う～ん」

食事のことになると、先生は真剣に考えはじめる。

「あれも、これもだね……。ともかく少し歩いてみましょう」

先生は味のいい店を探すのが上手かった。

それも、こんな店で大丈夫なのだろうか、という構えの店を一瞥《いちべつ》しただけで、スーッと木戸を開けてしまう。

勿論、一見《いちげん》の客なのだが、それが一見に映らないほど自然にとけ込んでしまう。そうしていつも隅の壁側の席に着く。

ほとんど外れがない。メニューも見るが、店の人にいきなり、

「＊＊＊なんかやってるの？」

と訊き、それがたいがいやっているから不思議だ。

その夜も、一軒の小料理屋に入った。

馴染《なじ》み客がボクたちをちらりと見たが、先生はもう席に着いて、子供のようにメニューを眺めていた。

青魚の刺身が美味かった。

てんぷらを注文し、先生は地の野菜のことを店の女に訊いた。

やはりあると言う。

「先生、よく料理のことを知ってますね」

「私は喰いしん坊なんだ」

先生はそうつぶやいてから、急に背筋を伸ばして、

「しかも大食漢です」

とおどけたように言った。

美味い瀬戸内海の魚や貝、地の野菜をたらふく食べた。

小料理店を出て、どこかで一杯やって引き揚げようとなった。

通りを歩いていると前方に懐かしい建物が見えた。

映画館だ。それも東京ではもう見かけなくなったちいさな館だった。

「まだこういう小屋をやってる人がいるんだね」

先生が嬉しそうに言った。

封切り館ではなく、名画館のようだった。

「一本くらい観て行こうか？」

「いいですね。どんな映画を……」

ボクは返答してから、そこで言葉を止めた。映画のポスターがはっきりと見えた。

先生も一瞬、立ち止まった。

ポスターの中で笑っていたのは、二年前に亡くなったボクの妻だった。

ボクはそこに突っ立ったままだった。

先生もボクもポスターの前にじっと立ったまま動かずにいた。

「サブロー君……」

「チェッ」

先生がボクを呼ぶのと、ボクが舌打ちしたのはほとんど同時だった。

ボクはどうして舌打ちをしてしまったのかわからなかった。それが先生にひどく不謹慎に聞こえたのではと思った。でもそんなこともどうでもいいような、ひどく情ない気持ちになっていた。

「サブロー君、行きましょう」

「は、はい」

ボクは返答し、先生のあとを追うように歩き出した。

ちいさなバーに二人して入った。

ボクは動揺していた。

この二年、つとめて忘れようとしてきて、ようやく平静になったと思い込んでいたものが、突然、目の前にあらわれ、しかも先生と一緒の時に、そうなったことがよけいにボクの感情を揺さぶった。

腹立たしさと、動揺してしまっている自分に対しての情ない気持ちが交錯して、ウィスキーを黙って飲み続けた。

以前、Kさんから、先生にボクが妻を亡くした事情を話したことを聞いていた。先生もそれは承知していて、大変だったろうね、とボクのことを気にかけていたと言われた。

「悪かったね。おかしなところに行ってしまって……」

先生がぽつりと言った。

「そんなことありません。ボクの方こそすみません。先生にどう言ったらいいのかわからないんですが、普段は大丈夫なんですが、さっきは驚いてしまって……。それで少し動揺して……」

「…………」

先生は何も言わず、黙ってウィスキーのグラスを両手で握っていた。

「先生、すみません。迷惑をかけました」

ボクは頭を下げた。

「ちっとも迷惑なんかじゃありません」

「…………」

ボクはやり切れなくなった。

「とてもいい人だったそうですね。私はとても好きでした」

ボクは、ありがとうございます、が言えず、頭だけを下げた。

「ボクは彼女の仕事のことほとんど知らないんです。ただ家族だったというだけで、しかも余計者でしたから、本当に悪いことをしたって今も思ってるんです」

ボクは自分で話をしていて興奮していくのがわかった。

「す、すみません。何か変なことばかりを口にしてしまって……」

「変じゃありません。それに、サブロー君は悪いことなんかしてません。私にはわかります」

「…………」

「サブロー君、人は病気や事故で亡くなるんじゃないそうです。人は寿命で亡くなるそうです」

「…………」

ボクは先生の言葉の意味がよくわからなかった。

それっきり先生は何も言わなかった。

ボクたちはしばらく飲んで店を出た。

夜空に鮮やかな三日月が浮かんでいた。

先生のうしろを黙って歩いた。

先生の影が短くなったり、長くなったりしていた。

その夜、ボクはなかなか寝つけなかった。

ひさしぶりに酒を飲んだせいか、身体が火照《ほて》ってしかたなかった。

窓を開けて夜風を入れたが、外は無風に近いようで熱気が増すだけだった。

蒲団を出て、寝間着のまま庭に出た。

宿は高台にあるせいか、庭に出るといく分風はあった。
松山港がある辺りに、家灯りとも、船の灯りともつかぬものがきらめいていた。
――私はとても好きでした……。
先生が妻のことを話してくれた言葉がよみがえった。
どうして、ありがとうございます、と素直に言えなかったのかと悔まれた。
それ以上に、映画館の前でポスターを目にした時、舌打ちしたことを後悔した。
いつの頃からか、妻に関る話題が出ると、反射的に怒りが込み上げるようになってい
た。その感情がどこから来るものなのか自分でもわからず、ひどいアルコール依存症に
なり、幻聴、幻覚に悩まされ、果ては暴力を振るうようになってしまった。
ようやく平静を保てるようになり、こうして先生と旅に出ることもできるようになっ
たのに……。それが装っていただけなのだとわかった。
ボクは大きくタメ息をついた。
その時、背後で気配がした。
振りむくと、ボクの部屋の隣りの中二階に、そこだけ窓灯りが皓々と点っていた。
先生の部屋だった。
かすかに先生の影が浮かんでいた。
――仕事をされてるんだ……。

そうわかった瞬間、ボクは今夜、先生にひどく迷惑をかけたことに気付いた。早く宿に戻って仕事にかかりたかったろうに、こちらの勝手で時間を取らせてしまった。そう思うと、よけい自分が情なく思えてきた。

耳の奥で声がした。

先生の声だった。

『人は病気や事故で亡くなるんじゃないそうです。人は寿命で亡くなるそうです』

——なら彼女は、それが寿命だったのか……。

ボクは先生の言葉の意味がよくわからなかった。ボクへの慰めで、そう言われた気もした。

庭先に立ったままずっと窓灯りを見つめていた。見つめているうちに、窓灯りが、どこか教会のステンドグラスのように発光しているふうに映った。

先生は二日間、部屋に籠もって仕事をしていた。

邪魔をしてはいけないと思い、部屋にも行かないようにした。

宿の仲居に様子を訊くと、昼間はずっと横になっていて、二日目の今日、近くの店から中華料理を頼んでくれるように言ったという。

「三人前近く召し上がられましたよ」

それを聞いて安心した。

「あのお客さん、偉い先生なんですか？」

仲居が訊いた。

「どうして？」

「宿《ここ》の主人が、偉い先生かどうか訊いてくるように言ったもんですから」

「それは偉いけど、ここの主人が言っている偉さとは違うかもしれないよ。そう話せばいいよ」

「はい。わかりました」

ボクは先生を置いて競輪場に出かける支度をしていた。

すると先刻の仲居がやってきて、もじもじしながらボクを見た。

「どうしたの？」

ボクが訊くと、うしろ手に回した手を前に出した。何かを持っていた。

「何、それ？」

「主人が、あの先生に色紙をもらえないかって」

「色紙？　先生にか……。そんなことを頼んじゃダメだって、主人に言いなさい」

「でも……」

「どうしたんだ」

「私も欲しいんです」

ボクは呆れて仲居の顔を見た。

「ダメですか？」

「さあボクにはわからない。今はともかく仕事中だから、宿を出る時にでも先生に訊いてみるよ」

「よろしくお願いします」

そう言って仲居は色紙を置いて行った。

競輪場に行き、ひどい暑さなので、途中で場内の屋台へ入り、ビールを飲んだ。

昼間、アルコールを飲むのはひさしぶりだった。

少しためらったが、一本目を空にしても身体がおかしいことはなかった。

二本目を注文した。ビールはすぐに来なかった。

いや、すぐに来たのかもしれないが、ひどく時間がかかっている気がして苛立った。

その時、フラッシュバックがやってきた。

目の前の風景が、二度、三度、閃光《せんこう》の中に包まれて何もかもが真っ白になった。

——ああ、また来やがったか……。

そこで飲むのをやめればよかったのだが、気が付いた時は、目の前にウィスキーの瓶が転がっていた。

「お客さん、最終レースはとうに終ってるよ。うちもそろそろ仕舞いますから、勘定して下さい」

金を払って、立ち上がろうとすると身体がふらつき、その場にしゃがみ込んでしまった。

「大丈夫かね？」

遠くで聞こえる声にうなずきながら、ボクは幻聴を耳から追い出そうともがいていた。

目を覚ますと、周囲に光があふれていた。

すでに陽は落ちていた。

ボクは光に手をかざしながら起き上がり、自分の居る場所を確認しようとした。

視界はおぼろで、ここがどこなのかよくわからなかった。座ったまま足元を見つめた。

草の上にしゃがみ込んでいた。

甲高い声がした。一人の声ではない。声のする方角を見ると、光がまた押し寄せた。

目を閉じた。そうしてゆっくり数を数えた。

10、9、8、7……と逆に数えた。それは子供の頃から、体調がおかしくなると、そうするように医者から言われた方法だった。

少しずつ平静になった。

ゆっくり目を開けると、光の川のように感じていたのはカクテル光線の光だった。
金網のむこうにナイター設備のある野球場があり、そこでゲームをしていた。
白と青のユニホームがカクテル光線の中に鮮やかに浮かび上がっていた。
知らぬ間にボクは野球場のそばにやってきて、ここで眠っていたようだ。
空を仰ぐと、流れる夜雲が月を隠すのが見えた。
ボクは身の回りを見た。
アルコールの残骸はなかった。
——大丈夫だ。酔い潰れたわけじゃない。
自分に言い聞かせるようにつぶやいた。
顔を両手で叩いた。
ひどく喉が渇いていた。
水飲み場を探した。
グラウンドのベンチの脇にそれらしきものが見えた。
ボクは金網に両手をかけて立ち上がると、水飲み場にむかって歩き出した。
その時、乾いた打球音がした。
打者の打ったボールがこちらにむかって飛んでくるのが見えた。
芝生の上をボールはスローモーションのようにゆっくりと転がってきた。

ボクは立ち止まり、そのボールをじっと見ていた。

宿に戻ると、玄関が閉まっていた。

通用口を開けて入ると、短髪の男が、お帰りなさいませ、と目玉を剝くようにしてボクを見た。

「遅くなって……」

「どこかで転ばれたのかね？」

男の言葉に衣服を見ると、ズボンもシャツも泥だらけだった。

「ああ、ちょっと転んでしまってね」

男が差し出した手拭いで泥を落して宿に上がった。

部屋に入ると、テーブルの上に置き手紙があった。


サブロー君、帰ったら一度部屋に来てもらえますか。


先生からだった。

どうしたものか、と思った。

洗面所に行き、衣服を脱いだ。浴衣に着替えて、手紙をもう一度読み返した。

——何時頃の手紙だろうか。

部屋の時計を見ると、夜中の二時を過ぎていた。

こんな時間に部屋を訪ねるのは失礼だと思った。

——明日の朝早くにお邪魔しよう。

蒲団に入ったが、とても眠むれそうになかった。

庭に面した木戸を開けた。

夜風が勢い良く入ってきた。

濡縁に腰を下ろし、煙草を点けた。

マッチが湿って火が点かなかった。

煙草をくわえたままぼんやりしていた。

競輪場からどうやって野球場まで行ったのかはだいたい想像がついた。

——一昨夜の酒がいけなかった……。

昼間のことも反省した。

——これで、これから酒を飲まなければ何とかなるはずだ……。そう、これから飲まないことだ。

ボクは自分に言い聞かせた。

「そうだ。飲まずとも大丈夫だ。幻聴もしない」

ボクは声に出して言った。

「サブロー君」

先生の声がした。

ボクは頭を振り、

「大丈夫だ。大丈夫だ」

とくり返して言った。

「サブロー君」

また声がして、顔を上げると、そこに先生が立っていた。

青いパジャマを着て庭の芝生の上に先生が立っていた。

幽霊だと思った。

ボクは目を閉じて、一、二度頭を振り、ゆっくり目を開いた。

先生はまだ立っていた。

「サブロー君、大丈夫かね？」

本物の先生だった。

「ああ先生、どうしたんですか、こんな時間に」

「いや、君のことが心配になって様子を見に来たんだ」

「……そうなんですか」

「どこか具合が悪いの？」

「いいえ、少し酔っ払ってしまって」

「そうなの。連絡がないんで何かあったのかと思って」

「ああ、すみませんでした」

「いや何ともなかったのならいいんだ」

「心配をかけてしまって」

「どうだったの、競輪の方は」

「ほとんど打ちませんでした。先生の方はお仕事は？」

「うん、もう少しで目処《めど》はつきそうだ」

「それはよかったです」

「サブロー君」

「何でしょう」

「君、本当に大丈夫？」

そう言って先生はボクの頭を指さした。

髪の毛をさわると、泥が落ちた。

「酔って転んでしまって」

「……そうなんだ。私の方は今晩、踏ん張れば何とか終りそうなので、明日の朝、休んでいても起こしてくれますか」

「わかりました」

「じゃお休み」

「お休みなさい」

先生は庭を横切り、部屋に戻って行った。

その後もボクは眠むれずに、じっと濡縁に座っていた。

さまざまなことがよみがえった。

薄闇の中に、怒鳴り声を上げている小人の自分が何事かをわめき散らしている。それが消えると、うろたえながら逃げまどう小人が泣きながら助けを乞うている。部屋の隅に膝を抱くようにしてうずくまり震えている自分がいる……。

ボクはただそれを黙って見ていた。


先生は競輪場のスタンドで眠むっていた。

おだやかな表情で、その睡眠が心地好いものだとわかった。

競輪の方は終盤まで打ちたいレースがなかったのでボクもスタンドでうとうとしていた。それでもボクまで眠むるわけにはいかなかった。競輪場には掏摸《すり》、置き引きの類いが多かった。関東の掏摸は仕事を単独でやる者が多いらしいが、関西は三人ないし四人と役分を仕分けしてかかってくる者が多かった。ほとんどが各地を渡り歩く〝渡り〟の連中で、近畿、中部辺りからやってきて、数日、その街に逗留し仕事をしていた。だからいったん目星を付けた相手を狙うと執拗なところがあると聞いた。一度、被害に遭った者が、数日後、またやられたという話もあった。中には荒っぽい手口で仕事をする者もいて、便所の中に入った相手を数人で囲んで袋叩きにし、金銭から時計やら光りものやらを剝ぎ取る連中もいた。狙われるのは地元の者ではなく、他県から競輪場、競馬場に遊びに来る者だった。その手口から考えると、先生とボクは連中の恰好の餌食となっても不思議はなかった。ただ先生には独特の雰囲気があった。どう説明していいかわからないが、裏稼業の人間から見ても、或る種、異様なものを漂わせているのだろう。それが持って生まれたものなのか、どこかで培われたものなのか、ボクにはわからないが、東京でKさんやIさんと笑い合ったりしている時には、かけらも見えなかったものが、最初の旅で先生がギャンブル場に立った時に感じた。

——先生にはまったく違う面があるんだ……。

ボクはそれを見た時、怖いという印象よりも、そういう術を身に付けている人なのだと思った。

それでも眠むっている時の先生はまったく無防備だった。ましてや病気が襲ってきての眠むりではない時は、子供の安息のようで、先生の周囲をこまかい光の粒が取り巻き奇妙な安堵に包まれていた。

ボクは、時折、周囲の気配を窺った。

厄介な気配はなかった。これだけ眠むっていて無事なのは、やはり先生に何かがあるのだろう。

目の前のバンクの中を風を切って競輪選手が疾走して行く。スタンドから野次が聞こえる。

せっかく旅打ちに来ているのだから見《ケン》ばかりでは、勝負のきっかけも出てこないし、普段なら様子見《ようすみ》の車券を買うのに、その気にならなかった。

ボクは落着かなかった。

原因はわかっていた。

三日前の夜、映画館の前でポスターを見てから、やはりおかしくなっていた。記憶の箱の周りに幾重にも紐《ひも》をかけ、記憶のかけらひとつも洩《も》らさぬように封印していたと思っていたものが呆気なく開いて、平然と目の前に姿をあらわした。

ボクは先生といることも忘れ、動揺し、もう少しで以前のように暴れ怒り出すところだった。なんとか平静を装うことができたのは先生がいたからだった。

だが翌々日、競輪場から公園の中の野球場まで自分がしていたことは、昔と何もかわっていなかった。

――やはりダメなのかもしれない……。

ボクは、今朝になって気付いた赤く膨れ上がった右手の甲をじっと見つめていた。

――何を殴りつけたのだろうか。人でなければいいが……。

ボクは不安になった。

「サブロー君」

声に顔を上げると、先生がバンクの中を指さしていた。

数人の選手がバンクに横たわって救急の担架が運ばれていた。ひどい落車のようだ。

何やってんだ。この馬鹿が。そのまま死んじまえ。このド阿呆《あほう》が……。

血まみれで倒れている選手にスタンドから容赦ない野次が飛んでいる。

「可哀相《かわいそう》だね。選手は……。転べばただのクズ札《ふだ》だものね」

目の前でこれだけの落車事故があったのに気付きもしなかった。

「このレース買わなかった？」

「えっ、は、はい。ずっと見《ケン》でした」

「そう……。サブロー君」

「は、はい。何でしょうか」

先生がニヤリと笑って言った。

「少しお腹が空いたね」

「そ、そうですね」

ボクたちは立ち上がって食堂にむかった。

「今日は遠慮しておきます」

ボクが言うと、先生は差し出したビール瓶を持ったままボクの顔を大きな目でじっと見た。

どこか胸の中を見透かされるようでボクはうつむいた。

「どこか身体の調子が悪いの？」

「いや大丈夫です」

「昨晩もそうだけど、少し様子が良くないように見えるよ」

「いや、本当に大丈夫です」

先生の手がいきなり伸びてきてボクの額にぴたりとついた。

「熱があるじゃないの」

「そ、そんなことは……」

「あるよ。そうだ、宿にいい薬があるから取ってくるよ」

「大丈夫です。もしかして昨日、酔っ払って公園で寝てしまったのがいけなかったのかもしれません」

「公園で寝てたの？」

「は、はい」

「私も昔はいろんな所で寝たよ」

「そうなんですか？」

「うん、上野、浅草……、谷中《やなか》の墓地で寝てたこともある。人魂《ひとだま》が出てきてね。あれはさわると生暖かくてね」

「そうなんですか。見たことはありますが、さわったことはありません」

「大空襲の後なんかはそこいら中、人魂だらけでね。パレードしてるみたいだったよ。フッフフ」

先生が笑ったのでボクも釣られて笑った。

「サブロー君、今日は競輪はよしにして、どこかに美味しいもんでも食べに行きませんか」

「いいですよ」

「どこか漁師町にでも出張《でっぱ》って美味いもんを食べましょう」

先生の声が昂揚していた。

ボクも楽しくなって、

「いいですねぇ」

と答えた。

食堂の老婆がテーブルにうどんを運んできた。

「この辺りに漁師町はあるかね」

「ここは東に行っても西に行っても海沿いは皆漁師町だなもし。ホッホホホ」

老婆は何がおかしいのか、そのまま笑い続けた。

ホッホホホ、ホッホホホ……。笑い上戸《じょうご》なのか、涙を流して笑い続けている。他の客たちは驚いて老婆を見ていた。

先生とボクも笑い合った。

店の奥から主人らしき老人があらわれ、すみませんのう、こりゃ笑うととまらんで、と頭を下げ、老婆の手を引いて奥に入った。

「笑い上戸ですかね？」

「うん、面白い人だね。サブロー君、そうと決ったら腹ごしらえだ」

「そうですね」

ボクたちはうどんを勢い良く食べはじめた。

突然、先生が食べるのをやめて、ボクの顔をじっと睨んだ。

「どうしました？」

「籠代《かごだい》、顎代《あごだい》がありません」

「ボクが持ってます」

「そういう訳にはいきません。この間から借りっ放しだ。どうでしょう。あと少しお借りして会社をこしらえて、残っているどれかのレースに張ってみるというのは？」

「いいですね」

「私、それであなたへの債務も失くします」

先生は胸を張って言った。

「サブロー君、債務超過にはさせませんから」

「はい、お願いします」

先生が言った会社とは何人かでギャンブル場に出かけた時の遊びのひとつで、各自が賭ける行為とは別に、皆が少額の金を資金として出し合い、会社をこしらえ皆の合議の下に賭ける目を決めるやり方のことだった。ギャンブルは一人遊びだから、それぞれが型《フォーム》を持っている。当然、その型から落ちこぼれたり、はずれてしまう目が出てくる。自分だけではどうしても買えない目を会社で抑えておけば総負けを逃がれられる。ギャンブルに保険をかけるようなシステムだ。

その提案は上首尾に終った。

「そりゃ豪勢だなもし」

タクシーの運転手が笑って言った。

ボクたちは最初、予讃《よさん》本線で西宇和《にしうわ》にむかうつもりだったが、会社が思わぬ利益を上げたので、競輪場前に客待ちをしていたタクシーに乗り込んだ。

車は海沿いの道を走っていた。

「けんど、お客さん、あのゾロ目をよく買えたのう。たいしたもんぞなもし」

運転手の言葉に先生が笑った。

「松山競輪のゾロ目を知っとったかいや」

すると先生がおどけた声で言った。

「知っとったぞなもし」

「ハッハハハ」

運転手が笑い出した。

「それで湊浦《みなとうら》の、その宿はいいところなの?」

ボクは運転手に訊いた。

「そりゃええとこぞな。隣りが八幡浜《やわたはま》やからのう。宇和の海は三崎灘《みさきなだ》言うて豊後《ぶんご》水道の汐が一気に寄せて来よるけのう。わしの嫁もあの辺りの出でよ。気は強うてケチやが、魚だけは金を惜しまん土地だけよう。宿のオヤジは少しヘンコウじゃが、料理の味は天下一品よ」

運転手の言葉に先生とボクは顔を見合わせてうなずいた。

「サブロー君はそこは初めてかい」

「はい。その先にある宇和島へは高校生の時、野球の遠征で行ったことがあります」

「そうだったね。サブロー君は野球の選手だったんだよね。Kさんが言ってたけど監督もやってたんだって？」

「ほんの少しの間だけです。監督が入院してしまってその間だけ教えていたんです」

「それにしたってたいしたものです」

「先生は野球は？」

「私はどちらかというと相撲です」

「先生が相撲を取ってたんですか？」

「いや、私、若い時は痩せてたんですよ。どちらかと言うと華奢《きゃしゃ》でした。なんて言っても信じませんよね。容姿にはコンプレックスばかりでしたから……」

「そうは思えません」

「ありがとう」

陽が傾き、海が朱色に染まろうとしていた。

やがて寝息がして、先生が眠むった。

運転手がバックミラー越しにこちらを覗いていた。

「お連れさんはお疲れぞな」

「そうだね。ゆっくり運転してくれるかい」

「そうしよう。今日の仕事はこれで上がりだしな」

「それはよかったね」

「お客さんたちはご家族かね？」

「えっ？」

「違うのかね。見てると親子みたいに仲がええから……」

「うん、そうだといいんだけど……。家族じゃないよ。先生は偉い人なんだ」

「そうかね。そんなふうに見えなくもないがな」

運転手は首を伸ばしてミラーを覗いた。

「何の先生かね？」

——何の先生か……。

ボクは先生の寝顔を見た。

大きなお腹に両手を行儀良く置いて首を少しかしげて休んでいる姿は可愛《かわい》かった。

可愛いという言い方が適切かどうかはわからなかったが、その言葉しか浮かばなかった。

「先生は先生だよ」

ボクが言うと、そりゃそうだな、と運転手が納得したように言った。

陽は昏れて、前方に家灯りが見えた。

海を見ると、夜漁に出るのか船の灯が沖合いにむかって流れて行くのが見えた。

海潮音が汐の香りとともに窓から入ってきた。

ボクは数時間前まで自分を拘束していた言いようのない不安をすっかり忘れていた。

タクシーは浜から少し崖の方にむかって小径《こみち》を上った。

「ここだ。お客さん」

運転手の声に外を見ると、民家に〝釣宿、第二宝丸《たからまる》〟と看板があった。

運転手がクラクションを鳴らすと、でっぷりと肥えた女があらわれて運転手に言った。

「電話からずいぶん時間がかかったねぇ」

「お客さんが寝てたもんでゆっくり走ったぞな」

先生はまだ目覚めたばかりで夢うつつの顔で立っていた。

女がボクたちを見て、あれっ、お客さんたち手ぶらかね、と素頓狂《すっとんきょう》な声を上げた。

「私が荷物だよ」

先生が言った。

「そりゃ大きな荷物だね」

女が笑って言った。そうして女は科《しな》をつくって先生に視線を流すようにした。

ボクが会釈しても、女は相手にもしない。

ボクが車代を払い戻ってくると、女が先生の上着の袖を引っ張っていた。ボクが咳払《せきばら》いをすると女は先生から離れ、大声を上げた。

「さあ夕食の支度はすぐにしますけえ、先に汐湯《しおゆ》に入りんさい。ここの名物で疲れも取れますけえ」

その言い方はボクたちにむかって話しているというより、他の誰かにかけているふうに思えた。

先生が小声で言った。

「何だか怖そうな宿だね」

先生の言葉に、ボクは粘りっ気のある視線を先生に送っている女を見ながら言った。

「食事だけして引き揚げますか？」

「うん、そうだね」

宿の中から男の声がした。

「キク、キク、キク——」

野太い声で、怒鳴っているふうに聞こえる。

「ハァーイ、今、着きんなさったで」

女は答えて、悪戯が見つかった童女のように舌先を出した。

そうしてボクたちを急《せ》き立てるようにガラス戸の開いた玄関の中に案内した。

玄関口に入ると、上がり口に、頭にタオルを巻きつけた陽焼けした男が腹巻きに手を突っ込んで仁王立ちしていた。

磯場の岩のような顔をした男だった。

「オッ、よう来なすった」

ボクが会釈すると、男はボクに白い歯を見せ、首を伸ばして背後に立つ先生を覗いた。

その時、男の表情が一瞬、かわった。

珍しいものを見つけたような目をして先生をじっと見ていた。ボクが振り返ると、先生はまだぼんやりとしていた。

釣宿の主人はボクたちの前にでんと座って、老婆と先刻の女が運んでくる料理を酒を飲みながら見ていた。

「博奕はどないやったかね」

先生とボクは顔を見合わせ笑った。

「その顔じゃ塩梅《あんばい》がよかったんじゃのう。この辺りはもっぱら賽子《サイコロ》をやりよります。勿論、麻雀も打ちますが、打てる者はたかが知れとりますいのう」

男はギャンブルが好きなのか、この辺りの鉄火場の話をしていた。

どの料理もすこぶる美味だった。潮椀《うしおわん》などは民宿の出すものとは思えなかった。

「美味しいですね……」

ボクが言うと先生も大きくうなずいて、

「思わぬことだね」

とニヤリと笑った。

主人はずっとボクたちを見ていた。

愛想を言うわけでもなく、かといって不機嫌にも見えない。

最後に鯛のヅケが出て、主人が言った。

「茶漬けでも、そのまま喰うてもろうてもええがのう」

「茶漬け」

先生は言って右手を上げた。

ボクも、それに倣《なら》って手を上げ、茶漬け、と言うと、主人が初めて笑った。

笑うと思いの外愛嬌《ほかあいきよう》のある顔だった。

「＊＊＊先生」

いきなり主人が声をかけた。

——わかっていたんだ！

ボクは主人の顔を見返した。

先生も目を見開き、

「はい」

と返答した。

主人はテーブルの下から色紙を出し、それをかかげるようにして言った。

「先生、まっことすんませんが、これに一筆、書いてもらえんじゃろうかの」

「はあ……」

先生はうなずいた。いつの間にか老婆が墨汁と筆を運んできていた。

「私、字が下手《へた》でして……」

主人は先生の言葉を否定するように首を大きく横に振り、身を乗り出した。

「大阪の曾根崎《そねざき》の雀荘で一度、先生の色紙を見ましたがのう。〝雀聖〟とありました。ええ色紙じゃった」

「たぶん、それは他の人が書いたものだと思います」

先生の言葉を聞いて、主人は上半身を引くようにして唇をへの字にし、

「わしには書いてもらえませんのでしょうかの」

と子供がべそをかいたような顔をした。

プウッ、とボクは吹き出した。

先生と主人がボクを見たので、あわてて口をおさえてうつむいた。

上目遣いに先生を見ると、白い歯を見せていた。

「書かせてもらいましょう」

「あり、ありがとうございます」

主人がテーブルに顔がつくほど頭を下げた。

ボクは笑いをこらえていた。

老婆が墨汁と筆の入った小箱を先生の前に運んだ。先刻の女もやってきて、目をしばたたかせて見ていた。

「すみません。緊張するのでむこうを見ていて下さい」

皆が目を逸らした。

その様子がおかしくてボクはまた吹き出した。

「サブロー君、君も見ないで下さい」

「は、はい」

部屋の中がシーンとしていた。

やがて先生のタメ息がした。

「下手だな」

皆が先生の方を見て、色紙に目をやった。

〝贋《にせ》雀聖〟と文字があり、先生の名前が記してあった。

「ほおーっ」

主人が唸り声を上げた。

「何と読むのかね？」

でっぷりとした女が訊いた。

「バカタレが……、黙っとれ」

主人が言った。

ボクたちが寝所に行く前に主人が言った。

「明日、この向いの島にお連れしますけに。ええとこです」

崖下の浜から主人が艪《ろ》を漕《こ》ぐ伝馬船《てんません》に乗って、先生とボクは舳先《へさき》のむこうに揺れる島にむかった。

主人の艪さばきは見事だった。

「上手いものだね」

「本当ですね」

先生は、時折、主人を振りむいていた。

主人が笑いながら訊いた。

「先生、昨晩《ゆんべ》、誰か襲っては来なんだか」

——昨日の女のことだ。

とボクは思って、先生の横顔をちらりと見た。

「無事でした」

「ハッハハ、そうかね。あの女、盛りがついとるから。偉い先生じゃからと千度《せんど》言うてやったからの。先生にはかなわんやったろう。ハッハハ。無事でよかったのう」

三十分余りで島のむこう側の入江に着いた。

船の上から見えていた一本の松が、浜に立って見上げるとたいそう曲がっていた。

「人は住んでるんですか」

ボクが主人に訊くと、主人は首を横に振って言った。

「誰もおらん」

主人は荷籠を担ぎ、先に海に入り、船を浜に寄せた。ボクたちも素足になり、船をおりて浜に揚がった。

ちいさな小屋がひとつ、檳榔《びんろう》に似た木の下にあった。

その木蔭にベンチがひとつ、揺れる葉影に染まっていた。

主人は小屋に入り、テーブルと椅子を出し、次にドラム缶を転がしながら出てきた。

「わしは汐湯を焚《た》くけえ、それまで一杯やっといてくれ」

主人は担いできた荷籠からビールと一升瓶を出し、テーブルに皿を置き、煮物やら干し魚をそこに盛った。そうしてビールの栓を抜き紙コップに注いだ。

「あっ、ボクがやります」

「ええから、あんたら客じゃから。座っとってくれ」

先生が主人の手からビール瓶を取り、主人のコップに注いだ。主人は両手でコップを持ち、先生、恐縮でございます、と頭を下げた。

乾杯、と先生が主人にむかって言うと、主人ははにかんだように目をしばたたかせた。その表情がとてもしあわせそうだった。ボクには主人の気持ちがよくわかった。

主人はビールを一気に飲むと、そのコップに一升瓶の酒を注ぎ、こちらもひといきに飲みほし、ひと仕事するから、やっとって下さい、と小屋にむかって歩き出した。そうして天秤棒《てんびんぼう》と桶《おけ》をふたつ担いであらわれ、今度は波打際にむかって歩き出した。

ボクたちは主人を眺めていた。

主人は膝まで海に入り、ふたつの桶を器用に回転させ、海水を汲《く》み、中腰に構えてから立ち上がり、波打際からこちらにむかって歩いてきた。天秤棒にぶらさがった桶の水をこぼさずに砂浜を小走りに小屋にむかう。ドラム缶のそばまで来ると中腰になり、天秤棒を下ろし、桶の海水を流し込んだ。

「ボク、手伝ってきます」

主人に近づき、手伝いましょう、と言うと、唇を固く結んだまま首を横に振り、何も言わない。手伝わせて下さい、と言っても、同じ顔をされるだけだった。

汐湯はなんとも妙な感じだった。

それでも主人が教えてくれたように湯につかった身体を海に入って流すと、何とも心地好い気分になった。

「これで三年は長生きをしますから」

主人は先生とボクに言った。

先生は嬉しそうに笑っていた。

先生が立ち上がり、木蔭に用足しに行った。

木蔭からあらわれると、先生はそこにあったベンチをしばらく眺め、腰を下ろした。

眠むるのに時間はかからなかった。

ボクと主人は先生を見ていた。

「あんた、先生のお弟子さんかね?」

「いいえ、ともだち……、いや、弟子なのかもしれません」

「そりゃ、しあわせだね」

「はい、ボクもそう思います」

「あの人は宝じゃから」

主人は先生を見てぽつりと言った。

ボクはうなずいた。

「ええ寝顔をしてござる」

ボクはまたうなずいた。

「ずっとここにおってもらえんものじゃろうか……」

主人がボクを見た。

ボクは返答のしようがなかった。

「それは贅沢ちゅうもんじゃの。逢えただけで有難いと思わにゃな」

こんなちいさな漁師町に先生のことをこれほど慕っている人がいることにボクは感激した。

「立派な本も書いとるそうじゃてのう」

「そうですね」

「けんどわしは、あんなふうな先生が好きじゃのう。あんたはどっちが好きかね?」

「…………」

ボクは首をかしげた。

主人はじっとボクを見ていた。

「両方好きですね」

「ハッハハ、そうかね。あんた欲張りじゃのう」

ボクは頭を掻きながら先生を見た。

いつの間にか木の枝とベンチの足元に小鳥が集まっていた。

やがて数羽の小鳥がベンチの背もたれに止まった。

海風に枝々がざわめき、揺れ動く木蔭が木洩れ日と交錯し、そこだけがまぶしくかがやきはじめた。

「先生はああして、よう眠むりなさると聞くけんど、何の夢を見てござるのかの」

「何でしょうね」

「ええ夢じゃろうね」

「そうでしょうね」

やがて主人もうとうとしはじめた。

二人の大人がちいさな島でうたた寝をしている。ボクには二人が同じ夢を見ている気がした。

こんなにしあわせそうな大人の男たちの風景を見たのは初めてのことだった……。

松山にむかうタクシーの中でも先生は眠むっていた。

宿を出る時に主人が言った言葉をボクは思い出していた。

主人は先生の手を握り、ささやくように告げた。

「先生がよろしかったら、ここに来てひと季節でも、ふた季節でもおって下さい。麻雀のメンバーは揃えておきます。賽子でも札《ふだ》でも打てる者を集めておきますから。十分に仕事になる金を持ってこさせよりますから……」

その時、先生はボクがこれまで一度も見たことがない神妙な表情をして、くぐもったような声で言った。

「こんな楽しい時間はありませんでした。感謝しています。ずっと忘れません。いつか必ずここに戻ってきますから」

先生の言葉に主人の目が光った。

それを隠すように主人は山ほどの量の干し魚が入ったビニール袋を差し出した。

海岸線を走るタクシーから陽射しにきらめく瀬戸内海が見えた。

ボクは先生が、あの漁師町に本当に戻って行く気がした。

海を眺めているうちに、ボクは昨日までの不安が失せているのに気付いた。宿でも、島でもあれだけ酒を飲んだのに平静でいられた。

先生が何かを言った。

ボクは寝顔を見た。

——先生のお蔭だ……。

その時、ボクは、遠出をしようとボクを連れ出してくれた先生の気持ちに初めて気付いた。

防府

松山への旅の終りは、フェリーに二人して乗り込み宇品港から広島の駅に行き、プラットホームでボクは先生を見送った。

船のデッキの上で先生はずっと、あの島のあった方角を眺めていた。

「いい人でしたね」

ボクは先生の隣りで、釣宿の漁師の話をした。

「うん……」

先生はこころなしか淋し気にうなずいた。

島影を眺める先生の大きな背中が、瀬戸内海の汐風にさらわれて飛んでしまいそうだった。

あの日、道後の宿に戻ってからも先生は元気がなかった。何か考え込んでいるふうで、最終日の競輪も気が入っていないのがわかった。

ボクにはあの漁師の所に先生は大切なものを置いてきたような気がした。立派な文学の仕事をすることとは別の先生の大切なものが、あの島の半日には見え隠れしていた。

ボクはボクで、先生の気遣いに初めて気付き、その礼を言おうにも落ち込んだように映る先生に、礼を言う機会を見つけられずじまいだった。

新幹線がホームに入って来るまでのわずかな時間に、先生は笑って言った。

「このままサブロー君と防府まで行ってしまおうかな。そこから九州へ旅打ちだ」

「いいですね」

ボクは返答したが、昨晩も先生が朝方まで仕事をしていたのを知っていたから、そんなことがかなわぬことはわかっていた。

車窓のガラスのむこうで先生はちいさく手を振った。

故郷に帰って一ヶ月が過ぎた頃、母が私の所に一枚の葉書を手にやってきた。

先生からだった。

「綺麗な字をお書きになる人じゃねぇ」

母は届いた先生の葉書を見て言った。

「珍しい苗字《みようじ》じゃねぇ。何と読むのかね？」

「イロカワだよ。エライ人だよ」

「イロカワ……。たしか和歌山にこんな名前の人がおりなさったように思うたが……」

首をかしげる母にボクは言った。

「東京の先生だよ」

「先生かね。どうりで立派な字じゃね。あなたも何かを教わってなさるの？」

「ああ、いろいろね。こんな先生に逢ったのは初めてだよ」

「それはよかったね。しばらく東京が長かったようだけど、この先生の所におりなさったのかね。それを聞いたらお父さんも喜ばれるじゃろう」

母は父の名前を出した。

「父さんにそんな話をすることはないよ」

ボクは父の名前が出ると急に不機嫌になった。

妻を亡くしてからほどなくして、ボクは父と諍《いさか》いを起こした。それまで六人の子供の誰一人父に逆らうことがなかった家で、父と子がつかみかかるほどの諍いをした。家族は皆驚愕《きょうがく》し、その日以来、ボクと父は口をきかなかったし、父が暮らす母屋《おもや》から離れた別棟でボクは寝起きしていた。一年半余り、二人は顔を合わすことがなかった。

「もういい加減に仲違《なかたが》いは終えてもいいんじゃないかね。お父さんも内心は淋しいのだから。ああいう人だから自分から頭を下げることができないから、息子のあなたが詫《わ》びを入れたら、それですぐにおさまると思うがね……」

母はそう言って大きく吐息を洩らした。

ボクは口をつぐんだ。

母のほつれた鬢《びん》に白いものが見えた。

——母は老いようとしているのだ……。

父とボクの間に入って一番気苦労をしているのが母なのだろう。

「それにそろそろ身の振り方を考えんとね。いつまでもそうやっとくわけにもいかんでしょう。あなたがその気ならお父さんは仕事をまかせてもええと言うとりなさった」

「ボクは父さんと仕事はしない。それにボクはもう人と一緒に何かができる人間じゃないんだ。第一、雅美義兄《まさよしにい》さんに失礼だよ」

「雅美さんは雅美さんで仕事はたんとあるがね。あなたはこの家の一人息子になってしもうたんだから」

「そういう母さんと父さんの考えがボクは嫌なんだ。ボクが家業を継がないと話し合って決めて、会社勤めだった雅美義兄さんにこの家に来てもらったんだろう。父さんと母さんがそういう考えなら、ボクは今すぐこの家を出るよ」

「何もそんなことは言うてないでしょう」

「言ってると同じだよ。二人とも何もわかってないじゃないか」

ボクは声を荒らげた。

母は目を伏せた。

母の表情を見てボクも黙り込んだ。息子のためによかれと思って言ってくれているのだとわかっていても、感情的な口のきき方しかできない自分が情なかった。

「心臓はどうね？」

「ああ大丈夫だよ」

今年の二月ごろまで重度のアルコール依存症から心臓発作が何度か起こっていた。

「頭の方は？」

「それはもうない」

ボクはきっぱりと言った。

十歳の春、ボクは幼児性の分裂症と診断された。母はひどく心配し、ボクを瀬戸内海の小島に転地療養に行かせた。

その分裂症が、この二年間心臓発作とともにあらわれて、ひどい状態になることがあった。母は凶暴性と鬱症状をくり返すボクを見て驚き、何度も人に相談していた。

妻の死を契機に、身体の奥に潜んでいたさまざまなものがいっぺんに噴き出した。

母は最後に気がかりだったことを訊いた。

「あなたが博奕をしているという人がおるんじゃが、そんなことはないよね」

私は母の顔を見返した。

「誰がそんなこと言ってるの？」

「家に出入りしとる人よ」

「出鱈目《でたらめ》だよ」

「そう、ならええわ。お父さんの耳にでも入ったら大変じゃからね」

母は言って母屋にむかって歩き出した。

そうして急に立ち止まると、振りむいて言った。

「その手紙の先生から何を教わっとるの？」

「いろんなことだよ」

「いい方かね？」

「ああ、いい人だ」

「何をなさっとる先生？」

「小説を書いている先生だよ」

「本当に？」

母の顔が急に明るくなった。

「あなたもいっとき書いとったでしょう。まだ続けとるの」

ボクは首を大きく横に振り、

「もうやめたよ。ボクには小説は書けないことがよくわかった」

「なして？」

「才能がないのがわかった」

「そうかしらねぇ、あなたの作文はよく誉められとったじゃないの。私はあなたの作文、とても好きじゃったけど」

「小説は作文とは違うよ」

「どう違うの？」

「どう違うって……。子供の書いた作文が小説と同じなわけないじゃないか」

「それはわかるけど、どんな人も最初は皆子供だったんじゃないのかね」

「それは理屈になってないよ」

「小説は理屈で書くものなん？」

「もういいよ。ともかく小説はやめたんだ。それに書いていると頭が痛くなる。またおかしくはなりたくないからね」

「そうかね。それなら書かん方がええかもね……」

母はボクの顔をじっと見て、ゆっくりと踵《きびす》を返して庭の生垣に消えて行った。

あらためて眺めてみると、母が言うように、先生の文字は綺麗だった。

青いインクの一文字一文字が丁寧に書いてあり、先生の実直な人柄が伝わった。松山への旅行の礼と、冬になる前にまた旅に一緒に出かけたい旨が書いてあった。最後に〝一度連絡願います〟とあり、その文字の横に黄色の色鉛筆で二本の線が引いてあった。赤ではなく黄色なのが、先生らしくておかしかった。

ボクは葉書の文面と文字を何度も読み返した。

そうして机の上の置時計の前に立てかけてみた。

窓から射し込む秋の陽射しに、そこだけがかがやいて映った。

返事を書こうかどうか迷った。返事を書くことが誠意だと思ったが、先生に手紙を書くのは大変なことだと気付いて、よすことにした。

午後から駅前の本屋に出かけた。

雑誌を手に取りレジにむかおうとすると、一冊の本の表紙に先生の名前が大きく載っているのが目に留まった。

それは小説誌で、先生の特集が組んであった。ページをめくるとグラビアに先生の写真があった。

スーツにネクタイ姿で胸に大きなリボンがつけてあった。

壇上に立ち、マイクの前で何かを話しているスナップだった。

ネクタイをしている先生を見るのは初めてだった。晴れの席なのだろう。写真の下にある解説の文字を読むと、文学賞を受賞した時のスナップだった。

他にも写真で知っている作家たちに囲まれて談笑している。周囲の皆が先生を取り囲んで話を聞いている。どの顔も興味津々という表情だ。次の写真は料亭かどこかだろうか、若く美しい女性たちに囲まれた写真。こちらは身を縮めるようにして恥かしそうにしている。可笑しかった。

どの写真も皆先生だけが大きく見えてしまう。

Iさんと談笑している写真もあった。Iさんも先生も笑っている。いや誰もが皆嬉しそうな表情をしている。

――皆そうなんだな……。

先生がいるだけで皆が愉楽の表情をしはじめる。

ボクはもう一度、最初のページの写真を見直した。

モノクロ写真だからリボンの色はわからないが、ボクにはそのリボンが赤色に思えた。

他の写真と何かが違っていた。

――何が違うんだろう?

他のページの写真を見返した。

壇上に立つ写真の先生はどこか戸惑ったような表情をしているように思えた。

――緊張しているからかな……。

いや、それとも違う。これまで何度か逢ってきて、こんな表情を見たことがない。

——何だろう？

ボクは本を閉じて棚に戻した。

レジにむかうと、ちいさな棚に便箋と封筒が並べてあった。

——やはり手紙を書こうか。

ボクは便箋と封筒を選んでレジに出した。

本屋を出て歩き出した。

見上げるとイワシ雲が海の方角からひろがろうとしていた。無数の魚が遊んでいるような雲だった。

——そうか、ボクの知らない先生がまだたくさんいるんだ。

そう思った途端、自分の知らない先生がどんな顔をしているのか見てみたい気もした。

「いや……」

ボクは声を出した。

——これまで見てきた先生で十分だ。

耳の奥で声がした。男の声だった。

『立派な本も書いとるそうじゃてのう』

『そうですね』

『けんどわしは、あんなふうな先生が好きじゃのう』

湊浦の老漁師の声だった。

数日後、母がボクの寝起きする棟にやってきて、父と話し合って欲しいと言った。

ボクは父と話すつもりはなかった。

言下に母の申し出を拒絶すると、その日の夕暮れ、義兄が部屋にやってきた。

「サブローさん、ひさしぶりだね。戻って来ているのは知っていたのだけど仕事の方が忙しくてね。目と鼻の先にいながら挨拶もせずにかんべんして下さい」

ボクより歳がふたつ下の義兄は申し訳なさそうに言った。

「義兄さん、そんなことはありません。ボクの方こそずっと居候してしまって」

「義兄さんはやめて下さい。私の方が歳が下なんだし。それに居候なんて、ここはサブローさんの家じゃありませんか」

「いやボクは一度家を出た人間だ。詮方無《せんかたな》いことはあったにしろ。こうして二年近くも厄介になってしまって義兄さんに悪いなと思っているんです。もうそろそろ東京に戻ろうと思っています」

「サブローさん、そのことなんですが、一度義父《とう》さんと話し合ってみてくれませんか。いろいろ行き違いはあったかもしれませんが、お二人は血の繋がった親子なんですから

「……」

「義兄さんにそんなことにまで気を遣わせてすみません」

ボクは義兄に頭を下げた。

「そ、そんなふうにしないで下さい」

「いや、本当に済まないと思っているんです。けれどボクはオヤジに逢うつもりはないんです。どう説明していいのかわからないのだけど、血が繋がっている分だけどうしようもないところができてしまっているんです。オヤジもボクが家を出ると言った時、逆上もしたし、憤怒したのも事実です。しかしその後、オヤジはひどく冷静になったのがボクにはよくわかりました。たぶんオフクロもわかっていたはずです。だから迷惑を承知で、あなたにこの家に来てもらったんです。今さらボクとオヤジが逢って何か別の感情が生まれることはありません。またボクたちは同じことをくり返してしまうでしょう。オヤジはそういう人間なんです。ボクもそういう人間なんです」

「………」

義兄は黙り込んだ。

「それよりボクが博奕をしていることをオフクロに話しに来たのは誰ですか？」

義兄の表情が一瞬かわった。

「その人に何かを言うつもりはありませんから教えて下さい」

義兄は口ごもりながら、たしかなことはわからないが、父に借金をして返済が滞っている建材屋の主人ではないか、と言った。

ボクはその男を知っていた。

競輪場で遠くから男の顔を見たことがあった。倒産しかけた建材屋に父が手を差しのべたと聞いていた。

「ああ、あいつか……」

「あの人は家に来て噂話《うわさばなし》ばかりして帰る人ですからね。サブローさんは本当にギャンブルをそんなにしてるんですか。嘘ですよね」

ボクは義兄の顔を見た。

「本当です。東京にいる時からやっていました。結婚して、それを機会にいっときやめていたのですが、妻が亡くなってから、またはじめたんです。仕事で貯《たくわ》えていた金も去年で使い果しました。今はあちこち借金しながらやり続けています」

「借金って、どのくらいなのですか」

その時だけ義兄は以前勤めていた中堅企業の経理にいた顔をボクに見せた。

ボクは正直に借金の額を言った。

義兄の表情がかわった。

「そんな顔をしないで下さい。この家にも、義兄さんにも迷惑はかけません。今回、そのことの処理で戻ってきたんです。だいたい上手くいきましたから」

義兄は安堵の表情を浮かべた。

「ギャンブル嫌いのオヤジとボクはまったく違う人間なんです」

義兄はそれ以上、父と話し合うことを口にしなかった。


翌日、ボクは隣町まで出かけた。

借金の整理を頼んだ友人の事務所が隣町にあった。

親の代から経理士事務所を営むその男は、高校の野球部の後輩だった。

妻の死んだ直後から、酒とギャンブルに浸って体調を崩していたボクに、母は田舎に戻ってくるように懇願した。

一度出て来た家に戻ることへの抵抗感はあったが、抗う体力も気力も失せていたし、結婚当初暮らしていた時の家財一切を母は東京に住む姉に依頼して田舎の家の別棟に移していた。

一ヶ月余り、生家で休んでいると体力も恢復し、また酒とギャンブルをやりはじめた。

田舎のあちこちでその都度借金をした。

友人から借り入れたものもあれば、町金融の厄介な金もあった。その借金が膨み、金を貸していた友人の一人が、野球部の後輩でもあるこの経理士に話を持ち込んだ。

学生時代のボクのことしか知らなかった後輩は、その借金がすべてギャンブルによるものと知って驚いていた。

渋谷《しぶや》にちいさな土地があった。

入手した経緯はいろいろあったが、ボクはそこに上ものを建て妻と暮らせればと思っていた。それが妻の急な病気で二百日余り闘病生活をともにしていたので、放りっぱなしになっていた。そんな間にもバブルと称される好景気で土地の値段が上がっていた。

ボクは後輩に、その土地を処分することを依頼していた。

細々《こまごま》とした書類を書き込み、あちこちに判を押しているうちに、夕刻になった。

引き出すように頼んでおいた現金と、銀行の預金通帳を受けとった。

現金の一部を後輩に渡した。

「先輩、こんなにいりません。手続きの段階で十分頂戴していますから」

ボクは何も返答せずに、彼を食事に誘った。

以前も立ち寄ったことのある鮨屋には後輩が呼んだ仲間が三人待っていた。

昔、見覚えのある顔もいた。

「オッス、ひさしぶりです」

皆家庭を持ち、子の父親であった。

それがボクには奇妙に見えた。

初対面の男が一人いて、人なつこそうな目でボクを見た。

後輩たちは高校時代の野球の話をして盛り上がっていた。

突然、初対面の男がカウンターの端から身を乗り出した。

「サブロー先輩、先輩は何年か前に＊＊＊に小説を応募されてましたよね」

ボクはその男がいきなりそんな話をしはじめたので驚いた。

「何だよ、その話？」

野球部の後輩が男に訊いた。

男はボクが数年前に小説誌の新人賞に応募したことを後輩たちに説明していた。

どうしてこの男がそんなことを知っているのだろう。

「先輩、本当っすか。スゴイっすねぇ」

後輩たちが声を上げた。

「けどおまえなぜ、そんなこと知っとるんだよ」

「実は俺も小説を書いとるんじゃ」

男は自慢気に言った。

「おまえのことなんかどうでもええ。それで先輩の小説はどうなんだよ」

「それは俺なんか比べものにならない。なにしろ最終選考に残ったんじゃから」

「そうか、そうか、先輩はスゴイっすね」

「そんなことはない。結局、落選したんだ。才能がなかったってことだ」

「いいえ、最終選考まで残ったってことは素晴らしいですよ。五百人で五人だぞ。わかるか？」

男はやけに詳しかった。

「その話はもういいよ」

ボクが言うと、皆がもっと聞かせて欲しいと言った。

「終ったことだ。それ以上聞くな」

ボクが不快そうに言うと、後輩たちは口をつぐんだ。

高校の新しい監督の話題になった。

新監督の采配の失敗を面白可笑しくする後輩の話をボクは聞いていた。

「＊＊＊の作品は好きですか？」

先刻の男がいきなり先生の名前を口にした。

ボクは男の顔を見返した。

後輩たちが男に訊いた。

「誰じゃ、それは。妙な名前じゃな」

「＊＊＊＊は知っとるだろう。ほれ映画にもなった麻雀小説があったじゃろう。あれの作者よ」

「ああ、その映画なら知っとる」

「＊＊＊と＊＊＊＊は同じ人物なんじゃ」

「どういうことじゃ？」

「＊＊＊が本名で、＊＊＊＊はペンネームじゃ」

「ペンネーム言うのは何じゃ？」

「おまえらペンネームも知らんのか。文学がわかっとらんですのう、こいつらは。ねぇ、サブロー先輩」

男のそういう言い回しに腹が立った。

「＊＊＊というペンネームはその人が麻雀ばかりをしていて夜が明けた時、〝朝だ、徹夜だ〟というので＊＊＊＊にしたんじゃ」

「ハッハハ、そりゃ面白いのう。けど本当の話か？」

「そうですよね。サブロー先輩」

ボクはちいさくうなずいた。

「先輩は、その〝朝だ、徹夜だ〟という人を知っとられるんですか」

「少しだけな……」

「どんな人なんですか」

「立派な人だ」

ふうーん、と後輩たちがうなずいた。

「でも俺は＊＊＊という本名で書いとる小説が好きじゃのう。サブロー先輩はどうですか？」

「悪いが、小説のことはよくわからない」

ボクが答えると、男は少し不満そうな顔をしてから言った。

「＊＊＊は父親と確執があったんだ。それを見事に文学にしとるんじゃ。きっと父親のことが好きでしかたなかったんじゃないか。俺はそう思う。どうですか、先輩」

「だから小説のことはわからないと言ってるだろう」

いつの間にかボクは声を荒らげていた。

後輩の一人が男をこづいていた。

「俺は先に引き揚げるよ。皆で飲んで行ってくれ」

ボクが金を出そうとすると、経理士の後輩が自分に払わせてくれと頭を下げた。

ボクは男の顔を見ずに店を出た。

陽はとっぷりと昏れていた。

古い堀沿いの道を歩いた。

先刻の男の顔が浮かんだ。

『文学がわかっとらんですのう、こいつらは』

男の言葉がよみがえった。

ボクはあの手の輩が一番嫌いだった。

あちこちの町に、ああいう人間がいるのだろう。贋文学を得意そうに語り、自分が何かエラくなったような態度をとる。

東京の酒場でも何人かのそういう輩を見たことがあった。もしかしてその中に作家もいたのかもしれない。見ていて嫌悪だけが残った。

ボクは立ち止まり、地面に唾を吐いた。

「バカヤローが」

ボクは声に出して言った。

言葉を唾と一緒に吐き捨てると気分が落着いた。

ボクは右手の古いレンガ塀を見た。以前、この塀を見た気がした。

――いつのことだったろうか。

ボクは塀のむこうの建物を見た。すでに廃れた建物であることがわかった。

窓に鉄格子が見えた。

――ああ、そうだ。ここは病院だった。

そこは以前、精神病院があったのだ。

ボクが幼い頃は脳病院と呼んでいた。どこかに移転をしたのだろう。

耳の底から笑い声が聞こえた。

それは鶏の首を絞めたような、奇妙で薄気味悪い笑い声だった。

笑い声とともに父の背中があらわれた。

それは立ちすくんでいるボクを置いて一人ですたすたと歩き出した父の背中だった。

幼いボクが置いてけぼりにされて立っていた夕暮れがあった。

それは父と二人して隣町にやってきて、駅にむかって歩いていた時だった。

塀のむこうから、奇妙な笑い声がした。

人の声とは思えない声だった。

「父さん、今、誰かが笑ってなかった」

すると父は立ち止まり、怒ったように言った。

「おまえはこの塀のむこうに何があるかもわからないで、この道を歩いていたのか。それを間抜けと言うんだ。わしの息子が間抜けだったとは知らなかった。もういい。一人で帰れ」

父はそう言って、先を歩き出した……。

あの時、私は父に見捨てられたと思った。

以来、父と口をきくことはほとんどなくなった。

『＊＊＊は父親のことが好きでしかたなかったんじゃないか。俺はそう思う。どうですか、先輩』

先刻の男の言葉が聞こえた。

ボクは、ヤカマシーと声を上げ、また唾を吐き捨てた。

プラットホームに電車が入ってきた。

電車に乗り込みシートに腰を下ろすと、目の前にニキビ面の中学生だか高校生だか、部活を終えて家路にむかう生徒たちがいた。

この若者たちは遠い日のボクの姿だった。どこかの開け放った窓から車輛に風が吹き抜けていた。

稲刈を終えた稲田の独特の藁《わら》の匂いが鼻を突いた。

それはなかろうがや。おまえ何を言いよるんか。やっとかれんのう……。稲田の匂いの中に田舎訛りの若者の言葉が風とともに流れている。

ボクは膝の上に置いた現金の入った紙袋を見た。

わずかな重みしかなかったが、これは何かと決別する重みだと思った。

——これが最後の金になるだろう……。

ボクは胸の中でつぶやいた。

成城

秋の終りに上京し、Kさんと夫人に連れられて青山の鮨屋で先生と待ち合わせた。

先生と逢うのは二ヶ月振りだった。

「サブロー君、関西にいるんだって」

Kさんが訊いた。

「はい。安アパートを借りてるだけで住もうってわけじゃありません」

「関西はどこに、大阪？」

「いいえ、京都です」

「京都にいらっしゃるの。いい所ですね。羨ましいわ」

K夫人が言った。

「いい所なんかじゃないんです」

「でも京都はやはりいい街だと思いますわ。晩秋の古都は風情があるでしょうね。東京は人間が多過ぎます」

夫人は少し体調が悪いようだった。

「お加減が良くないんですか」

「ええ少し。でも今日は大丈夫です。先生にお逢いできますし」

そう言って夫人は口元に笑みを浮かべた。

ボクもうなずきながら笑った。

——ああ、その気持ちわかります……。

ボクはそう言いたかったが言葉にしなかった。

二度の〝旅打ち〟で、ボクは先生の魅力というか、限りなくやさしい先生の懐にふれ、自分が救われた気がしていた。だがそんな面に実際ふれてみると、それは先生の一面だけでしかないのではと思えてきた。ボクにとってはそうであっても、先生を慕う他の人にはもっと違った魅力があり、先生はその人たちすべてを受け入れている気がした。

いつだったか新宿のゴールデン街の店で、先生を見つけた男が慇懃無礼に先生を呼びつけ、しばらく話していた時があった。その店の客は皆先生のファンのようで、男の横柄な態度を見て、誰からともなく、どうしてあんな奴と先生は一緒に酒を飲むんだとか、本当にもう先生は八方美人なんだから、まったく、と憤慨したように言い合っていた。

その頃、ボクは先生とさして口もきいていなかったし、先生がどういう人なのかも知らなかったから、皆のそんな感情が嫉妬のように聞こえた。しかし今は別の見方にかわっていた。先生にはいろんな面があり（いろんな顔と言ってもいいが）、その度近づいてきた人に違った表情を見せているのではなかろうか。実際、先生に焦がれている人間は多かった。

それでもボクの少ない経験から見て、Kさん夫妻といる時の先生は何も気兼ねをせず、楽ちんそうにしていた。

「引っ越したのは知ってるよね」

Kさんが言った。

「世田谷《せたがや》を移られたんですか」

ボクがKさんと夫人を見ると、

「違う、違う。俺たちじゃなくて先生だよ」

とKさんが言った。

「そうなんですか。ボク、手紙を出してしまったな」

「そりゃ大丈夫だ。郵便物は転送されるから。それにしてもよく引っ越すよな」

「本当に……。引っ越しがお好きね」

——へぇー、そうなんだ。先生は引っ越しが好きなんだ。

「そんなに引っ越しがお好きなんですか」

「ああ、ありゃ病気だね。引っ越した夜に荷物の紐を解いていて、うっかり奥さんに

『次はどこに引っ越そうか』って言って、えらく叱られたっていうんだから」

「ハッハハハ、そりゃ可笑しいですね」

皆が笑っていた時、店の木戸が音を立てて先生が入ってきた。

「いや待たせてしまって……」

先生は言ってボクの顔を見ると、怪訝そうな顔をして言った。

「ここは松山でしたか？」

ボクが笑うと、先生も笑った。

その夜の話題は、昔の俠客《きょうかく》の話だった。

「関東じゃ、どこが昔から手強《てごわ》いんですかね」

Kさんが訊いた。

「北の方だね」

先生がさりげなく応えた。

「北というと栃木あたりですか」

「群馬もそうだね。上州《じょうしゅう》だ」

「国定忠治《くにさだちゅうじ》ですね」

「うーん、上州には大久保《おおくぼ》という名門があってね、そこから大前田英五郎《おおまえだのえいごろう》も出てる。国定忠治も英五郎のことを叔父御《おじご》と呼んだというよ。連中が出てきたのは江戸の幕末頃だ。東京というか江戸では新門辰五郎《しんもんたつごろう》が知られているけど、看板としては武蔵屋《むさしや》、落合《おちあい》、上方、小金井《こがねい》、会津小鉄《あいづのこてつ》……かな。西が清水《しみず》は次郎長《じろちょう》、山崎屋《やまざきや》、渡辺《わたなべ》、大場《だいば》、谷部《やべ》……」

先生の口から俠客の看板の名前がすらすらと出てくる。

──凄《すご》い記憶力だ……。

「大前田英五郎が北関東を仕切っていたということですか」

「いや、もっと広かったらしい。英五郎は関東から関西にかけて二百数十の縄張《シマ》を持ってて、それらの賭場から上がるテラ銭《せん》が二千両を超えたという。あの次郎長でさえ親分は誰と訊かれると英五郎と答えたほどの貫禄《かんろく》らしい」

「そんなにですか」

「ああ、たいした器量だったらしい。それで昔から上州の者は手強いと評判だった。実際強かったようだ」

「その次郎長の話なんですが、『東海遊俠傳《とうかいゆうきょうでん》』というのはどこまで信憑性《しんぴょうせい》があるんですかね」

「うーん、天田五郎《あまだごろう》は次郎長の養子だからね。義父の一人語りをどこまで信用するかだね。ともかく後半生は怪しいね。いや前半生もどうかな……」

「やはり、そうですか……」

Kさんが腕組みをした。

「Kさん、またどうしてそんなことを？」

「いや何でもないんですが」

「資料ならいくつか家にあるよ」

「いいえ、そうじゃなくて」

ボクと夫人は先生とKさんの会話を黙って聞いていた。

「＊＊＊さんが入院をされてますね」

Kさんが話柄を転じた。

その名前はボクも聞いたことのある作家だった。

「そうらしいね。元々、若い時にひどい結核を患った人だものね」

先生がボクの顔を見た。

「関西にいるんですってね」

「仮寓《かぐう》です」

「ハッハハ、そりゃいい」

「Kさん、今度、サブロー君と三人で旅に出ませんか」

「いいですね。サブロー君がいたら安心ですものね」

「そうそう、楽ちんです」

「楽ちんか、わかる、わかる。ひさしぶりに〝旅打ち〟もいいな」

「弥彦《やひこ》村に行きませんか」

先生が珍しく具体的な名前を出した。

「弥彦ってどこです？」

Kさんが訊いた。

「新潟だよ。ほら弥彦神社がある」

「ああ昔、参拝者が将棋倒しになって死傷者を出した？」

「そう、でもいい所だ。ねえ、サブロー君」

「はい。日本でただひとつの村営競輪場です。その弥彦神社の境内に競輪場があるんです」

「昔っから寺社には博奕場はつきものだものね。そう言えば千葉ってのは、侠客はどうなんですか」

Kさんが訊いた。

「いますよ。ええーと、あれっ名前が出てこないや」

先生はそう言って目の前の盃をじっと見つめた。しばらく沈黙が続いた。

「無理に思い出さなくていいですよ。そのまま眠られても困るし……」

Kさんが言うと先生が恥かしそうに笑って、

「なら寝ましょうか」

とKさんを睨んだ。

皆が笑い出した。

カウンターの中の主人までが笑っていた。

「今夜は静かですね」

先生が外の気配を窺いながら、主人に訊いた。

その方がいいんです、と主人が言うと、先生が、そりゃいけません、と真顔で応えた。

「さっき暖簾《のれん》を下ろしたんです。皆さんの話を聞いてる方が勉強になるんで」

「そうか、じゃ幾銭《なんぼ》かよこしなよ」

Kさんが言って皆がまた笑った。

先生がカウンターの上に人さし指を立てて、盃の脇から銚子《ちょうし》徳利《どっくり》までゆっくりと指先を押し出した。そうして次に、Kさんのグラスにむかって指先をすすめた。

皆がその指を見た。

「何ですか？」

Kさんが訊いた。

先生は指先を盃の脇に戻し、Kさんのグラスにむかって指を押し出した。

「千葉の木更津《きさらづ》から、こう上州まで、博奕だけ打ち続けて旅を続けられる街道があるんですよ」

「博奕街道ってとこですか？」

「そうだね。男を磨くために宿場《しゆくば》から宿場を打って行ったそうです。羨ましい時代だ。それで生きてる者がいたんですから」

先生は感慨深げに言った。

ボクは松山の漁師の顔を思い出した。

「ところで、さっきはその徳利に指が行ってましたね。グラスが上州なら、この徳利はどこですか？」

Kさんが訊くと、先生はKさんと夫人とボクの顔をゆっくりと見回し、カウンターの主人の顔までを意味ありげに見つめて、

「房総《ぼうそう》の、銚子徳利です」

と言って舌先を出した。

皆がプウーッと吹き出した。

タクシーは新宿を通り越し、甲州《こうしゆう》街道をスピードを上げて走っていた。

「わかりました。そうします」

今しがたボクが返答すると、先生は寝息を立てて眠むりはじめた。

「運転手さん、眠むっとられるんで少しゅっくり走ってくれるかね」

「ああ、わかりました。成城《せいじょう》は北口ですかね」

「近くになったら起こして訊きますから」

「はい」

先刻、先生と二人してタクシーに乗り込むと、先生はボクを新宿のホテルまで送って行くと言い出した。断わったが、どうしても送ると言ってきかない。

「いつから泊ってるの？」

「今夜からです」

「じゃ、チェックインもまだなの」

「はい」

「それなら私の家に泊りなさい。宿代も馬鹿にならない。今度、引っ越した家は客室もあるんだ」

「いいえ、結構です」

「そう言わないで。旅のお礼も言っていないし、昔の面白い映画のビデオもありますよ」

「いや、結構です。迷惑になりますから」

「………」

先生はじっとボクの顔を見ていた。

大きな目で見つめられると、どうしていいかわからなかった。

「実は予定より、少し遅くなってしまって……」

先生が言った。

——何のことだろうか。

先生は今夜は十時までには帰宅すると言って家を出たという。それがもう十二時前になっているので君がいてくれると助かる、と説明した。

「……わかりました。そうします」

すぐに先生は寝息を立てはじめた。

運転手はまたスピードを上げていた。

ボクは運転手の方に身を乗り出して、煙草の自販機があったら停車するように告げた。

環状八号線沿いの自販機の前でタクシーは停車した。車を降りて運転手に千円札の両替を頼んだ。硬貨を受け取りながら運転手に、ゆっくり走るように念を押した。

ボクは自販機で煙草を買うと、そこに立って煙草を一本吸った。

見上げると秋の月が皓々とかがやいていた。

男の声が耳の奥でした。

関西訛りの甲高い声だった。

「なんや、それも読んでへんのかいな。それでよう先生なんて呼んでるで、俺のアパートに来いな。連載のはじめっからファイルしたるで……」

西宮《にしのみや》競輪場で声をかけてきたケンと名乗る男と十三《じゅうそう》で一杯やっていると、先生の名前が突然に出た。

「俺はこの目で見たことあんねん。知り合いに競輪記者がいてな。岸和田《きしわだ》の記念レースに先生が来てるという噂を聞いて待ち伏せしとったんや。ほならむこうから来よったんや。ひと目でわかったわ。人相が違うわいや」

男の嬉しそうな話し振りにボクは嬉しくなって、ついアパートまで連れて行かれてしまった。

男の部屋の本棚に先生の書が並んでいた。

「これも先生の本なの？」

「そうや。時代小説はまた別の名前なんや。何も知らへんのやな」

そうしてボクは男から一冊のファイルを渡され、先生が今執筆している連載小説を読んだ。

冒頭でボクは衝撃を受け、そのままファイルを閉じてしまった。

「どないしたんや」

ボクはもう一度ファイルを開けて、その部分を再読した。

〝狂人とは、意識が健康でない者の総称であって、千差万別、度合の差あり、また間歇《かんけつ》的に一定時間のみ狂う者あり、部分的に一つの神経のみ病んでいる者あり、完全に正常な意識を失っている者などごくわずかだ。ほとんど度合の差であるにすぎず、しかもその度合はレントゲンにもCTスキャンにも映るわけではない。もともとどこまでが正常でどこからが狂疾か、度合の問題がほとんどである以上、この線がはっきりしているべきだが、それも明確になっていない。（中略）では、なぜ、病院に来、入院までしてしまうのか。自分は、自分の頭がこわれているという実感を大事にしている〟


そこまで読んで、ボクは怖くなってしまった。

この一節は先生の中にある、もう一人の先生が独白していることはたしかだった。

——どうしてこんなことを平気で書けるのだろうか。

ボクはファイルを閉じて沈黙していた。

「どうや凄いやろう。これやで……」

「…………」

ボクは大きく吐息をついた。

目の前の、何のシミかわからない、コールタールが天井から流れ出したような黒いシミを見つめていた。

「どうや、これやで……」

男は惚《ほ》れ惚《ぼ》れしたような口調で言った。

「なにが、これなんだ」

ボクは語気を強めて男を睨みつけた。


——あいうものを先生はずっと旅の間も書いていたのだ……。

ボクは隣りで聞こえる寝息を聞きながら車窓を走る月を見ていた。

「そろそろ成城ですよ、お客さん」

運転手が言った。

ボクは先生を起こした。

立派な家だった。

モダンで、瀟洒《しょうしゃ》な建物だった。

先生がチャイムを鳴らした。

ボクは奥さまに挨拶をしなくてはと姿勢を正して立っていた。

あらわれたのは痩せた男の人だった。

その人は先生の背後に立っていたボクを丸眼鏡の奥からちらりと見て、ちいさく会釈した。ボクも頭を下げた。

「いや、遅くなってしまって……。サブロー君です。サブロー君、こちら＊＊さん」

先生はボクを紹介した。

「＊＊です」

丸眼鏡は丁寧に頭を下げた。

玄関口でボクは丸眼鏡に、先刻、煙草を買った折、すぐ先にまだ店を開けていた果物屋で包んでもらった果物を差し出した。

「これ、どうぞ……」

「どうしたの、それ」

先生が訊いた。

「いや、まだ開いてた店があったもので、奥さまにと」

「律義な人だね。彼女は今日、実家に行ってるんだ」

家に上がり、三人で廊下を歩いていると、奥の方から軽快な音楽と女の歌声が聞こえた。

「あっ、すみません。整理をしていたらタイトルのわからないビデオがあったので、映像を観ていたんです」

丸眼鏡が言った。

「この声はドロシー・ラムーアだよ。珍道中《ロード》シリーズだね。たぶん『アラスカ珍道中』だよ」

先生が奥から聞こえてくる女の歌のことを口にした。

「ええ、そうでした」

「おかしいな。それならちゃんとタイトルを記しておいたはずなんだが」

先生はそう言いながら、聞こえてくる歌に合わせて右手で太股《ふともも》のあたりを叩きながらリズムを取っていた。

「三本ほどタイトルがないものが包みに入ってました」

「ああ、それなら＊＊に送ろうと思っていたものだ。この間も催促されて探してたんだ。よかった。＊＊はあれで繊細だからね」

有名な落語家の＊＊の話を、先生は独り言のようにしていた。

「すぐ仕事をなさいますか」

丸眼鏡が言った。

「いや……」

先生が口ごもると、

「お腹の方はどうですか」

と訊いた。

——この人は何をする人なのだろう。

「うん、少し空いてるかな」

「回鍋肉《ホイコーロー》と干焼蝦仁《カンシャオシャーレン》をこしらえてみたんですが」

「いいね。サブロー君、＊＊さんは料理の名人なんだよ。一杯やりましょう。丁度、いい映画《もの》がかかっているから、クロスビーとホープを鑑賞しながら一杯やりましょう」

「じゃすぐ温めますから、その前に着替えて下さい」

「サブロー君に泊っていくようにとお連れしたんだ」

「それじゃ二階の部屋の支度をしましょう」

「君の隣りに寝てもらうのかい」

「いや私は原稿をお待ちしてますから。頂いたらそのまま印刷所に行きます」

——編集者なんだ……。

居間は部屋半分に段ボールが天井近くにまで積まれていた。そこに大きなブラウン管があり、革貼りのソファーが映画館のように二列に並んでいた。画面の中でコサック帽子を被《かぶ》った男二人と女一人が踊っていた。

先生はテーブルの上の皿に載った蜜柑を無雑作につかみ、それを剝きながら画面をじっと観はじめた。

「もうすぐ熊がでるんだよ」

「熊ですか」

「うん、熊です」

先生は蜜柑の皮をぽとぽとと落しながら画面に夢中になっている。この表情と同じものをどこかで見た気がした。

一宮の街で入ったジャズの店で見たのと同じ表情だった。

ボクも画面に観入った。

クックク、と声がした。

見ると先生が悪戯小僧のように笑って画面を指さしていた。

そのあまりにあどけない仕草を見て、急にケンの部屋で読んだ、小説の一節がよみがえった。

〝自分は、自分の頭がこわれているという実感を大事にしている〟

ボクは一瞬、眩暈《めまい》がした。

先生の太い指に蜜柑の果汁がつき、それをズボンで拭っている。

その時、背後のドアが大きな音を立てて開き、部屋の中にチリソースの匂いがひろがった。それでボクは目を覚ましたように振りむいた。

料理の皿が載ったトレイを手に丸眼鏡が立っていた。

「ここは亡くなった＊＊＊さんの家でね。夫人に借りて欲しいって言われてね」

その作家の名前は知っていた。官能小説と呼ばれるものを書いた人気作家だった。そういうジャンルのものを書かない先生がどうしてその作家と縁があるのかよくわからなかった。きっとその人もいい人なのだろうと思った。

「Kさんが話してましたが、引っ越しが好きなんですか」

「うーん、何だか落着かなくなってね」

そう言ってから先生は居間の天井やら壁を見回した。

「ここも落着けるといいんですが……」

先生は心配そうに部屋を見ていた。

Kさんの言葉が耳の奥で聞こえた。

『ああ、ありゃ病気だね。引っ越した夜に荷物の紐を解いていて、うっかり奥さんに、「次はどこに引っ越そうか」って言って、えらく叱られたっていうんだから……』

先生はまだ部屋を見回していた。

「サブロー君、左門町には見えたよね」

「ええ二度ほど。編集の人と麻雀をしました。それにKさんと先生とチンチロリンも」

「そうだったね。チンチロリンしたいね」

先生は言って段ボールの山のむこうで洗い物をしている音がする台所の気配を窺って

いた。

「大京町《だいきようちよう》には見えましたかね？」

「いいえ」

「渋谷は」

「いいえ」

「豊玉《とよたま》は」

「いいえ」

「そうだったかな……」

「そんなに引っ越されたんですか」

「うん……」

そう言って先生はぶつぶつと口の中で町の名前を挙げながら指を折っていた。すぐに片手が終り、反対の手も一杯になり、今度は指を開いて数えはじめた。
十七、十八くらいで先生は考え込んだ。
あの独特の大きな目を上目遣いにぎょろりとさせ、一点を見つめていた。そうして大きくタメ息を零《こぼ》した。

「数えてたら疲れてしまいました」

ハッハハ。ボクが笑うと先生も苦笑した。

丸眼鏡がコーヒーを運んできた。

少し三人で談笑し、先生は仕事場に行き、ボクは二階に上がった。

なかなか寝つけなかった。

カーテンの隙間から夜が明けた光の気配がした頃、ようやく眠りについたようだった。

途中、誰かが部屋の中を覗いた気配がした。

目が覚めた。

着替えて部屋を出た。

先生が階段を上ってくるところだった。

「パジャマを置いておいたんですが……。風呂を沸かしますから入って下さい」

「風呂は結構です」

「もうお湯を入れてあるんだ。それに下に朝食の用意をしてるから」

奥さまが戻られたのだろうと思った。

「そこにいて」

先生は言って二階の突き当たりのドアを開けて中に入った。

先生が腕まくりをして戻ってきた。腕が濡れている。

「丁度いい加減だと思うけど、私はぬるい方が好きなんで。赤い蛇口をひねって下さい。お湯が出ますから。タオル置いてあります」

「は、はい、どうもすみません」

ボクはバスルームに入った。

外光が曇ガラス越しに射し込んだ明るいバスだった。モダンなデザインだった。

バスタブの湯に窓のむこうからの木影が映り込んでいた。

身体を洗い、湯船につかると木の葉が陽射しに萌《も》えたような香りがした。見ると窓が少し開いていて、庭にそびえた木々の葉が風に揺られる度にそこにむかって迫ってきていた。

目を閉じて、もう一度匂いを嗅いでみた。ひさしぶりに嗅ぐ草木の香りだった。

妙な気分だった。ここが先生の家でなかったら、どこかリゾート地のホテルのバスルームにでもいる気分だった。

ドアがノックされた。ボクはあわてて湯船を飛び出した。

ドアのむこうに大きな人影が映っていた。

「サブロー君、大丈夫？」

「は、はい、大丈夫です。すぐに上がりますから」

ボクはあわてて言った。

階下に下りると台所に朝食の準備ができていた。奥さまの姿を探した。

昨夜の丸眼鏡がエプロンをして奥から出てきた。

三人してテーブルに着いて朝食を摂った。

驚いた。美味い朝食だった。

——この人が、この料理をこしらえたんだ。

味噌汁、お替りしましょうか、丸眼鏡の差し出した盆に椀を置き、お願いします、と言った。丸眼鏡が立ち上がってレンジの方にいそいそと行った。赤いエプロンが似合っていた。

「どう味は？　なかなかのものでしょう。あの人、料理上手いんですよね」

「そう思います」

丸眼鏡が味噌汁を盆に載せて来た。

「何が、そう思うんです？」

眼鏡の奥の目が嬉しそうに笑っていた。

彼は先生の味噌汁をつぎに立ち上がった。

ボクは先生に小声で訊いた。

「仕事は終ったのですか」

「それがぜんぜん、これからがヤマ場です」

先生はおどけたように両方の拳をプロレスラーのように突き上げた。

先生の仕事が終ると二人して出かけた。

澄んだ青空がひろがっていた。

新宿に行こうとするボクに先生は、少しつき合ってくれませんか、と言って、運転手に、神楽坂へ、と告げた。

先生はタクシーの中で眠むっていた。少し疲れている表情をしていた。

——しかたないよな。ずっと仕事をしていたのだから……。

そんな先生に風呂の準備までさせて申し訳ない気がした。

ひさしぶりに逢ってみると、東京での先生はやはり忙しい日々を送っているのがわかり、旅先とはずいぶんと様子が違っている気がした。

成城の大きな家が、先生らしいのか、らしくないのかボクにはわからなかった。

立派な先生なのだから、あの家はふさわしいのだろう。

坂下にタクシーが着き、先生を起こした。

ここはどこだ？　君は誰だ？　というふうにいつもの目で周囲を見回し、ボクの顔をぼんやりと見つめ、そうして笑った。

歩き出すと、先生の歩調はやはり速かった。

坂道になってすぐに先生は店の暖簾《のれん》をくぐった。

店に入ると客は皆女性だった。

甘味処《かんみどころ》である。

店の女主人が先生を見て嬉しそうに笑った。奥のちいさなテーブルに二人むき合って座った。

「甘いものはいけますか」

「は、はい」

「ここの餡蜜《あんみつ》は絶品ですよ」

「そ、そうですか。いただきます」

「先生、ご無沙汰しています。お元気でしたか」

「ええ、女将もかわりありませんか」

「はい。先週、お母さまが寄って下さいました」

「そうかね。私はいつものを。この人も同じのだ。それにクズモチを一皿、サブロー君も食べますか」

「ボクは結構です」

「女将さん。帰りに豆かんを五つ包んでおいて下さい。サブロー君が住んでいるのは、関西はどこだったですかね」

「京都です」

「京都ですか……。あそこは古いもんが多いって言うけど案外とモダンな街なんだよね。前衛を好む気質があるみたいですね。ジャズなんかもそうです。いい人が輩出されてます」

——そうなんだ……。

先生はどこの街のことでも本当によく知っている。

「こんないい天気なら、せっかくサブロー君がいるんだし、弥彦あたりに出張《でっぱ》りたかったな……」

「行きますか？」

ボクが言うと先生は、うーんと唸ったまま何も応えなかった。

餡蜜は思ったより甘くなく、ボクにも食べることができた。

「餡っていうのも塩加減ですね」

——そうなんだ……。

「ほらいつか来てくれた、この坂の下にある旅館……」

「はい覚えています。猫がいた」

「そうそう。あそこにしばらく居ますから迎えに来てくれませんか。三日もあれば仕事も終りますから」

「わかりました」

「そこで少し小説の稽古をしませんか。お相撲の申し合い稽古みたいに……」

先生がそっけなく言った。

ボクはうつむいた。

「あっ、そうか。そうだったね」

「す、すみません」

「いや、いいんだ。私の記憶間違いだった。忘れて下さい」

「いいえ、いいんです」

ボクたちは店を出て、そこで別れた。

浅　草

その日の午後、ボクは上野駅から北にむかった。

電車が大宮《おおみや》を過ぎた辺りから風景がかわった。高い建物が視界の中から失せ、平坦《へいたん》な土地に田園と雑木林、それに祠《ほこら》が隠れたようなちいさな森が点在している。

──先生が好きそうな風景かもしれない。

ボクは何とはなしに電車のシートで目を閉じている先生の姿を思い浮かべた。今年の一宮への旅で、電車が富士山を通り過ぎるまで脂汗を掻いて必死で何かを耐えている先生の姿に、自分が狼狽《ろうばい》したことが懐かしく思い出された。


ボクは電話のある車輌に行き、Kさんの自宅に電話を入れた。

『どうしたらいいでしょうか。電車を止めて、病院に連れて行きましょうか』

『サブロー君、そりゃ無理だろう』

『でも本当に苦しそうなんです』

『サブロー君、今、どの辺りを電車は走ってるの？』

『静岡辺りだろうと思いますが』

『あのね、窓から富士山は見えてたかい』

『えっ、富士山って、あの富士山ですか』

『そう』

『たしか窓を開けて競輪の話をしてましたから……。でも今はカーテンが閉じてありますが』

『君が閉じたの？』

『いいえ』

『じゃ、それだよ。富士山のせいだよ』

『えっ、何とおっしゃったんですか』

『だから、具合がおかしくなったのは富士山のせいだよ。あのね。君に話しておかなかったけど、先生ね、尖ったものを見てるとおかしくなる時があるの』

『……尖ったもの？』

『そう鳥のくちばしとか、円錐形のものもダメなんだ。恐怖でおかしくなるんだ。富士山が見えなくなれば元に戻るから。悪いけど徹夜なんで切るよ』

あの朝以来、ボクは先生と旅をしていると知らぬうちに周囲の風景を注視するようになった。

それでも、これは危ないぞ、というものをボクが先に見つけることはなかった。大概は先生の方から、こっちはどうも怪しいね、と困ったような顔をして言うことが多かった。ボクには何のことかわからず、あとでその周辺の風景を土地の人に訊いてみると、そこには讃岐《さぬき》富士があるぞなもしとか、関ヶ原《せきがはら》には伊吹山《いぶきやま》があるぎゃ、と聞かされた。

鉄塔というのも先生はひどく怖がった。しかし鉄塔なら何でも怖気《おじけ》づくかというとそうでもない。これが微妙で、鉄塔の下を平気で歩き、真下で小用を足したりする。

その差異がわからないので先生にまかせることにした。いつだったかKさんにその話をすると、平然と言われた。

「そりゃサブロー君、怖いのは当人なんだから、こちらがいくら心配したって本当のところどの程度の恐怖かはわからないよ。放っておくしかないだろう」

それでも富士山もそうだが、目は閉じていても眉間や嚙んだ唇に苦悶の様子がありありと出ているから、見ていて可哀相になる。そんな思いをしてまで遊び場に出向かなくてもいいんじゃないかと思ったりする。

ボクにも少年の頃からずっと持ってきている恐怖があったので、先生の気持ちが少しはわかる気がした。

北関東の平坦な風景の中に少しずつ家屋やビルが見えはじめ宇都宮《うつのみや》に着いた。

丘の上にテレビ塔が二基見えた。

「あれはどうなんだろう……」

といつの間にかつぶやいてしまっている自分に気付いて苦笑した。

宇都宮にはIさんのコンサートを聴きに来た。

夏の初めに案内をもらっていて、東京の最終公演には行けそうになかったので、その前の宇都宮に行くことにした。

Iさんの事務所に電話をし名前を告げると、むこうは名前を覚えていてくれて、ぜひいらして下さい。入口に切符を用意しておきますからと言われた。丁寧な応対に驚いた。

去年の冬の初めくらいからIさんの歌が大ヒットし全国に流れていた。彼の手による美しい音階と独特の澄んだ声を耳にする度、先生の所で麻雀や賽子《サイコロ》遊びをして深夜二人で酒を飲んだIさんと、街のいたるところで耳にするIさんの声やポスターの中でうつむいているIさんが同じ人だとは思えなかった。

うつむき加減にいつも話し、白い歯と大きな手が印象に残っていた。あんな大きな手でギターの弦をよく巧みに弾けるものだと感心した。

少し早目に会場に着くと、入口から長蛇の列が続いていた。

ダフ屋が近づいてきて、切符はあるよ、と言った。大丈夫だと応えると、余っている切符があれば買い取るという。開演当日で、彼等がまだ商売になるのだから、よほど人気があるのだろう。

入口に行き名前を告げると、少し待って欲しいと言われて若い女性があらわれ、公演が終った後で楽屋に来てもらえないかとIさんからの伝言を伝えられた。楽屋口は裏手にあると説明され、開演まで会場の隣りの公園のベンチに腰を下ろした。

陽が傾きかけた空に赤く染まったウロコ雲がかがやいていた。

子供を連れた母親たちが目の前を通り過ぎて行く。先生が小学生の時に書道のコンクールで賞をもらった時の写真を思い出した。それはいつだったか、本屋で立ち読みした雑誌のグラビアで見たものだった。立派な字だった。少年の時はずいぶん優等生だったのだ。その文字を思い浮かべていたら、母に言われて習字をしていた自分がよみがえった。

「もう少し丁寧にやらねば上手にならないよ」

母の吐息まじりの声が耳の奥から聞こえた。

——ダメだったな、何をやっても……。

先刻のダフ屋が鞄を膝の上に置いて何やらメモを見ながら煙草をくゆらせていた。もう仕事仕舞いなのだろう。

男の吐き出した煙りが綺麗なリングになって流れていた。

コンサートは、熱気に圧倒され、ボクは茫然《ぼうぜん》として聴いていた。

最上の席を用意してもらい、Iさんの顔から迸《ほとばし》る汗まではっきりと見えた。観衆の興奮は異様だった。五感が膨んだ感覚がして熱っぽくなった身体がすぐに冷めず、会場を出てからしばらく夜風に当たった。

楽屋口には人だかりがしていた。

案内された部屋にIさんは一人っきりでいた。

「遅かったね」

「すみません、待たせてしまいましたか」

「いや、そんなことはないけど、どうです、時間があるなら少しやりませんか」

　Iさんは右手の人さし指と親指を唇に引っかけるようにして酒を誘った。

「ええ、大丈夫ですが」

「サブロー君、一人？」

「はい」

「ボクも一人だから、バーを開けておいてもらってるからそこで一杯やろうよ」

「わかりました」

　こうして二人でギャンブルや酒を介在しないで話すと、奇妙な気分だし、今しがたまで光の中にいた人とは思えなかった。

　以前、どこかで逢った誰かに話し方や間合いが似ているのだが、それが誰だか思い出せなかった。

　もしかしたらIさんがテレビでインタビューを受けていたのを見ていたのかもしれない。

　丘の斜面沿いにある静かな店だった。

「コンサート大変ですね」

「ああ……、仕事ですからね。見ていてどうでした」

「大変な仕事だと思いました」

「そうですね。大変なんだろうね」

Iさんは他人事《ひとごと》のように言った。

「案内をいただいてありがとうございました」

「いや、来てくれてボクの方こそありがとう。今はあちこち旅をしてるんだって」

「ええ、この秋京都に部屋を借りました」

「そうなんだ。京都ってどうなの」

「街の構えが独特ですね」

「そうだよね、何だろう？　あれって」

「人でしょうね」

「ふうーん、人ね……」

そう言ったきりIさんはしばらく黙って眼下の街灯りを眺めていた。

「人は怖いよね」

Iさんがぽつりと言った。

「先生と旅をしてたんだってね」

「はい。秋の初めに四国の松山にご一緒しました」

「競馬だっけ？」

「いや競輪です」

「そうだったね。競輪だ。ずっと競輪？」

「麻雀も少し打ちました」

「むこうはブーマンなの」

「打ったのは東京ルールと松山ルールでしたね」

「松山ルールって？」

「花牌《はなはい》をつけるんです」

「ふうーん」

そこでまたＩさんは黙り込んだ。

「先生の成績はどうだったの」

「麻雀は少し勝たれたと思います。競輪は見事な逆転勝ちでした」

ボクは先生が地元の盆に遊びに行った話はしなかった。

「それはよかったね」

「でも仕事の方が大変らしくて、旅の間も大半は部屋の中で仕事をしていらっしゃいました」

「珍しいね」

「そうなんですか」

「うん、旅に出ると仕事はまず持って行かないみたいだから。ああいう仕事はきっと片手間じゃ、できないんだと思うよ」

「そうなんでしょうね。夜中ずっと部屋の灯りが点いていました」

「どんなふうにして書いてらっしゃるんだろうね。皆同じなんだろうけど、先生は少し違うような気がするな」

「そうなんですか」

「いや覗いたわけじゃないからわからないけど……。そう、文字のかたちが違うらしいね」

「そうなんですか？」

「うん、原稿用紙のマス目一杯に丁寧に書くのと、ちいさなごちゃごちゃした文字があるらしいね。どっちだったかな。そういうの面白いね」

Iさんが笑った。

「サブロー君はどっちの先生が好き？」

「はあ……。考えたことなかったですね。でも、どちらの先生も、先生から出ているものだから……、どちらも好きですね。いや好きって言い方は変ですね。いい感じですね」

「そうそう、いい感じなんだよね。あれって切り替えたりするのかしら。文字だけで切り替えができると思えないしね」

「どうなんですかね。そんなふうに感じたことはないですね。もっともボクの場合は少し鈍いんで……」

「小人の話はしなかった?」

「いいえ」

「面白い話だけどね。よく見るらしいよ。同じものをボクもこの頃、見る時があってね」

「………」

ボクは何と応えていいかわからなかった。

Ｉさんは少し疲れているように見えた。

「先生が今書いている小説読みましたか」

「は、はい、少しだけ」

「どう思った?」

「切ない話ですね」

「そうだね。切なすぎるよね。人は誰でも皆少し狂ってはいるらしいんだけど、そういうこととは違う話だものね。ああいうものをコツコツと積み上げていく作業は大変だろうね。ボクには想像もつかないけど……。サブロー君も少し書いてるんでしょう」

「ボクはやめました。今の小説を読んであらためてよくわかりました。才能がまるっきりありません」

「才能なんて必要なのかな」

Iさんは言って首をかしげた。

「一番大事なところじゃないんですかね」

「そうかな……。ボクはそうは思わないな。必要なのは腕力やクソ力じゃないのかな」

「はあ……」

「ハッハハ、ちょっと乱暴な言い方だったかな」

今度はボクが首をかしげた。

「ボクもひさしぶりに先生と旅に行こうかな……」

「そうなさるといいですよ。ボクは正直何か救われたような気持ちになりましたから」

「救われたか……。わかるな。それはあるよね。不思議だよね。あれって何だろうね。何を訊いても答えてくれそうな気がするよね。聖書を持って歩いているみたいにね」

「聖書ですか」

「そう、特別な神様って言ってるんじゃなくて、ごく普通の感じの人、いや他の人とは少し違っててさ。ごく普通の神様。うん、そんな感じ。子供の時にさ、いろんなところに神様が見えてたような、木や玉の中にもオフクロの中にも棲《す》んでる、ごく普通の

「……」

「ああ〜」

ボクがうなずくとIさんはニヤリと笑って立ち上がり大きな手を差し出した。

ボクは今夜の礼を言って頭を下げた。

「ボクの方こそありがとう。またこんなふうに飲めるといいね」

「は、はい」

東京に車で引き揚げるIさんとマネージャーの人を国道沿いで送った。

翌日、宇都宮から上りの在来線で東京にむかった。

新幹線に乗れば小一時間で着くのだが、今朝、意外と早く目覚めて市街をぶらついた折、一冊の文庫本を買った。それを読むのに在来線の所要時間がちょうど良いように思われた。

街をぶらついていても、身体の芯のようなところがまだ浮遊しているのがわかった。昨夜、Iさんと飲んだ酒も残っているのだろうが、それ以上にコンサートの熱気と、間断なく身体に入ってきた音が平衡感覚を乱しているのだろう。

商店街を歩いたがメインの通りは人の気配が希薄で、シャッターを下ろしている店が目立ち街が寂れていくようで嫌な感じがした。これは今、日本のどこの街にも起こっていることで、通りを吹く風ばかりが冷たく、生臭さというものがない。わずかにメインの通りに交差している路地にだけ何やら妙な気配が残っている。

腹が空いたので蕎麦屋に入った。

蕎麦が来るまでぼんやりしていると家族連れが入ってきた。あれっと客の顔を見た。女房、子供を連れているのは、昨日声をかけてきたダフ屋である。騒ぐ子供を叱りながら男は新聞を読んでいる。女房の方は額の汗をしきりに拭って、三人の子供と目の前の夫を見ていた。男は煙草を吸いながらやけに新聞を懸命に読んでいる。

こんな偶然があるものなのだ、と男の吐き出した煙りが綺麗なリングをこしらえて店の天井に昇るのを見ていた。むこうはこっちに気付かない。テキヤ系の連中はこうした家族持ちが多い。抗争に加担することもないだろうから、術さえ覚えれば案外とおだやかに生きていけるのだろう。

こういう再会の確率がどのくらいのものかはわからないが、どこかにこの男と再会する因縁のようなものがあるのかもしれない。

或る人に言わせると、この因縁というものが人と人を出逢わせ、別離させるのだという。家族というのも因縁が濃いだけで特別のものと考えなくていいという。大概の人は因縁の濃淡にこだわりしがらみをつくって、それに縛られているらしい。

二年前、ボクは人間関係を拒絶しようと決め、それに徹してきた。それまでのつき合いを捨ててしまうと、これが想像以上に楽で、物事の基準が明確になる。人に依ることを断ち切れば、野球でいう守備範囲を狭くした分、余計な動きをしなくてすむ。

ところが先生だけは違った。底が見えないので厄介かと思っていたら、底を見ようという気持ちにもならず、奇妙な安堵に包まれてしまっている。Ｉさんにも先生に対して何か特別な感情があるのか、昨夜言葉の端からそれが伝わってきた。ボクは先生に依らぬようにと自戒はしているのだが、逢って顔を見ると、そんなことはどうでもいいと思ってしまう。これが何とも不思議だ。

蕎麦屋を出て駅にむかう通りを歩いていると、ちいさな本屋があった。何となく店に入り書棚を眺めていると、先生の名前があった。本のタイトルを見ると、いつかＫさんが好きだと言っていた作品名であるのに気付いた。

「百」と題された短篇集を買った。

急行に乗り込み、空いていた車輌の席に座った。

先生の家族の話、特に父上との関係を繊細な描写で書きすすめてある。神楽坂の実家の建物の高さや、そこに書いてはないのだが屋根瓦の色褪《いろあ》せた加減までが感じられる。ラストシーンで家族が父親の言葉を汐にのろのろと立ち上がり、庭にいるらしき熊を見に行くのか行かぬのかわからぬが、そこで終っている。ボクはページを閉じて大きく吐息をついてしまった。

電車は久喜《くき》駅に入ったところで、駅舎の脇の木瓜《ぼけ》の木だろうか、ちいさな実がついていた。

熊のことよりも作中にいると思われる先生の表情を思い浮かべた。

――切ないことだ……。

そう思うと何やら口の中に苦味がひろがった。

上野から浅草に出た。

山手線《やまのて》で東京駅に行き、京都に行こうとも思ったが、以前、宿泊していた浅草の木賃宿に荷物を預けてあるのを思い出し、衣類ばかりでたいしたものは入っていないが引き取りに行くことにした。

浅草六区の場外馬券場の裏手にある宿にむかって歩いた。

やはり東京である。宇都宮とはたいした違いだ。一時よりはずいぶんと寂れているというのだが、人の数が違う。覗いた路地の隅で浮浪者風の男が三人車座になりカップ酒を前に置き飲んでいる。街は用もないのに屯《たむ》ろしている者の数の多さで、懐の深さがわかる。

伝宝院からの通りを千束《せんぞく》の方に右に折れようとすると、合羽橋《かっぱばし》の方からフランス座の脇を一人の男がぶらぶらと歩いてくるのが見えた。

ボクは大勝館《たいしょうかん》の方に曲がろうとして立ち止まった。

そのぶらぶら歩く男のむこうから、見覚えのある大きな頭がキョロキョロと館の演題を見回していた。

「あっ」

ボクは思わず声を上げた。

相手はまだキョロキョロとフランス座の看板を見上げたり、露店の品物を見たりしている。紙袋をぶらさげた人をボクは目を丸くして見ていた。

――こんなことがあるんだ。

相手の視線が、ボクの立つ大勝館の方にむいた。

――なんなんだ、この遭遇は？

けどそんなことはもうどうでもよくなって、ボクはその人を見ていた。

ボクの方に視線がむいた時、ボクは笑って相手に手を振った。

――どんな顔を先生はするんだろうか。

手を振っているボクに気付いた時、先生は一度他所《よそ》に目をやり、その後で大きな目をさらに大きくさせて……、幽霊でも見たかのようにボクを見返した。そうして何か考え込んだような顔をしてから、ゆっくりと笑った。

――こんなことってあるんだ。

ボクは笑いながら通りを渡り、どこか照れ臭そうに笑っている先生に挨拶した。

「お仕事ですか？」

「いや……、サブロー君は？」

「今しがた宇都宮から戻って」

「競輪？」

「いえ、昨日Iさんのコンサートを観に行ったんです」

「あっ、忘れていた。昨日だったんだ」

「それは東京公演でしょう。ボクが行ったのは宇都宮です」

「なんだ、それなら一緒に行けばよかったな。暇だったのに」

先生が口惜しそうな顔をした。

「〝陽の字〟は元気にしていましたか」

先生はIさんのことを下の名前を取って〝陽の字〟と呼ぶ。

「はい。旅の話をしたら、今度一緒に行きたいとおっしゃってました」

「そう……」

先生はKさんとIさんの話になると顔がほころぶ。

「何か用事で浅草に」

「この先の宿に以前荷物を預けていて、それを取りに来たんです。先生は」

「私は何となくぶらっと……」

先生が汗を掻いていたので、そばの喫茶店に入った。

「こういうことがあるんだね……」

先生はコーヒーを飲みながら言った。

「本当ですね。上野駅からよほど東京駅に行って京都に行こうと思ってましたから」

「私も神楽坂から成城へ戻ろうと思って駅に行ったら、浅草の方の電車が先に来たもんだから乗ってしまって」

お互いが話をしていて変な気分だった。

それでいてどこか喜んでいるように思える先生の顔を見て、ボクは嬉しくなった。

「何だか操られているみたいだね。こういう時にKさんがいると、神の啓示とか言い出してメンバー揃えて打ちはじめるんだけどね」

「ハッハハ、Kさんが今ここにひょっこり見えたりして」

「ハッハハ、それなら上等のミステリーになるな」

その時、喫茶店のドアが開いた。

ボクも先生も、入って来た客の顔を見てから互いの顔を見合わせ苦笑した。

先生は店の中を見回していた。天井やら壁をじっと見た後、以前、ここに来たかな、と独り言のように言った。

そうしてテーブルの脇に置いてあったタウン誌をめくりはじめた。

――そうか、浅草は先生が少年時代を過ごした思い出の多い場所だった。

先生が一人で六区を歩いていたのは、やはり何か仕事に関係があってのことではないかと思った。

「先生、どこか行く場所があったんじゃないですか」

「どうして？　サブロー君こそ。そうだ、荷物を取りに行くって言ってたよね」

「それはたいしたことじゃないのでいいんです。どうぞ用事があるのならおっしゃって下さい」

「私は何もないよ」

「そうですか」

先生はまたタウン誌を読みはじめた。

どこか落着きがない先生に気付いた。

ボクはトイレに行った。

戻ってみると、先生は眠むっていた。

椅子の背に体重を預け、でっぷりしたお腹を突き出し、両手をだらりと下げていた。

足元にタウン誌が落ちていた。

額から迸る汗を見て、この睡眠が、病気のナルコレプシーによるものだとわかった。

——疲れているのだ……。

ともかく眠むってもらうしかない。

席が入口の近くだったので、出入りする人たちが皆先生を奇異なものでも見るような目で見て行く。笑い出す客もいた。

——失礼な連中だ。

ボクは彼等を睨みつけた。

先生は苦しそうだった。

東京という所はやはり先生に何かを強《し》いるのだろう。

松山の島の一日と、先生のおだやかな表情が思い出された。

「ようイロさんじゃないの。懐かしいねぇ〜。どうしちゃったのさ。こんな所でのんびり船なんか漕いじゃってよう」

その声は店中に響くほどの大声だった。

紫がかった玉虫地の上着に黒いシャツ、白いズボンに足元は白いエナメルの靴。いまどきこんな恰好をする男がいるのかと思えるほど派手な男だった。

どんぐり目の愛嬌のある顔をしている。

「イロさん、俺だよ。イロさん、何を寝た振りしてんだよ。俺だって」

男は先生の肩をつかんだ。

ボクはあわてて立ち上がり、男の手を取った。

「す、すみません。今、休んでらっしゃいますので……」

男がボクを振りむいた。

すると男は、今しがたの目と違って、目を細くして威嚇するようにボクを睨みつけた。

「誰だ、おまえは？　俺の上着を汚い手でさわりやがって」

「あっ、すみません。先生は今休んでらっしゃるものですから」

「見りゃわかるよ。俺はイロさんの昔っからのダチなんだ。おまえにとやかく言われる筋合いはねぇんだ。なあ、そうだろうよ」

奥に仲間がいたらしく、そりゃそうだわな、と男の声がした。見ると厄介そうな連中が屯ろしていた。

「お～い、この人を誰だか知ってるかよ。ギャンブルの、麻雀の神様よ。ほれ昔、イレブンＰＭに出てたろう。〝坊や哲〟だぜ」

靴音がして奥から男が二人こちらに来た。

「ほう、これが坊や哲か。俺は映画で見たぜ」

岩みたいな身体と顔をした男が先生の顔を覗き込んだ。

ボクはその男の肩先を叩いた。

「すみません。先生は休んでらっしゃいますから」

男はボクの手を撥《は》ね上げた。

「なんだ、手前《てめえ》は。慣れ慣れしく俺の肩にさわりやがって」

「すみません。先生が」

「先生がどうしたってんだ。何を気取ってやがる。この野郎、やるのか、表に出るか」

「気を悪くしたのならかんべんして下さい」

「ああ悪くしたよ。気にいらねぇな」

男はボクの胸倉をつかんだ。

なんだ、この野郎、どこの者だ、ともう一人の小柄な男も睨んだ。

「イロさん、何を寝てんだよ」

紫の上着の男が先生の身体を揺らした。

「おい、いい加減にしてくれないか」

ボクは咄嗟《とっさ》に目の前の男を押しのけて先生の肩を揺らしていた男の二の腕をつかんだ。

押しのけた男がボクの上着を背後から鷲づかみにした。

やめて下さい。店の中では困ります、店の女の金切り声がした。

「よお〜し、表だ」

背中をつかんだ男の腕をボクはつかみ上げた。以前ほど力はないが、男が手を離すくらいの力は残っていた。

ボクは三人を一人ずつ睨みつけ、つとめて冷静に言った。

「わかった。表に出ようか」

「どうしたサブロー君」

先生の声がした。

「ようイロさん、俺だよ。覚えてるだろう」

先生は少し考えてから、白い歯を見せて言った。

「トクさんか」

「そうだよ。トクだよ。嬉しいね。覚えていてくれたぜ」

「ああ覚えているよ。元気かね」

「ハッハハ、聞いたかよ。このとおりだ」

先生が立ち上がっているボクを見た。

「サブロー君、どうかしましたか」

「………」

ボクは返答ができず黙っていた。

「いや、イロさん、何でもねぇんだ。そうだよな、皆」

紫の上着が二人を笑って見た。

「いや、かんべんならねぇ」

岩のような男がボクを睨んだまま言った。

「イロさんの連れだ。ここはかんべんしてやれ」

「ならねえよ」

「頼むよ」

紫の上着はそう言ってズボンのポケットから金を出して男のポケットに押し込んだ。

男はボクの脇の椅子を蹴り上げて奥に引き揚げた。

紫の上着は先生の隣りに座り、先生の手を嬉しそうに握っていた。

オーイ、トク、奥から男の声がした。

「イロさん、ちょっとごめんよ。野郎たち俺のダチでね」

男が奥に急いで行くと、先生がちらりと奥を見てボクの顔を覗くようにして言った。

「何かあったの？」

「いいえ、何でもありません」

「出ようか」

「そうですね」

ボクが立ち上がってレジに行こうとすると、先生がボクを制して言った。

「原稿料が入りまして、今日は金持ちです。どじょうでもどうです？」

店を出てしばらく歩いていると、後方から先生を呼ぶ声がした。

先刻の男だった。

「イロさん、ひさしぶりに逢えたんだ。少しつき合っておくれよ」

先生がボクの顔を見た。

ボクは笑ってうなずいた。


男には此見《これみ》よがしの振舞いをするところがあった。

「どうなんだよ、先生、景気の方は。この頃は先生がテレビにちっとも顔を出さないもんだから、こっちはテレビを見る愉しみがないやな。見てたって碌《ろく》な芸人は出てやしないし、俺もついこの間TBSに呼ばれたんだが、テレビに出る気がしないやな。断わったよ。そうしたらギャラを増やそうって言うから、俺がテレビに出るのにいちいちギャラの話をするわけにゃいかないだろうって言ってやったのよ。そう思うだろう、先生」

男はそうやって話す間も先生の対応など少しも気にしてはおらず、喫茶店の周りの客の反応ばかりを見ていた。

周囲の客や店員は、男がテレビとかギャラとか口にする度にこちらを見ていた。

声が大きい上に男の恰好は、紫がかった玉虫地のジャケットに白いズボンに同じ白のエナメルの靴という派手なスタイルである。

「ほれ、タローの奴、＊＊＊のタローだよ。あいつも偉くなりやがったもんだ。先生、覚えているだろう。舞台がはねてから皆して吉原《よしわら》に行ってよ。あの野郎、女にへましやがって朝まで裸で立ってやがったのを。なあ、あん時は面白かったよな。浅草が盛りだもんよ。それとほら、あいつ、なんて言いやがったか。ほら、＊＊＊十三郎が……」

名前の知れ渡った役者のことを出す時、男の声は大きくなった。その度に客の目がこっちにむく。

先生は男のそんな振舞いを承知しているのかいないのか、ただニコニコして聞いていた。

先生が楽しければそれでかまわないのだが、迷惑しているようにも思えた。

ボクは、時折、先生の顔を見た。

「ほら、あいつだよ、先生と麻雀を打ってた野郎、なんつったかな、この頃テレビにも出てやがる、ほれ、あいつ」

男の話に先生は首をかしげたり、一緒に思い出そうという表情をする。

その表情を見ていて、ボクは先生が相手の話を面白く聞いている気もしてきた。先生の表情を見直すとやはり喜んでいるようだった。ならボクも男の話も我慢して聞こうと思った。

話を聞きながら、よくよく見ると男の額の髪の生え際には真っ白な白髪が浮き上がっていた。

——結構な歳なんだ……。

こんな派手な恰好をしているので、てっきり先生より歳下なのだろうと思っていたが、案外同年齢か、もしかして先生より歳がいっているのではないか。目元のシワといい、先生より年配のような気がした。目にわずかだが化粧をしていた。

——どういう男なのだ？

男がひとしきり話したところでトイレに立った。

「小便以外に役に立たなくなってよ。昔はいろいろ使い勝手がいい奴だったんだが」と独り言のような皆に聞かせるような話し振りで奥に消えた。客たちがクスックスッと笑っていた。

「古いお知り合いなんですか」

ボクが訊くと、先生は何かを思い出すかのように二度、三度うなずいて言った。

「昔、浅草の小屋に出ていた人でね」

「スターなんですね」

「いや、ほんの端役でね。今、それを思い出そうとしてるんだが思い出せなくてね。すべったり転んだりばかりで歌も科白も覚えてないんだ。トクさんって名前はすぐに思い出したんだが……」

「それにしても派手な服装ですね」

ボクが笑って言うと、先生はボクの顔をまじまじと見て、

「そうかな……。あんなものですよ、芸人の恰好は。いつもちゃんとしてるものなんですよ」

と真面目な顔で言った。

ボクはあの男を馬鹿にしたつもりではなかったが、先生に叱責されたような気持ちになった。

男の声が響いた。

トイレに行って淋しくなるようじゃお仕舞いだね。客たちが笑っていた。

男が席に座ろうとした時、先生が言った。

「トクさん、思い出したよ。〝月夜のノクターンと＊＊＊〟でしょう。主役が＊＊＊＊と＊＊＊でデュエットが流行《はや》った。たしか二幕目でトクさんが袖から出てきた」

先生の言葉を耳にした途端、男の表情が一変した。顔全体が急に明るくなり、目はかすかにうるんでいた。かすかに唇が震えていた。その場に立ちつくしたまま椅子に座ろうともせず、先生の顔をじっと見つめていた。

「いやあー、思い出してくれたかい。そうだよ。〝月夜のノクターンと＊＊＊〟。嬉しいね。そう二幕目の初《しょ》っ端《ぱな》、舞台の袖から出てきたろう。出てきたよな、きたよな」

男は興奮していた。

「転んじゃったりして……。待ってました、トクさん」

先生も少し甲高い声で言った。

その瞬間、男がもんどり打って、その場にひっくり返った。大きな音が店中に響いた。

ちいさな悲鳴を上げた女性客もいた。

ボクは何が起こったのか理解できず、男の姿が消えたテーブルの下を覗こうとした。

すると男が水から這い上がるようにしてテーブルから顔を出した。

先生が拍手した。

男はかまわず、水の中にある足が何かに引っ張られているかのようにずっこけては何度もテーブルから下に消え、浮き上がり、ようやく席についた。

先生がまた拍手した。

「いや、みっともないとこを見せちゃって……。昔のように切れがないわな」

先生は首を横に振って、そんなことはありません、とでも言いたげな表情で男を見ていた。

「だ、大丈夫ですか」

見ると一人の女店員が心配そうな顔をして男を見ていた。

純朴そうな目をした、どこかまだ生まれた土地の匂いが漂っているような娘だった。

「お客さん、怪我《けが》はすなかった？」

娘の言葉に男は急に顔を歪め自分の右頬に手を当て、そこが痛くてたまらないという表情をした。娘はあわてて男の顔の方に手を伸ばした。男は娘の手をさらりと取って、痛いよう、と言い、歪んだ顔をたちまち笑顔に戻した。娘は驚いて握られた手を引っ込めた。

ハッハハハ、ありがとうよ、お嬢さん、君はやさしいね、出身はどこだい、津軽《つがる》かい、と歌うように訊いた。娘は訳がわからぬという顔でただ目を丸くしている。そこでまた男と先生が笑った。

娘がボクを見た。ボクは顎をしゃくって奥に戻るように合図した。その時、男が一瞬ボクを見た。冷たい目だった。

「こらこらせっかく来たのに。お嬢さん、ここにお座りよ。この店はオーナーから店長まで俺は皆よく知ってるんだ。いいからここにお座り」

娘は戸惑っていた。奥から男の声がして、娘は返答して戻った。男の視線が娘のうしろ姿を追っている。嫌な目だった。

「あの娘はいけますね」

男は先生の方に身を乗り出してささやいた。

先生はただ目をしばたたかせるだけだった。

嫌な会話をする男だと思った。ボクは何とはなしにこの場に居辛くなり、

「じゃボクはここで……」

と立ち上がると、先生はびっくりしたような顔をして、

「えっ、私も行くよ」

とあわてて荷物を手にした。


ボクは部屋の隅に座っていた。

数人の男が部屋の中央に胡坐《あぐら》をかいていた。その中の一人に昼間の大男もいた。数時間前にトクという元芸人の男に連れられて、この家に先生と入った時、大男は先生に丁寧に頭を下げた。そうしてボクの顔を見ると、口元をゆるめ愛想笑いをした。その時、ボクはここがこの連中が仕切る賭場なのだとわかった。厄介な場所に連れてこられたと思った。地回りらしき者はその男ともう一人いたが、大男はすぐにいなくなった。

隣室からは声を抑えている合力の声と客のタメ息が聞こえた。ロク、フダサゲテクダサイ。ドウマエタマッタ。サクットトッテクダサイ。イヤ、マイッタ。オーッ、と場の盛り上がった後に洩れ出す特有の声がするだけだった。

昼間、あれからボクと先生はトクに泣きつかれ、夕刻まで浅草にいた。

鰻屋《うなぎや》を出た後、銀座にでも行って一杯やって行きましょうか、という先生の提案にボ

クはうなずいた。ところがトクが別れ際に先生に耳打ちしていた。

先生が戸惑うような目でボクを見た。トクは公衆電話にむかって走り出し、電話をかけていた。

「どうしました？」

「うん、少し遊んでいかないかと言うんだけど……」

「麻雀ですか？」

「いや手本引きだ。サブロー君はやるの」

「いいえ、ボクはやったことはありません。知り合いが合力をしてましたが」

「ああそうか、西だものね。見物だけでもしてみますか？」

「いや、ボクはよしときます」

「そう……」

先生は口ごもった。

「じゃ私もよすよ。銀座に行きましょう」

トクが小走りに引き返してきた。

何が嬉しいのか笑っている。

「トクさん、今日のところは……」

先生が言いかけると、トクは耳も貸さずに言った。

「運がいいよ、先生は。場が立つそうだ。めったにないことだ。さすがにギャンブルの神様が来ると違うね。兄《にい》さんもやるんでしょう」

ボクは素気なく首を振った。

「そう言わずに先生をお連れしてくれなくちゃねぇ、先生。ともだちなんだから」

先刻、先生が男にボクのことを紹介した時、サブロー君はともだちです、と言うと、男は感心したように、ともだちってのはいいね、とわざとらしく言っていた。

「小一時間でも見学して行こうか？」

先生のその言葉にボクはうなずいた。このまま先生を放ってしまうと、また松山のあの女将のヒモの男に連れ出されたのと同じ状況になる気がした。あれはたしか丁半だった。それから二時間待たされる破目になった。

トクは何度も電話をかけに行った。二人きりになると先生は、サブロー君、大丈夫、と訊いた。ボクは大丈夫です、と笑って答えると、先生も笑い返し、

「どうもとんだ案山子《かかし》になっているね」

と苦笑した。

三軒目になる喫茶店を出てボクたちはスナックに連れて行かれた。途中、伝宝院の通りで露天商が店を畳みはじめていた。

先生はブロマイド屋の前で立ち止まり、じっと見ていた。

「お好きなんですか」

「はい。昔はずいぶんと持っていた。自分でこしらえたりしたんだ」

先生の顔がかがやいている。

手にした一枚の相撲取りのブロマイドを裏返し値段を見ていた。

「これはいいもんだね。あっ、やっぱり高いんだ」

「ええ、それは戦前のモノでいいもんですよ」

店の老婆が言った。

「サブロー君、この角力《カクリヨク》さんの家は粉屋さんでね。面白い人でね、小結まで行ったんだ」

「よくご存知ですね」

老婆が言った。

「これを下さい」

先生がポケットから千円札を出した。

「じゃボクもこれを」

ボクが一枚のブロマイドを差し出すと、

「おや松登《まつのぼり》ですね。これもいい角力さんだ」

と言って、一緒にして、と老婆に言った。

「松登が贔屓《ひいき》なの？」

「いや子供の時に田舎に巡業にきたんです」

「大山《おおやま》部屋だね。〝マンボの松ちゃん〟と言ってね。小回りするような取り口だった。ほらサブロー君、松登は松戸《まつど》競輪のある松戸の出身だよ。そうか、角力が好きなんだ……」

先生は少し興奮していた。

「お客さん、本当によくご存知ですね。もしかして昔、取ってらしたの？」

老婆が先生のお腹を見て言った。ボクたちは顔を見合わせて笑った。

ボクは笑いながら、このまま銀座に行った方がいいような気がした。

さんざ待たされたスナックに電話が入り、ボクたちはトクと迎えに来た車に乗り、小《こ》岩《いわ》まで連れて行かれた。

ずいぶん寂れた所まで連れて来やがるな、助手席に乗ったトクが言うと、若い運転手がスミマセン、と頭を下げた。

小岩かね、と先生が外を眺めて言った。新小岩《しんこいわ》です、と運転手が返答した。バカヤロー、ここが小岩かと先生は訊いてらっしゃるんだ、トクが怒鳴ると、スミマセン、小岩です、とまた頭を下げた。

この辺りは川漁師が多くてね、と先生がぽつりとつぶやいた。さすがに先生はいろんなことを知ってるわな。おまえ、うしろにお乗せしてるのが誰だかわかってるのか、とトクが言うと、ス、スミマセンと、運転手が頭を下げた。先生は車窓を流れる風景をぼんやりと眺めていた……。

ボクは部屋の隅にじっとしているままだった。

若衆が、腹の方はどうですか、カップラーメンしかありませんが、と訊いた。

ボクは首を横に振った。トクが戻ってきた。先生が場に入ってすぐにトクはここを出て行っていた。薄灯りの中でもトクの顔が赤らんでいるのがわかった。こんな辺鄙《へんぴ》なところまで夜中にわざわざこの男が顔を出すのは、先生の上がりの金が少し回ってくるからだろう。そうとわかっていても、その場に乗り出してくる先生のギャンブル好きを、ボクは或る時期の自分と重ね合わせていた。

——先生は博奕が打てるのならどこでも平気なんだ……。

それが頼もしいようにも思えるし、切ないようにも思えた。

トクが置いてあった花札を座蒲団の上でめくりはじめた。

兄さん。兄さん、とトクがボクを呼んだ。トクの顔を見ると、花札を突き出し、少し遊ばないか、と誘った。ボクは返答しなかった。

よせ、兄貴が来る、と大男が言った。ほどなく男が二人入ってきた。屯ろしていた男たちが立ち上がり、小柄な方の男に挨拶した。すぐに小柄な男は隣室に入った。しばらくして男は戻ってくると、ボクをちらりと見て傍らの男に何事かを言った。

傍らの男がボクに近寄ってきて、何か飲み物をお持ちしましょうか、ビールでも買ってこさせますが、と言った。ボクが断わると、そのまま小柄な男と引き揚げて行った。男たちが皆見送りか、外に出た。

部屋の中に静寂がひろがった。

隣室からは札を切る音が届いた。眠む気が来た。ボクは背後の柱に凭《もた》れかかった。目を閉じると、湖沼《こしょう》の風景があらわれた。

ボクは水辺に立って、波打つでもない水景を見ていた。

そこが海でないことは匂いでわかった。内陸の水辺は、生暖かい風にともなって植物の饐《す》えたような臭いがする。

——どうしてこんな所に立っているんだ。

と思った時、遥《はる》か前方から魚が跳ねたような飛沫《しぶき》がかすかに見えた。

何だろう、と見ていると、それが魚の跳ねた飛沫ではなく何かが水を蹴立《けた》ててこちらにむかってきているのだとわかった。

何だ、あれは、と思う間もなくその正体が幌馬車《ほろばしゃ》だとわかった。見る見るこちらにむかってくる。ボクは走り出した。幌馬車はボクを追い駆けてくる。馬丁の声が響く。ボクは必死で走った。走れど走れど相手は追ってくる。ようやく背後から馬車の気配が失せた。ボクは息を切らし肩を揺らしながら両手を膝の上に置いて荒い息をしていた。水面を見ていた。するといきなり水面が盛り上がり、水中から馬があらわれた。

ワァーッと声を上げた瞬間、目を覚ました。

汗を掻いていた。部屋には誰もいなかった。すぐに大男とトクが入ってきた。

額の汗を拭った。肌着が濡れていた。それが汗なのか、今しがた見た水辺で濡れたものかわからない。

トクがボクを見て笑っている。その笑いを見て、ボクは自分の衣服を見返した。ずいぶんとあわてふためいていたから、どこかみっともない恰好になっている気がした。

トクが隣室に入って行った。ボクは立ち上がってトイレの場所を訊き廊下に出た。車から降りて家に入る前もそう思ったが、ごく普通の、それも建売住宅の造りである。こういう場所でしか違法の賭博は開けなくなったのだろう。

トイレの鏡で顔を覗くと髪の毛の中まで汗を掻いている。よほど怖かったのか。

それにしても男たちが身内の者を表に見送って戻るまでのわずかな時間に、あれほどの夢を人は見てしまうのだ。

トイレから出ると、目の前に先生が立っていた。

「どうですか？」

ボクが訊くと、先生は少し申し訳なさそうな顔をした。

「行ったり来たりでね。でも今は少し浮かってるよ。どう、少し回すから、やりませんか。場もなごんできてるし」

「いや、疲れてるんで、少し休むにはいい感じですから」

「そう。今、トクさんにも言ったんだが君もお腹も空いてるだろうから、新小岩の駅前に気のきいた鮨屋があるんだって。そこで一杯やってて下さい。頼んでおいたから」

「気にしないで下さい。大丈夫です」

「うん、でもそうしてくれたら助かるんだけど……」

「わかりました」

先生がまだ当分続けたいことがわかった。

部屋に戻るとトクが一杯行こうと誘ってきた。

ボクはトクと表に出た。

繁華街までの車中トクはおとなしかった。

バックミラー越しに見ると、浅草から乗せてくれた運転手とは違って、目付きの鋭い若衆だった。

横柄な態度にならない理由は、どうやらこの若衆にあるようだった。この世界の連中は強者と弱者を見分ける嗅覚が長《た》けている。もっともそうでなければ生きてはいけない。

鮨屋は駅前のビルの裏手にあった。車と若衆はそのまま待つようだった。客はいなかった。主人一人がカウンターにいた。カウンターに座ると、トクはビールを注文した。並んだ種をちらりと見て肴を頼んだ。

酒を常温でくれ、とトクが言い、ボクはビールだけでいいと言って、一人前の鮨を注文した。

「先生とは長いのかい?」

「いや、そんなには……」

「いいよな、先生は……、格が違うやな」

トクはそう言ってうなずいた。

「さすがに今夜の客はわざわざ来た連中もいるから玄人《くろうと》だな。張り目がもたついてないものな。大阪の客はさすがに慣れてやがる。兄さんはやらないのかい?」

「ええ」

トクは笑って、それきり黙って、喉に流し込むようにたちまち三本の銚子を空けた。

お強いですね、お客さん。主人が言うと、いらぬことを言うんじゃねぇ、とトクは相手を睨んだ。

俺、外で待ってますから、ボクが立ち上がろうとすると、そうつれなくするんじゃねぇよ。名前は何と言ったっけな、とトクが笑った。

サブローです。サブちゃんか、いい名前だ。昼間のことはかんべんしてくれよ。サブちゃんも先生が好きなんだろう。俺も先生が大好きだ。惚れてんだよ。少し先生の話をしようぜ、と言った。ボクは座り直した。

先生が難しい本を書くのも俺は知ってるぜ。そうだろう。ボクはうなずいた。それでもちゃんとこうしてこっちの世界にも顔を出してくれるんだから、そこが違うんだよな。芸人も大事にしてくれるしな。けど先生は足を洗ったんだ。だから生きのびてるんだ。よかったよ、まったくよかった。麻雀は一緒に打ったことはあるのかい？　ええ何度か。トクが急に右手を伸ばして目をギョロリと剝いて麻雀牌を引いてくる仕草をした。こんな目をして、こんなふうに牌を引いてくるだろう。あれが貫禄だな。先生にそっくりだった。ボクは笑い出した。それでこうだろう。トクは首を縮めるようにして上半身を後方にそらし眠むる真似《まね》をした。ハッハハ、ボクがまた笑うと、トクはボクににじり寄り、あれが、病気が嘘八百だって知ってたか？　とささやいた。ボクは少し驚いた振りをした。ここだけの話だが、先生から直《じか》に聞いたんだ。形勢が悪い時の、ありゃ〝奥の手〟だとさ。いろんなことを言う者がいるんだと、黙って聞いていた。でも、あれがいいんだ。愛嬌があってよ。見たかい？　寝てるところ？　ボクはうなずいた。

ならわかるだろう。ありゃ〝奥の手〟だ。けどこれは俺と兄さんの秘密だ。決して他の者には言っちゃならねえ。今夜は先生につき合ってくれたからお礼にもうひとつ教えといてやるよ、とトクは言った。

——まだあるのか。

おそらくトクはナルコレプシーという病気を知らないのだろう。知っていても人の噂というものは、ひろがりはじめると真実らしくなる。

トクはさらに顔を近づけてささやいた。先生は、これだぜ。トクは右の掌を頬のところで女が科《しな》をつくるようにした。ボクは目を見開いて、また驚いたような顔をした。

知らないのか？　本当だぜ。ボクは首を横に振り、そこまではちょっと……、と笑った。信じないのか？　ボクはうなずいた。俺はてっきり兄さんがその相手と思ったぜ。冗談を言わないで下さい。ハッハハ、冗談だよ。今のは冗談だが、先生がそうだってのは、それは本当だ。俺は先生とつき合ってた野郎を知ってる。ボクは少し腹が立ってきた。そんないい加減な話を人に話さないでくれますか。言っていいことと悪いことがある。ボクが睨むと、トクはやわらかな口調で言った。若いな、兄さんは。男ってものがわかってないよ。そうかもしれませんが、先生はそういう人じゃありません。それにさっきの急に眠むってしまうこともナルコレプシーという病気なんです。別に博奕をしている時だけそうなるんじゃないんです。俺はその現場を実際見てますから。先生はあんなふうになった時、苦しくてしょうがないんです。そうかい、じゃ兄さんはそう思ってればいいじゃねぇか、トクが小馬鹿にしたように笑った。ボクは頭に来た。違うだろ。

俺はそういう話をして欲しくないって言ってるんだ。おいおい、怒ったのかよ。ハッハ、冗談だよ。イッツ、マイ、ジョークさ。トクは両手をひろげて大袈裟に呆れ顔をしてみせた。勘定、ボクが店の主人に言うと、ここは俺の奢《おご》りだ。そうツンツンするなって、とトクは呂律《ろれつ》の回らない口で言った。外に出ると若衆が車のボンネットに凭れかかって煙草を吸っていた。ボクの顔を見ると若衆は、連れ方は、と訊いた。まだ飲んでるよ。嫌な野郎だな、ボクが言うと若衆はニヤリと笑った。盆が仕舞うのは何時ぐらいだろう。だいたい三時っすね。一回引いてから、たぶん残った方で回り胴で次をはじめることが多いっす。よほど面白いんだろうな、あれは……。らしっすね……。

空を見上げると三日月が赤く光る星をひとつ抱くように浮かんでいた。

松山で一人徘徊《はいかい》した時も、こんな月が浮かんでいたような気がした。

――どうしてあんな男と先生はつき合うのだろうか。

ボクのわからない、あの男のいいところがあるのだろうかと思った。

「じゃ真っ直ぐ成城の家に行きましょうか？」

タクシーに二人で乗り込んでボクは先生に訊いた。

小岩のあの家の控えの部屋でボクは眠むり込んでしまった。目覚めると身体に毛布がかけてあり、部屋のむこう側に先生が寝ていた。ボクが起きると、先生も目を覚ました。

外に出ると陽はもうかなり昇っていた。

「いやちょっと寄って行きたい所があるんだが」

「大丈夫ですか？　身体の方は。ほとんど徹夜でしょう」

「ちょっと寝たんで大丈夫だよ」

先生は窓の外を見た。

浅草は過ぎていた。

「上野に行ってくれないか、運転手さん」

「はい、上野はどのあたりに」

「取りあえず広小路《ひろこうじ》に。アメ横の脇あたりで」

「わかりました」

「ああ、それと、これ返しておくよ」

先生が上着のポケットの中からずくになった一万円札を出した。手の中から他のずくがこぼれそうになっていたが、違うポケットからまた束を出した。

それをお腹の上でかかえるようにして、片手で握った束をボクに渡そうとした。

「何でしょう？」

「ほら松山での借り分です」

「それは会社をやって取り返したじゃありませんか」

「そうだったかね。いや違う。その時のコマ現金《タネ》を返していないよ」

「だから会社でそれも取り返しましたよ」

「そんなはずはない。ともかく取って下さい。最後の胴がずいぶん膨んでね。借用書まで持たされちゃったよ」

先生は笑って借用書らしきものを出し、役に立たないね、と笑ってそれを無雑作に丸めてポケットに突っ込んだ。

「ずいぶん勝たれたんですね」

「これまでずいぶんやられてるもの。ともかくツケウマ代と思って取っておいて下さい」

「わかりました。じゃこれだけいただきます」

ボクは一束を取った。

「ダメだって、こっちの分を取って下さい」

「そりゃダメです」

「じゃこうしよう。これを真半分に分けて、ジャンケンして勝った方が選ぶ」

「今、ジャンケンをしたってボクが負けるに決ってます」

「お客さん、もうすぐアメ横ですが」

タクシーの運転手が言った。

　ボクたちはあわてて金をポケットに仕舞った。

「まずは腹ごしらえだ。サブロー君もお腹が空いてるでしょう。そうだ」

　先生がいきなり指を鳴らした。

　パチンッといい音がした。

　そんな先生を見るのは初めてだった。

「運転手さん、谷中に行ってよ。サブロー君、この間からその店の鰻が食べたかったんだ」

「先生」

「何？」

「昨日、鰻を食べましたよ」

「そうだったたっけ？」

「でも行きましょうか」

「うん。鰻のハシゴだ」

　運転手が笑っていた。

　谷中の鰻は美味だった。

　先生は店を出てタクシーを拾うと、運転手にまたアメ横と告げた。

　先生はタクシーを降りると、先に立ってアメ横の通りを歩き出した。歩調が軽やかだった。

一軒の洋服店の前で立ち止まると、そのまま奥にさっさと入った。

ヤンキーのアンチャンたちが着る虎や龍《りゅう》の刺繍《ししゅう》が背中にあるジャンパーや特攻服もあれば、オバチャンの着るコートまで所狭しとハンガーに吊《つる》してある。

先生は店の奥に吊してある紳士物のコーナーでジャケットを物色しはじめた。

ボクは少し離れた場所でそれを見ていた。

意外だった。先生の体型から想像して、先生の着るものは別注だと思っていた。奥さまがすべて選んでいるのだろうと勝手に想像していた。

気になったものが見つかったらしく、先生は店員にそれを下ろさせ眺めていた。

先生がボクを振りむいた。ボクは先生のそばに近寄った。

「これ、どうだろうか」

それは紫色のジャケットで、玉虫が入っていた。ほとんど昨日、トクが着ていたものと同じに見えた。

「地味かな？」

先生が真顔で訊いた。

「いや、そんなことないと思いますよ」

「う～ん」

先生は唇を尖らせて思案していた。

「千鳥格子《ちどりごうし》はあるかね」

先生が店員に言った。

店員は奥から千鳥格子の柄のジャケットを二枚手にして戻ってきた。

ひとつはちいさな千鳥で、もうひとつはかなり大きな千鳥だった。

大きい方の千鳥のジャケットに先生の手は自然に伸びた。

「もう少し大きい柄はない？」

「これが一番大きいですね。これ以上大きいと柄じゃなくなっちゃいますよ」

店員の言葉に先生はムッとしたような顔で相手を見ていた。

「サブロー君、これどうだろう」

「さっきのよりはボクはこっちが好きですね」

「私もそうです。これにしようか……。おとなしくないかね？」

「いいえ、先生が着られると映えると思いますよ」

先生がニヤリと笑った。あいくるしい顔だった。

先生は袖丈とボタンの位置の直しを店員とこまかく話していた。

お洒落《しゃれ》に気を遣う生身の先生を見た気がして、ボクは少し感動した。

店を出てジャケットの直しが上がるまでボクたちは焼トン屋で飲むことにした。

先生は飲みはじめてからも、しばらく先刻のジャケットのことを考えているような顔をしていた。

店に戻ると、店員から、修繕屋が立て込んでいて直ってくるのにあと一時間かかると言われた。

「じゃ今度、来た時に寄ることにしようか……」

先生は少し残念そうに言った。

その表情に、先刻のジャケットが気に入っている様子が窺えた。

「待ちましょう。一時間ならすぐですよ」

ボクが言うと先生は口元をゆるめて、

「そうだね。一時間はすぐだ」

と言ってから周囲を見回し、

「上野公園にでも行ってみようか」

とボクの顔を見た。

「いいですね」

上野公園の名前は聞いていたが中に入ったことはなかった。

駅前の信号を渡って公園にむかう階段を上っていると、似顔絵を描いている男たちが数人、階段にイーゼルを出して商いをしていた。

先生は中階段に座っている似顔絵描きの前で立ち止まって見本の作品を見ていた。見本は映画俳優や歌手がほとんどだったが、あどけない子供を描いた作品があった。

先生はじっとひとつの作品を見ていた。

「それが気に入りましたかね」

絵描きが先生に言った。

それはフランス俳優のジャン・ギャバンの似顔絵だった。

「このギャバンは〝霧の波止場〟の時だね」

「おや、映画に詳しいんだね。そのとおりだよ。俺は昔、映画館の看板描きもやっててね」

「どこら辺りで？」

「この界隈さ」

「＊＊館とか」

「ああ、そこの仕事もやったね」

「たしか男装の小屋主だったかな」

「ほう、本当に詳しいね。あの館主死んでしまったよ」

「……いや、このギャバンはいいね」

「少しアレンジしてあるんだがね」

「そうだね。でも、それがいいんだ。ブロマイドそのままじゃ芸がないもの。そっくりはどうもね」

「よくわかってるね。それ欲しいんなら安くするよ」

「………」

先生は返事をしなかったが迷っているのがわかった。

絵描きが唐突に言った。

「あんた、ギャバンに似てるね。言われるでしょう」

絵描きの言葉に先生は驚いて、急に狼狽した顔になった。

「いや似てるよね。ねえ、そう思うでしょう。言われるでしょう」

絵描きはボクの顔を見て愛想笑いをした。

「そんなことはありません」

先生はひどく不機嫌になって、怒ったような顔で階段をすたすたと上り出した。

絵描きはボクにむかって片目をつむり、失敗しちまったか、という顔付きをした。ボクはあわてて先生のあとを追った。

ぶつぶつと独り言を言って先生は歩いていた。追いついて隣りを歩きはじめると、

「ああいうことを平気で言う奴は嫌いだ。許せない」

歩調が速いのは感情的になっているからだろう。

「サブロー君もそう思うでしょう。あんなふうに人を馬鹿にしたような言い方をする奴は許せませんよね」

「は、はい」

ボクは先生はいつも露店の男や女のことが無条件で好きなのだと思っていたから、怒り出したことが意外だった。

「私の顔を見てからかったんです。あわれみを受けているようで腹が立ちます」

「はあ……」

先生が何をそんなに怒っているのかわからなかった。

前方に露店が数軒並んでいた。

「何か食べましょうか？　イカがありますね。この辺りのイカは昔から生姜《しょうが》がきいて美味いんですよ」

ほんの少し前、谷中で鰻を食べて、ついさっき豚とキムチの炒《いた》めものを一皿ぺろりと食べたばかりだった。

先生は露店の前に立ち、鉄板の上に指を突き出すようにして、ふたつ、と注文した。

「生姜を多くしてくれるかね」

女は、ハイ、ハイと言いながら足元からイカを二杯つかみ上げて鉄板に置いた。醬油《しょうゆ》と生姜の匂いがしてきて、ボクが美味そうですね、と言うと、喰ってばかりだね、と自嘲するように言った。

――わかってるんだ……。

ボクは少し安心した。

ベンチに座って並んでイカを食べた。

「うん、いいイカだ。やはり生姜が大事だね」

「そうですね」

先生はぺろりとイカを平らげるとお腹をさすりながら、どの辺りに入って行ったのかね、と笑った。

機嫌がよくなったので安心した。

二人して煙草をくゆらしていると、先生がぽつりと言った。

「顔にコンプレックスがあってね。おまけにこの後頭部だ。子供の頃から、よくからかわれてたんです」

――そんなことありませんよ。

ボクはそう言おうとしたが、先生はさらに話を続けた。

「親とぜんぜん似てないんだよね。養子なのかって親に訊いたこともあるんだ……」

そこまで言って先生は黙り込んでしまった。

いつか本屋で見た先生の若い時の写真を思い出して、そんなことぜんぜんありませんよ、いつかKさんの奥さんも素敵な顔だとおっしゃってましたよ、と言いたかった。

そこでボクはさっき似顔絵描きが言ったことに急に怒り出した理由がわかった。

ちらりと先生の横顔を見ると、ひどく憂鬱になっているようだった。

ボクはどう声をかけていいのかわからず、ひとつ隣りのベンチに座っていた。

空を見上げると千切れ雲がゆっくりと流れていた。

ボクは目を閉じた。昼休み時なのか、あちこちから人の声や笑い声が聞こえていた。鳥の声がした。子供の笑い声もした。近くを走り抜けて行く子供の足音がする。三人、四人と、勢いよく通り過ぎて行く。目を閉じていると、耳の中に入ってくるだけの音が妙にクリアな映像になって情景が浮かんでくる。

それはとてものどかな光景だった。でもその中に先生一人が一点をじっと見つめたまま考え込んでいた。

ボールの跳ねる音がした。

トーーン、トーン、トン、トッ、トトト……と音が消えていく。

オイチャン……、オイチャン、オイチャン、すぐ近くで子供が誰かを呼んでいる声がする。

オイチャン……オイチャン。

ボクは自分が呼ばれているのかと思って目を開き、正面をむいた。

一人の少年が立っていた。

少年の目はボクを見ていなかった。視線のむいた方向を見ると、先生がベンチに腰を下ろし先刻と同じ恰好で考え込むようにうつむいていた。

——あれっ、眠むってしまったのかな。

オイチャン。

また少年が声を上げた。

どうしたんだ、坊や、と少年を見ると、少年はボクに気付いて右手を上げて何かを指さしている。指さした方に目をやると、先生の足元にオレンジ色のボールが転がっていた。ボクは少年に自分で取りに行くようにと目配せをして笑った。少年は眉根にシワを寄せ、しかめっ面をした。

どうやら先生が怖いようだった。ボクが立ち上がってボールを取りに行こうとすると、先生の手がスーッとそのボールを拾い上げた。それはまるで麻雀牌に手を伸ばして手元に引き寄せたような、やわらかな動きだった。流麗な動きにボクは感心した。拾い上げたボールを途中で静止したままじっと見ていた。

ボクは少年にむかって笑った。

——ほら拾ってもらえたじゃないか。

しかし少年のしかめっ面はひどくなっていた。

見ると先生はそのままじっと動かなかった。それがゴムボールなのか、まったく違うものなのかを観察しているようにも見えたし、眠むり込んでいるようにも見えた。

「それボクの……、返して」

少年が声を上げた。

先生は驚いたように顔を上げ少年を見た。

夢から覚めたように目をしばたたかせ少年をじっと見た。それは先生が眠むりから覚めた時にするいつもの表情だった。しかし少年には先生の表情が彼を睨みつけているように見えたのか、半ベソを掻きはじめた。

先生はあわてて少年にボールを差し出した。けれどそれはひどく不器用な差し出し方で、ただボールを握った手を上下させているだけだった。

少年が泣き声を上げそうになった時、先生は立ち上がって少年に歩み寄り、そのボールを手渡そうとした。少年はおずおずと手を伸ばしてボールを受け取った。

先生はそれからポケットをまさぐり何か光るものを取り出し、少年に渡した。少年が笑った。先生も笑って少年の頭を静かに撫でた。少年はしばらく先生を見上げていた。

少年は走り去った。

その背中は喜んでいるようにも、何かから解放された安堵に満ちているようにも映った。

先生は少年のうしろ姿をじっと眺めていた。ボクも少年を見ていた。

——先生は子供が好きなんだ……。

少年の姿が消えると、先生はポーンと音が出るほど手を叩いてベンチに戻ろうとした。

そうしてボクの顔を見て、

「やあ」

と笑った。

先生が上着のポケットから煙草を取り出した。ポケットをまさぐっている。火がないのだろう。

ボクは先生に歩み寄りライターで火を点けた。ボクも煙草をくわえた。

ベンチに並んで腰を下ろした。

「サブロー君はお子さんは？」

「二人います。前のカミさんに……」

「あっそう。時々は逢うの」

「いや、もう十数年逢っていません」

「ふぅ〜ん」

「先生はお子さんは……」

「私はいません。私に似た女の子なんかが生まれたら可哀相だもの」

「そんなことはないと思います。先生のお子さんなら可愛いと思います」

先生はまじまじとボクの顔を見て言った。

「サブロー君はいい人だね」

「お世辞で言ってるんじゃありません」

「もういいですよ」

先生は苦笑していた。

そうして静かに言った。

「……カミさんと私はお互いの血が濃くてね。生まれてくる子供が心配なんだ」

「はあ……」

ボクには先生が何を言ってるのかわからなかった。

ただそう言ってからもらした吐息がひどく淋しそうだった。

立　川

嫌な夢を見はじめたので、頭を激しく左右に動かして夢を断ち切るように目を覚ました。

天井がすぐ目の前に見えた。

淡い闇の中に、今しがた見た夢の断片があらわれた。

男とも女とも、人間ともつかない奇怪な顔である。その顔をじっと見ているとフラッシュバックを起こしたように、その顔が次から次にかわっていく。鷲鼻、鉤鼻《かぎばな》、キツネ目、ドングリ眼《まなこ》、オチョボ唇、口裂けの顔、のっぺりした顔、ムジナ、ソバカス顔、痣《あざ》だらけの顔……、百面相のように瞬時に顔がかわる。その変容が少しずつスピードを増し、最後は一面一面が確認できないほどになる。ただ残影の中の印象で相手が嘲笑しているのがはっきりとわかる。

この夢がひどくなると、耳鳴りがしてくる。息苦しくなる。過呼吸のようになり、喘ぎ、ヒィーヒィーと喉を鳴らしながら苦しさに目を覚ます。全身が汗まみれになっている。目を覚ましてからもしばらく息苦しさが続く。喘息《ぜんそく》の患者のように喉を鳴らしながら発作に似たリズムが整うのを待ち続ける。

いつの頃からこの夢を見るようになったのか、はっきりと思い出せない。

あの不吉な幌馬車の群れを見なくなって安心をしていたら、新手の幻覚があらわれた。

頭の上の灯りを点けた。

天井に光が当たって、白い天井が浮き上がる。

時計を見ると横になって十五分も経っていない。

――十五分の間にあれだけ長い夢を見たのか……。

車輪の軋《きし》む音がしはじめた。

鉄橋か何かを列車が渡るのだろう。

寝台列車に乗っていた。

ギャンブルをしてのひさしぶりの旅だった。

別に夜汽車に乗らなくても、競輪場のあった街で一泊し、翌日ゆっくり出かけてもよかった。

一人のベテラン選手が珍しく寝台列車で移動していると耳にした。

最終日のレースが終了した後、ボクは選手宿舎の脇にタクシーを待たせて、その選手が出てくるのを待った。

相手は一人であらわれた。タクシーの運転手に相手の乗ったタクシーを追いかけさせて駅まで来た。

福井駅を汽車が出たのは夕刻で、夜遅く米原《まいばら》で列車を乗り換えた。

そうして寝台車のベッドに上がり横になったばかりだった。

厄介な夢で起こされた。

ベッドを下りてトイレにむかった。

用を済ませて手を洗っていると鏡の中の自分の顔がひどくやつれているのに気付いた。

この一ヶ月、食欲がなかった。

一日のうちのほとんどは競輪場のスタンドに座って過ごした。

賭け続けているのではなかった。むしろ逆で、一日一レースしか賭《と》さない。目当ての選手のレースだけだ。だからリスクは少ない。全レースに手を出していたら一ヶ月も打ち続けられるわけはない。ベッドに戻ろうと思ったが、すぐに眠むれそうもないので通路にある補助椅子を出して腰を下ろした。

窓のカーテンを開けた。山の中を走っているようだった。ぼんやりと車窓を流れていく闇を見つめていた。

先生とは三ヶ月近く逢っていなかった。

外の闇を映した窓ガラスに先生の顔があらわれた。

「サブロー君、暖かくなったら二人で弥彦に行こうよ。私、あの村が好きでね」

「弥彦ですか、いいですね」

「桜の季節がいいですね。たしか五月か六月か、弥彦の桜は津軽なんかより遅く開花するんです」

「じゃ弥彦に行きましょう」

大晦日《おおみそか》の前日、二人で立川競輪場に出かけ、その帰り道での会話だった。

あの日、ボクは初めて先生に自分の厄介事を話してみた。

相談したところでわかってもらえないだろうと思っていたら、先生の反応はボクが予期したものとまったく逆だった。

「それで、その馬車はどんなふうにやってくるの？」

先生は真剣な目で質問してきた。

「最初は砂漠というか、礫《れき》ばかりの荒野みたいなところにぽつんと豆粒みたいにしか見えない遠くにいるんです。その豆粒が馬車なのかどうかもわからないくらい離れています」

「うん、うん、それで？」

先生の相槌《あいづち》には力がこもっていた。

「それで、しばらくすると轍《わだち》の軋む音がかすかに聞こえ出して、その音に馬の蹄《ひづめ》の音が重なるんです。一台だけだと思っていた馬車が何台もいるのがわかって、ともかくその場を逃げ出すんですが、ダメなんです」

「わかる、わかる。不意にあらわれるんだろう」

「そ、そうです」

ボクは不意という言い方を聞いて、先生がボクの話を理解してくれているのに驚いた。

「その馬車というか、馬車の群れに取り囲まれてしまうともうどうしようもなく、その場にうつぶせて観念するしかないんです」

「観念してしまった後はどうなるの？」

「時間の調子がおかしくなるんです」

「と言うと？」

「自分一人がその場にかしこまっていて、周囲の人がびっくりするくらいの速度で食事をしたり、談笑したり、蒲団を敷いて寝て、あっと言う間に朝になって起き出し、食事をして家を出て、すぐに家に戻ってきて……」

「つまり一日があれよあれよという間に過ぎていくんですね」

「そうなんです」

「その間、サブロー君は？」

「かしこまったままじっと一点を見ているらしいんです」

「誰がそう言ったの？」

「子供の頃は母やお手伝いが説明してくれました。今は妹が教えてくれます」

「子供の時からなの？」

「正確には十歳の春から夏にかけて、その症状になり、母に連れられて精神科にも行きました」

「そう……。大変だったね」

「すっかり治ったと思ってたのですが、二年ちょっと前に家族を亡くして、酒浸りの日が続いていた時、それが再発しました。けど本当はそれまでも危険な時は何度かあったのです」

「そうだろうね……」

先生はしみじみと言った。

「そうなんですか」

「実は私もサブロー君と似た幻覚をずっとやってきてるんだ」

「うん、君とは少し違うけど、私の場合は気動車だよ」

「キドウシャ？」

「機関車のことだよ」

「機関車があらわれるんですか」

「そうなんです。最初、私は何の変哲もない場所を、例えば住宅地なんかを一人で歩いていると、ぽつんと線路があらわれるんです」

「線路がですか？」

「そう、線路が住宅街の一角に唐突にあらわれるんです。それを見た瞬間、こっちも、これはヤバイぞ、と辺りを窺うんですが、その時は気動車も離れた所からこっちの様子を窺っているんです。こっちが油断していたら一気に轢死《れきし》させてやろうと思ってね。なのに私はプラットホームに立ったりしてしまうんだな。他の気動車が来たらそれで逃げようと思ってね。でも他の気動車があらわれることはないんです」

「で、どうなるんですか」

「もう大逃亡ですよ。しかし最終的には進退極まるんです」

ボクは大きくうなずいた。

ボクは機関車に追われている先生の姿を想像した。

滑稽で笑い出してしまうような状況だがボクには笑えなかった。もし先生とボクの状況が同じだとしたら、どれほどの恐怖かがわかるし、その後に迫ってくる異常な時間との対峙《たいじ》は強迫観念を超えているものだった。

先生がわかってくれたことがボクには何より嬉しかった。

「リズムだね」

先生が唐突に言った。

「えっ、何ですか」

「リズムです。私の方の医師に言わせると分裂症だろうということでしたが」

「やはり病気なんでしょうか」

「いや病気と決めつけることはできないでしょう。普段は私もサブロー君もこうして暮らしているんですから。要はそのリズムが狂わないようにするのが肝心です」

「どうやれば止められるんでしょうか」

「私の場合は知らん振りを決め込みます」

「ああ、ボクも同じような構えにしています」

「やはりね。それしかやりようがないものね。リズムですよ」

「リズムですか」

「正常なリズムで過ごしているから人間は普通に生きていられるんです」

——狂ってるんでしょうか、ボクの身体のどこかが。

そう言いたかったが、怖くて口にできなかった。

「このことは、こうして話しているだけで危ないんです」

ボクには先生の言おうとしていることが理解できた。先生の言うとおり、あの馬車のことを想像するだけで実際に幻覚があらわれるのだ。

先生とボクは同時に大きな吐息をついた。

ボクはぼんやり車窓に映る闇を眺めていた。

先生の声が耳の底で聞こえた。

『大逃亡ですよ』

先生も何か得体の知れないものから逃がれようと必死なのだと思った。

先生にボクの悩みを理解してもらえたことは嬉しかったが、それがあの強迫観念から逃がれられることにはならない。

『リズムですよ。正常なリズムで過ごしているから人間は普通に生きていられるんです』

あの言葉が正しいのなら、やはりボクの身体のどこかのリズムが壊れていることになる。

――ボクの身体のどこかが狂っているんでしょうか。

あの時、そう訊きたかったが怖くて口にできなかった。

先生の眠むっている姿が浮かんだ。

安らかに休んでいる時はいいが、あの額に汗を流しながら苦しそうにしている時は、もしかして何かに追われたり、追い詰められているのではないだろうか。そうだとしたら先生はずっと苦しみ続けていることになる。

そう思いはじめると、先生の苦しそうな表情や姿ばかりがよみがえってきた。

ボクはかぶりを振った。

――よそう。こんなふうに悲観的に考えるのは……。

ボクは同じ列車に乗っている競輪選手のことを考えるようにした。

バンクにうつぶせになった男の姿が浮かんだ。二日目の準優勝戦で男は今売出しの若手と競い合い、無残にバンクに叩きつけられた。金網越しに担架に乗せられて運ばれる男の顔を見た。担架の上で男はじっと目を閉じたままでいた。その無表情な顔が彼の諦観なのかどうかはわからなかった。

翌日のレースは負傷欠場するのだろうと思っていたら、男は平然と自転車に乗ってバンクにあらわれた。おまえ何だ、昨日の態《ざま》は。競《せ》り負けるんなら最初からむかって行くんじゃねぇよ。とっとと引退しろ。この老《お》い耄《ぼ》れが……。金網越しに男へ容赦のない野次が飛んだ。

男はそんな野次が聞こえぬふうで、そのレースでまたしても競りを挑んだ。そして、また敗れた。それでも男は悠然と引き揚げて行った。相手に競り込んだ時の形相は狂った獣のようだった。そんな戦い振りが、もう三ヶ月近く続いていた。昨秋、男は突然、そういう走りをしはじめたという。

ボクは男のレース振りを見ていて、

――何かを喪失したのではなかろうか。

と直観的に思った。

何を喪失したのかはわからないが、男の走りは、失ったものを取り返そうとしているのではなく、そうすることでバランスをとっているような戦い方に見えた。

やがて男は致命的な負傷をしてバンクを去るようになるだろう。男がそれを望んでいるのかどうかはわからないが、結末は見えている。この列車が九州に着いたら、男は列車を降りて家路にむかうのだろう。しかしそこには誰もいない気がした。

列車の速度が落ちた。線路は勾配のある土地を走っていた。ボクは車窓を見ていた。その時、闇の中にぽつんと灯りが見えた。

——こんな所に何があるんだ。

それは家灯りだった。

闇を覆っている乳白色が霧だとわかった。山中の霧に包まれた中でも、その灯りははっきりと見えた。窓には人影が感じられた。団欒《だんらん》の光景までが浮かんできた。ボクは家灯りから目を逸らした。ほどなく列車は少しずつ速度を増して下り勾配を走り出した。

やはりベッドに横になっても眠むれなかった。ボクは灯りを点けてバッグの中から一冊の雑誌を出した。そこに先生の小説が掲載してあった。読み進めて行くうちに、或る一節に目が留まった。

〝自分のどこかがこわれている、と思いだしたのはその頃からだ。漠然と感じる世間というものがそのとおりのものだとすれば、自分は普通ではない。

他人もそうなのかどうかわからない。他人は他人で、ちがうこわれかたをしているの

か、いないのか、それもよくわからない〃

ボクは雑誌を閉じた。

車輛の軋む音が生きものの声のように耳の底に響いていた。

弥　彦

燕三条《つばめさんじょう》から在来線に乗り換えて弥彦にむかった。

まぶしいほどの新緑がひろがっていた。

先生が愉しみにしていた桜の季節は終っていた。

——もう少し早くに迎えに行けばよかった。

ボクは自分の行動の遅さを悔んだ。

でも先生はそんなことはちっとも気にしていないかのように眠むっている。

山間《やまあい》に棚田が見えた。美しい田園である。

——あの棚田にもうすぐ水を引くのだろう……。

そう思うと水を湛《たた》えた棚田を見たい衝動にかられた。

たそがれ時、山間に分け入って、月が昇るのを待ち、〝田毎《たごと》の月〟を眺めたら、どんなにいいかと思った。その話を弥彦にいる間に先生にしてみようと思った。

先生をちらりと見た。

両手を大きなお腹の上にちょこんと置いて気持ち良さそうに眠むっている。

今回、先生の着てきたジャケットは、去年、上野のアメ横で買った千鳥格子の模様だった。

『サブロー君、おとなしくないかね？』

そう言って大きな千鳥格子の柄のジャケットを持ち上げていた先生の姿がよみがえった。

あの時にはひどく大きな柄に見えたが、先生がこうして着ているととてもよく似合っている。

――チャーミングだ。

上野駅のプラットホームで弁当を物色しながら先生は明るい声で言った。

「厄介な仕事がひとつ終ってね。今回は正々堂々と〝旅打ち〟に出てきました」

「それはよかったですね」

「はい。よかったです。サブロー君、ビールのツマミだがホタテとコバシラどちらがいいですか」

「先生のいい方で」

「コバシラは固そうだからホタテにしましょう。温泉タマゴはどうしますか」

「弥彦に行けば本場の温泉タマゴが食べられるんじゃないですか」

「そうだね。じゃ普通の茹《ゆ》で卵にしよう」

「煎餅《せんべい》もこんなにあるんですよ」

ボクは上野の地下で買った煎餅の袋を持ち上げてみせた。

「煎餅と卵は違うものでしょう」

やがて電車がゆっくりと弥彦の駅に着いた。

先生は計ったように目を覚まし、いつもの顔をして周囲を見回し、ボクの顔を怪訝そうな表情で見てからニヤリと笑った。


村の競輪場は、先生の言ったとおり博奕場とは思えないほど長閑《のどか》な空気が漂っていた。

神社の境内の一角を村が借り受けて、そこにちいさな競輪場をこしらえている。競輪場は見事な杉木立に囲まれていた。鬱葱《うっそう》と茂る緑葉のむこうに鳥居や灯籠《とうろう》が淡い影となって浮かんでいるさまを眺めていると、金のやりとりだけに現《うつつ》をぬかしてしまう鄙賤《ひせん》な気持ちがやわらいでくる。

それでもこの数日は、年に一度の村の競輪場にしては大きな規模の開催なので、全国から手強い打ち手が集まっている。先生は相変らずスタンドの隅で陽射しを浴びながら眠むっている。その表情には苦悶の様子はなく何か愉しい夢でも見ているように思えた。

上野駅のプラットホームで先生が言った言葉がよみがえった。

『厄介な仕事がひとつ終ってね。今回は正々堂々と〝旅打ち〟に出てきました』

先生がそれを直立不動の姿勢で威張ったように口にしたのが、ボクには可笑しかった。厄介な仕事というのはボクが何度か読んだ、あの精神に異常をきたした男の小説のことなのだろうか……。

去年の年の瀬、立川競輪場からの帰り道で先生から分裂症のことを聞いた。

ああいう類いの小説を書いていて先生は自分がおかしくならないのだろうか。

――ならないはずはないよな……。

きっと夜な夜な格闘しているに違いない。

それでもなお小説を書く理由は何なのだろうか。ボクに思いがおよぶはずはなかった。

先生の休んでいるスタンドを振りむくと、相変らず気持ち良さそうにしている。

時折、先生の顔を知っている男たちもいて、その姿を見つけると、宝物でも見つけたような表情をして連れとささやき合っていた。

ギャンブル場は誰がいようがいちいちかまわないところがいい。人にからむのは酔っ払いか、薬物に塡《はま》った者で、その連中とて暴れることはない。暴れたところで相手をする者もいない。千人以上の人間が一点だけに神経を集中させて遊んでいる。そのありさまは、楕円形《だえんけい》の沼に大勢の男が膝まで水に浸《つ》かり、飛び跳ねてくる獲物を狙っている姿と似ている。大魚もいれば雑魚《ざこ》もいる。つかんだと思った瞬間、スルリと手の中から獲物は滑り落ちていく。それでも皆が時間になると仕切り直して沼の中にぞろぞろと入ってくる。見方によれば愚行この上ないものだろうが、何ものかをつかみとるという行為は人間の本能に近い部分を刺激しているのはたしかである。長くギャンブルを続けると、濁水に浸かっていることも何ものかが飛び跳ねることも、それをつかみとることさえもが幻のように思えてくる。

十五分、三十分先に起こることを推測し、それを絵図に描き、描いた絵に惜しげもなく金を放り込む。遊びと言ってしまえばそれまでだが、普段人が為《な》している行為もこれと大差はないような気もする。

「やあ、今何レースですか」

先生がようやく起き出して隣りに座った。

「10レースです。あと2レースですね」

「そう。5レースは何が来ましたか？」

「5レースは少し荒れました」

「何、本当ですか」

「ええ、本命は飛びました」

「もしかして中部ライン？」

「そうです。狙ってたんですか」

「うーむ。ちょっとトイレに行ってきます」

先生が座席に競輪新聞を置いて行った。それがバンクからの風でふわりと浮き上がったので、ボクはあわててつかんだ。その新聞に赤鉛筆で無数の印がつけてあった。見ると赤鉛筆だけではなくボールペンで細かく買い目が書き込んであった。

――昨晩、自宅で検討したんだ……。

こんなことはこれまでの旅では一度もなかった。よほど愉しみにしていたのだろう。

５レースを見ると、買い目がひとつ的中していた。それならどうして起こすように言ってくれなかったのだろう。自分としては先生がうつらうつらとする直前に、何か買い目があるなら言っておいて下さい、と念を押したつもりだが、そう伝えるのを忘れたかもしれない。そうだとしたら悪いことをした。

戻ってきた先生が少し口惜しそうに言った。たぶん場内のレース結果表を見てきたのだろう。

「いい配当だったね。買いそこねたのをマイナスと見るか、初日から予想が当たりに寄っているとしてプラスと見るか、難しいところだね」

「それはプラスと見るべきでしょう」

ボクが言うと先生は嬉しそうに歯を見せて笑った。欠けた歯に愛嬌があった。

「あれっ？　先生、左の前歯少し欠けました？」

「うん、気付きましたか。数日前、ドロップを噛んでたらね。私、歯はどうしようもないんです。子供の時はいい歯だったんですが」

「健康優良児ですか」

「そうそう。賞状まで頂きました」

「それはスゴイ」

「はい、スゴイことでした」

「歯は治しておかないといけないですよ」

「そうだけど。Kさんにいい歯医者を教えてもらったんだけど、Kさんの知り合いだからあまりひどい歯を見せるのも失礼だしね。だからその歯医者に行く前に、どこかで少し治してから行こうと思ってます」

「ハッハハハ」

ボクが笑うと先生も笑い出した。その話はKさんから聞いたことがあった。

「そんな名前の温泉があるんだ？」

競輪場から乗り込んだタクシーの中で先生が訊いた。

「そうなんです。ボクも最初驚いて、観音寺《かんのんじ》温泉なんて知りませんでした。でも四国の競輪場のある街と同じ名前なら何となく面白そうなのでそこにしました」

「そういう縁っていいですね」

車はしばらく村の中を走っていた。大鳥居が見える。やがて勾配のある山道を上りはじめた。

新緑の木々が美しかった。開け放った車の窓から草の匂いがした。

「ああ綺麗だね……」

先生がぽつりと言った。

先生の視線の先に、水を湛えた棚田が傾きかけた陽射しを受けてかがやいていた。水田のひとつひとつが鏡のように照り返し、それぞれの光が重なり合ってプリズムの光線を放っていた。

「本当ですね」

「いいものですね。水田というのは」

「そうですね。これから田植えなんですね」

「…………」

先生は道がカーブしても、その水田を振り返っていた。

雑木林を抜けると、そこだけ山の麓に囲まれるようにして宿はあった。

石垣を組んだ上に民家と旅荘をつけ足したように建てられていた。

「何だか砦《とりで》のようだね」

先生が言った。

「本当ですね」

「ここの旦那は鉄砲も撃つから……。東京からハンターもよく来て泊ってるよ」

タクシーの運転手が言った。

ボクと先生は顔を見合わせた。

運転手がクラクションを鳴らした。誰も出てこない。ほどなく裏手から頬かぶりをしたモンペ姿の老婆があらわれた。

「やあ、元気だな、あの婆さん。あれで今年九十五歳だよ」

「ほお～っ」

と先生が声を出した。

ボクたちが車から降りて挨拶すると、

「今、源泉のパイプが洩れてて、それ見に行ってってっけ、まあ上がってくんなせや」

と運転手が言ったように元気でよく通る声で言った。

老婆は先生の顔をまじまじと見ていた。ボクももうこれには慣れたのだけど、先生とどこかに出かけると、先生の姿を初めて目にした人が、何か特別なものにでくわしたような表情をして先生をしばし見つめることがよくある。

相手が老人で場所は辺地でのことが多い。そんな時、先生は顔をうつむき加減にしてじっと相手が眺め終るまで待っている。その折の彼等の独特な表情と先生の戸惑ったような表情をどう説明していいのかボクには上手く言えないのだが、ともかくそういうことがよくあるのだ。

まったく逆の場合もあって、先生の顔を見た途端、急に表情をやわらげて嬉しそうにする人もいる。こちらは先生にやたらなついて、興奮しているのがあからさまにわかる。

「じっき戻ってくるすけ」

老婆は言って裏手に消えたが、ボクたちが宿の玄関にいると、彼女が木桶《きおけ》を運んできた。

「まあ足でも洗ってれ」

ボクと先生は顔を見合わせた。

これまで二人でいろんな宿に泊ったが、水の入った桶を持ってきた宿は初めてだった。

「洗ってやろかね」

老婆が先生を見た。

「いや、自分でやります」

先生は玄関の上がり框《かまち》に座って靴を脱ぎはじめた。

老婆がボクを見た。ボクも先生の隣りに座った。

「これじゃ昔の旅籠《はたご》ですね」

ボクが言うと、先生が、

「凶状旅ですね」

と笑った。

表に車が停車した。

「あれ、お義母《かあ》さん、ありがとうございます」

恰幅《かっぷく》のいい女があらわれた。その後から長靴を履いた男が車のキィを片手に入ってきて、またそんなことしたのか、と苦笑いした。

部屋は隣り同士で、それぞれドアがあるのだが、仕切りは壁ではなく襖が打ちつけられていた。

壁のあちこちにシミが浮き出て、畳も所々がささくれて焼けていた。先生には失礼な宿を選んでしまったかと思った。

ドアをノックして先生の部屋に入った。

「大丈夫ですか？」

ボクが様子を訊くと、先生は窓辺に腰を下ろして外を指さした。

窓辺に寄って外を覗くと、切り立った崖の沢の木々のむこうに棚田が見えた。昏れなずむ光の中に棚田が黄金色に浮かかんでいた。幻想的な風景にボクは見惚《みと》れた。

「綺麗ですね」

先生も立ち上がって窓辺に寄り、

「ウ〜ン、落着くね」

ボクたちはしばらく美景を眺めていた。

夕食を階下で他の客と一緒に食べ、部屋に戻った。

先生はこの旅には仕事を持ってこなかったせいか手持ち無沙汰に見えた。

——麻雀か何かしたいのかもしれない……。

でもこんな山里に雀荘があるはずもなく、お互い部屋に入って休むことにした。

ボクは疲れていたのですぐに寝入ってしまった。

人の叫び声のようなものを聞いた気がして、ボクは目を覚ました。

闇の中で声の正体を探ろうと耳をすましたが、それっきり何も聞こえなかった。

——空耳か……。

と目を閉じようとして床がかすかに揺れているのに気付いた。

——地震？

ボクは目を開けた。

たしかに床が揺れている。枕元の灯りを点けた。やはり床が揺れていた。何かが擦《こす》れるような音が聞こえた。

——何だろう。

起き上がって音のする方に近づくと、それが先生の部屋から聞こえてくる音だとわかった。

心配になって音の正体をたしかめようとすると、擦れる音と床の震動が同じ間隔なのに気付いた。

——先生が部屋の中を歩いているんだ……。

ボクは時計を見た。夜中の三時である。

——どうしたのだろう。

部屋の中を歩いている。古い建物だからその震動がこちらの床に伝わってくる。

かすかに口笛に似た音色が聞こえた。よく耳をすましてみると、それは口笛ではなく先生の吐く息だとわかった。

先生は麻雀を打っている時や賽子《サイコロ》を器に投げる前に口をすぼめて息を吸い込み、ゆっくりと口笛でも吹くように息を吐き出す癖があった。その時、時折、口笛に似た音が出ることがある。

ボクは先生の顔を想像したが、こんな時間に部屋の中を歩き回っている先生の姿は怖くて思い浮かべることができなかった。吐息の音は大きかったり、ちいさかったりする。

――様子を見に行った方がいいのだろうか。

どうしたらいいものかと考えているうちに三十分が過ぎた。

先生は大きな手術をしたせいで、走ったりすることはできなかった。雑踏の中を人を掻き分けて巧みに歩く時以外、階段を少し上っても息を切らした。それがもう三十分以上、部屋の中を歩き続けている。

――いくら何でも異常だ。

ボクは起き上がって浴衣を着ると表に出て先生の部屋のドアをノックした。

「…………」

返事はなかった。

もう一度ノックしたが、やはり返事はない。

どうしたものかと考えた。黙って引き返した方がいいのだろうか。

それでもボクは声を殺すようにして、先生、大丈夫ですか、と声をかけた。

やはり返答はない。部屋の中で何か起こっているのだろうかと想像すると、ボクは混乱してきた。

ボクは部屋の前に立っていた。するとドアのノブが音を立てて動いた。

ゆっくりとドアが開いたが、ほんの少しだけ開いたまま止まっている。

「先生、ボクです。サブローです」

部屋の中の灯りは消えていて、そこに先生が立っていると思われるのに、それ以上ドアが開かない。そうしてドアがいきなり閉まった。同時に、カチッと錠が掛けられる音がした。

あらゆるものを拒絶するような鋭い音だった。ボクは身体が硬直した。部屋に戻ると、先生の部屋の震動は止まっていた。

ボクは訳がわからなくなって蒲団の上に座り込んだままじっとしていた。

それっきり明け方まで物音はしなかった。


廊下を歩く足音で目覚めた。

時刻を見ると七時を過ぎている。いつの間にかうとうとしてしまったらしい。

はたきをかける音がする。もう掃除をはじめている。

ボクは窓を開け、眼下の雑木林を見た。

そのむこうに棚田がひろがっていた。朝の陽に水田は黒く光っている。

昨晩の先生のことを思い出した。窓から首を出して先生の部屋を窺うと、窓が開いている。

――もう起きているんだ。

ボクは先生の部屋のドアをノックした。返答がない。廊下を掃除していた女性が、もう起きて下にいらっしゃいます、と教えてくれた。ボクは階下に下りた。

「あの、一緒の人は？」

女将に訊くと、

「裏山の方を散歩するって出て行かれました」

と裏の方を指さされた。ボクは裏山の方に出た。

宿の裏手は山麓になっていて雑木林が三方を囲んでいた。放し飼いの鶏が数羽、餌《え》をついばんで動き回っている。左手に古い農家の造りの家と新しい家が並んでいた。その奥にちいさな鳥居が見えた。

先生はそこに立っていた。

もう出かけるつもりだろうか、コートを着ていた。先生の吸う煙草の煙りが林の奥の方に流れていた。

「おはようございます」

ボクが挨拶すると、先生は笑って手を上げた。

「早いですね」

「うん」

「食事はなさいましたか」

「まだだよ。サブロー君を待ってました」

「それはすみません」

「フッフフ、それは嘘です。よく眠むれましたか」

「は、はい」

先生は昨晩のことは覚えていないように思えた。ボクは少し安心した。

「サブロー君、この実は何だったかね」

先生が左方に聳《そび》える木を見上げ、実を指しめした。

「枇杷《びわ》ですね」

「あっ、そうか、枇杷だね」

「ひとつもぎましょうか」

「食べられるかね」

「大丈夫でしょう」

ボクは農家の軒に置いてあった竹竿《たけざお》を取ってきて実の方に差しのべたが届かなかった。

「それじゃ無理らこて」

声に振りむくと、昨日の老婆が立っていた。

「待ってれ」

老婆は言ってから新しい家の方を振りむき、誰かの名前を呼んだ。甲高い声だった。

「いい声だね」

先生が感心したように言った。

「九十五歳って運転手さんが言ってましたよね」

「そうだね」

新しい家からジャージ姿の男が一人出てきた。

「枇杷、とってやれて」

老婆が言うと、男は面倒臭そうな顔をしてから農家の裏に回り、アルミ製の竿の先に鋏《はさみ》のついたものを手に戻ってきた。そうして石垣の上に登ると、下からあおるように枝を揺らし、器用に枇杷の実を枝と一緒に切り落した。

木の下で待っていた老婆がふたつの枝葉のついた枇杷の実をボクたちに差し出した。

老婆は枇杷の葉を数枚千切って、それを丁寧に束ね、これはわしがもらいますから、
と言った。

「煮物にでもするの？」

先生が老婆に訊いた。

「これは薬に使うの」

老婆が答えた。

「熱冷ましになるんですね」

ボクが言うと、老婆はうなずいて、石垣から下りてきた男に葉の束を渡した。

「大麻じゃないからね」

男は笑って言った。男の言葉を聞いて先生が嬉しそうに笑った。

「おめさん飯喰ったか」

老婆が男に訊いた。

「いらねぇ。飯なんか面倒臭《くせ》え」

「馬鹿言ってるな。飯喰わねぇ人間がどこにいる」

「ここにいるってば、ハッハハハ」

男はボクたちにむかって笑った。

老婆は怒ったような顔をして農家の方に戻って行った。

「あれ、また怒ったな。ハッハハハ」

男はまたボクたちを見て笑った。

「競輪か？」

男がボクを見た。

「あっ、そうです」

「大きいのがあんだろう」

「そうです」

「あげんもん、よくやってんな。ドリンク飲むけ」

「えっ？」

ボクは男が何を言い出したのかよくわからなかった。

「ドリンク飲むけ。朝飯より栄養あんぞ」

「飲みます」

先生がはっきりした声で言った。

その日、競輪場で先生は眠むらなかった。

1レースから脚見せを金網の間近で見てから、テレビのオッズの場所に行き、穴場にもせっせと足を運んでいた。

こんなにやる気のある先生を見るのは初めてだった。

「元気ですね」

「うん、あのドリンクのせいかもしれません」

「飲まれたんですか」

「うん」

男は二本のドリンクを家の中からボクたちに持って来た。

「俺がこしらえたんだ。元気になるぞ。持ってけ」

「はあ……」

それを手に宿に戻ると、店の女将は瓶を見つけて、

「それ、あの子が渡したんでしょう。捨てて下さい。飲むと気持ち悪くなりますよ」

ボクは女将の話を聞いて先生の瓶を取ろうとすると、先生はそれを手元に引き寄せた。

「よした方がいいですよ」

「そうだね」

そう言っていたのに先生はあのドリンクを飲んだという。薬に関ることとなると先生は妙に執念深くなることがあった。

先生はオッズ表示を見ていた。

「大丈夫なんですか、身体は」

「うん、あれはデキストロ系が混ぜてあるね。独特の匂いがしました」

ボクには何のことかわからなかった。

昼になり場内の食堂に入った。

「先生」

いきなり奥の方から大声がした。

見ると店の奥の席にいた四、五人の男が立ち上がって先生に手を振っていた。

彼等はすぐにこちらにやってきて、先生を嬉しそうに見ていた。

「いや、いらしてたんですか。それならご連絡を下さったら、ここの施行者に手配をさせましたのに。先生、紹介します。こちら春日部《かすかべ》で大きな不動産屋さんをやっとられる＊＊さんです」

紹介された男は先生に逢えたことでひどく興奮していた。

「いや、先生にお逢いできるなんて大の感激です」

男は手を差し出し、先生の手を握って何度も振っていた。

ボクはその人の気持ちがわかるような気がした。

「先生、ご無沙汰しています」

白髪混じりの短髪の男が丁寧に頭を下げた。

「やあ＊＊ちゃん、ひさしぶりだね」

先生も嬉しそうだった。

「いや、あの＊＊の連載、素晴らしいですね。今日もこちらに来る電車の中でこいつとその話をしていたところです。あれはいつまで続くご予定なんですか」

「今月で終了です。やっと解放されました。それで〝旅打ち〟です。あの」

先生がボクを皆に紹介しようとした。

「先生、どこで見てるんですか？」

いきなり眼鏡の男が訊いた。

「3コーナーのスタンドだよ」

「そんな所で見ないで、私たちの席に行きましょう。新しいスタンドの、それも最上等の席ですよ。メッセンジャーもいるし。あっ、それに元選手の＊＊さんもいらしてます。先生に逢いたいとおっしゃってました。きっと喜ぶと思いますよ」

その男は先生の手を引いて案内しようとしていた。

先生はボクを見た。

「どうぞ、ボクは少し見たい所もあるんで」

「あっ、お連れですか。君も来たらいい」

眼鏡の男が言った。

「いや、ボクちょっと用があるんで」

「そう……。先生、弥彦はどちらにお泊りなんですか」

「ああ、この近くに」

「おっしゃってもらえれば岩室《いわむろ》温泉のいい宿を施行者に用意させましたのに。いや今からでも間に合うでしょう。田舎芸者ですが、芸者もいるんですよ。これが面白い芸者でしてね」

「ありゃコンパニオンだって」

仲間の声に皆が笑い出した。

先生はボクを見て言った。

「サブロー君も行こうよ」

「ボク、その間に用を済ませてきますから。じゃ最終レースが終ったらスタンドで待っています」

「そう……」

先生は皆と一緒に食堂を出て行った。

用があるのは嘘だったが、先生の仕事の関係者もいたのでボクは遠慮した。それに今しがたは一言も口をきかなかった編集者の顔に見覚えがあった。

いつだったか銀座の酒場で、おまえのような奴が先生にまとわりついてるから先生の仕事が進まないんだ、と怒鳴った男だった。

ボクは席に座り、目の前にある食べ残しの先生のカツ丼を見ながら、

——珍しいな、残して行くなんて……。

と思った。

葉桜になった木の下にボクと先生と男は座っていた。

月が中天に昇ろうとしていた。

先生は老婆が持たせてくれたバスケットの中の鶏身を美味しそうに食べていた。

ボクは一升瓶に入ったにごり酒を茶碗《ちゃわん》に注いで飲んだ。

背後の雑木林から山鳩《やまばと》の鳴き声がした。目の前の水田から、時折、魚だろうか、水の跳ねる音がした。

「フィッシュ・アー・ジャンピング……」

男が歌っていた。

先生はその歌に合わせるように、大きな身体を揺らしていた。

「サマータイム……」

男の歌声が急に甲高くなった時、背後の雑木林からゆっくりとした調子で聞こえていた山鳩の鳴き声がにわかにせわしなくなった。

――どうしたんだ？

どこからともなくざわめきが聞こえた。

――これはもしかして……。

ボクはうしろを振りむきたかったが、それができなかった。

怖かった。男の歌声はさらに高調子になっている。怖くて男を見ることもできなかった。

歌声も、鳴き声もテンポがどんどん速くなっている。そうしてそれらの声が遠ざかる。

その時、車輪の響く音がかすかにした。

太鼓の音もした。

ボクは唇を嚙んだ。

――よりによってこんな時に……。

ボクは膝の上に置いた手でズボンを鷲づかんだ。

車輪の音が少しずつ大きくなっている。

発作がはじまろうとしていた。

ボクは顔を上げて棚田のむこうにある山を見た。遠景を、空とか海とか、かわらずにそこにあるものを眺めるのがいいと医者に言われていた。

月明りに輪郭をこしらえている山の稜線《りようせん》を見た。目を凝らして眺めていると、視界の上方に見え隠れする光があった。それは、中天に浮かんでいるはずの月が狂ったように上下している姿だった。

かすかにしか聞こえなかった太鼓の音がはっきりと聞こえ出し、棚田の周囲を駆け巡るたくさんの幌馬車の車輪の音と蹄の音が地響きのようにひろがっていた。

――何とかしなくては……。

あせればあせるほど取り囲む馬車の輪が挟まっていく。身体が小刻みに震え出し、鳥肌が立っている。なのに額からはぽたぽたと汗が零《こぼ》れ落ちる。

取り囲む馬車が迫ってくる。目の前を一台の幌馬車が駆け抜けた。ボクはあわてて身をのけぞらせた。すぐに背後からボクの頭の上を一頭の馬が飛び越えて行った。今度は首をすくめて、その場に四つん這いになった。顔を上げると、正面から裸馬に乗り顔に白いものを塗りたくったインディアンが一人、斧《おの》を手にこちらにむかってくる。ボクを狙っている。ボクはあわてて四つん這いのまま泥水の中を右に左に駆けずり回る。

今度は幌馬車が一台、車輪の音を響かせてこちらに突進してきた。身を隠す岩も灌木《かんぼく》もない。ブルブルと身体が震え出し、手足の筋肉がつったように硬くなっていく。

「助けてくれ」

ボクは叫んだ。

叫んだところで誰も救いに来てはくれないとわかっていても、発作の度に叫んでしまう。

「助けてくれ」

怯《おび》えた犬のようにうろたえながら、ボクは泥水の中を逃げまどっていた。

その時、四つん這いになって泥水の中に埋っていたボクの手がゆっくりと何かにつかまれたような感触がした。ボクは思わず手を引っ込めそうになったが、もう片方の手にも、その感触は伸びて、ボクの両手は何かに包まれたようになった。

生暖かい感触だった。

包まれた手が静かに持ち上げられ、顔を上げると、そこに先生の顔が月明りに照らされていた。

「大丈夫だ」

先生は言った。

「大丈夫だよ。連中は去って行ったよ」

「………」

ボクは何も言うことができず、ただ何度もうなずいていた。

そうしてボクは意識を失った。

目を覚ますまでの間、ボクはずいぶんと遠くまで歩いていた気がした。たしかな記憶ではなかったが、そこは光にあふれている場所で、山の尾根伝いともつかない、何やら高所にある道のようなところを歩いていた。ボクは誰かに手を引かれていた。手を引く人が誰なのかわからなかったが、弟のような気がしたので声をかけた。

「どうしてるんだ？　この頃は」

「うん、普通だよ」

弟は、昔のままにあっさりと返答したように思う。その道がどこに続く道なのかも、どうして歩き続けているのかも、ボクは尋ねなかった。歩かなくてはならない道のようだった。

風が吹いてくるわけでも、鳥の声や、何か別の物音がするわけでもなかった。ずいぶん長い間、歩き続けた。誰かに逢うこともなく、何かに遭遇するでもなかった。途中、嫌になることもなく、ただ歩いた。

特別な感情を抱くことなく歩いた。自分のこころの片隅に、

――いつかここの道を歩く時が来ると感じていた……。

と奇妙な納得をしていた。

あるいは、そんなことも考えていなかったのかもしれない。ただひたすら近しい人に手を引かれて歩いていた。不安はなかった。かといって安堵もなかった。道が目の前にあり、ただ歩き続けた……。

目を覚ました。視界の中にきらめく満天の星を眺めていると、その道を今しがたまで歩いていたことがよみがえった。

流れ星がひとつ右から左に音もなく視界の中を渡っていった。

声がした。話し声と笑い声がかわるがわる聞こえた。

——誰が話しているんだろうか。

目覚めたばかりで、自分がどこにいるのかすぐに理解できなかった。両手を視界の中に持ち上げた。ざらざらとしているのは乾いた泥のようだった。

——なぜこんなに手を汚したんだ？

また笑い声がした。話し声が続いた。聞き覚えのある声だった。

先生の声だ。

ボクは上半身を起こした。見ると先生は茣座《ござ》を敷いた畔道《あぜみち》の上で男と二人で酒盛りをしていた。

周囲を見ると、水を引き入れた水田が四方にひろがっていた。その水田を囲むように雑木林が連なっている。

——そうか、ここは弥彦だ。

自分がいる場所がわかった。先生がボクを見た。

「やあ」

先生は笑って手を上げた。ボクはぺこりと頭を下げた。

「おう、目が覚めたか」

男が言った。

宿の裏手に一人で住んでいた男だった。

「こっちで一杯やろう」

男の声に先生を見ると、莫座の上に胡坐をかいて、ボクにむかってちいさくうなずいていた。

——ここに来て、一杯やりましょう。

そんな表情だった。ボクは立ち上がろうとして衣服が泥だらけなのにも気付いた。

——発作だ。発作がやってきたのだ。

なのに今、頭痛も残っていないし、発作の後にやってくる気味が悪いほどの疲労感もなかった。

その時、ボクは泥水の中でのたうち回るようにしていた自分を思い出した。

あの車輪の音や蹄の地面を揺らす恐怖は嘘のように失せ、皓々とかがやく月明りの下で、先生は男と何事もなかったように酒盛りをしていた。

ボクは両手を見つめた。

先生の大きな手がボクの両手をゆっくりとつかむのが見えた。

『大丈夫だ』

先生の声がよみがえった。

『大丈夫だよ。連中は去って行ったよ』

やさしい瞳がボクを見つめていた。

ボクはもう一度周囲を見回した。草の匂いを含んだ風が流れ、山鳩の鳴き声がしていた。

——あの発作から脱出することができたんだ……。

これまで何度も試みて、一度として克服できなかったことができたことにボクは興奮し、同時に戸惑っていた。

「おーい、こっちに来いんしゃい」

男が言った。

「は、はい」

ボクは畔道のそこだけが広くなった場所に行った。

「よく休んどったな。何かいい夢でも見とったんかね」

「いやあ……」

ボクが頭を搔くと、先生は目を細めてボクを見ていた。

ボクは先生の顔を正面から見ることができなかった。どう礼を言っていいのかわからない。

二人の間に座ると、男が一升瓶に入ったにごり酒を茶碗に注いだ。

「まあ一杯」

男の差し出した茶碗を受け取った。

「どうも」

ボクは男と先生に碗をかかげて酒を一気に飲んだ。喉が渇いていたせいもあってか腹の中に沁《し》み込むように酒が入っていった。身体の奥に刺さっていた棘《とげ》が取れたような爽快な気分だった。

「おう、いい飲みっ振りだ。もう一杯」

男が一升瓶を差し出した。

「ではもう一杯だけ。これで結構です」

「まあそう言わず……。ねぇ、先生」

いつの間にか男は先生と呼んでいた。ボクが眠むっている間に先生といろいろ話したのかもしれない。

男は先生の茶碗に酒を注ぐと、また歌を歌い出した。

「ジョージア、ジョージア、ジョージア、オン、マイ、マインド――」

ハスキーな声だった。先刻は気付かなかったが、男の歌からは妙な哀愁が伝わってきた。

先生は男の歌が気に入っているようで、酒の入った茶碗を両手で持って目を閉じ上半身でリズムを取っていた。先生と男とボクの周囲を田植え前の水を引いた田圃《たんぼ》がぐるりと囲み、その上を夜風が滑るように流れていた。

月は中天にかがやき、棚田に目をやると〝田毎の月〟が浮かんでいた。

男の歌が終った時に先生が訊いた。

「ジャズはどこで覚えたの？」

「新宿だ。別に勉強したわけじゃない。譜面も何も読めやしない」

「歌は耳で覚えたものが一番だよ」

先生の言葉に男は少しはにかんだような顔をした。

「シンガーと暮らしていたんだ。クロとのハーフでいい女だった」

「むこうの連中は身体の中にリズムが入ってるからね」

「死んじまったよ。薬の打ち過ぎでね。若いというのは限度を知らないからな。残ったのは酔っ払った時に出てくるこの歌だけだ。けどそれもずいぶんと歌っちゃいなかった」

「そうなんだ……。人の記憶ってのは厄介なものだからね。忘れていたものが何かの拍子にぽんとあらわれる」

先生が言った。

「まったくそうだ。宿の女将に聞いたかもしれないが、俺は半年前に女房と二人の子供を亡くした。タンクローリーに正面衝突して三人とも即死だ。オフクロがしばらくおとなしくしてろと言うから、こんなふうにしてるが……」

そこで男は言葉を止めて酒を飲んだ。ボクは男にそんなことが起きていたとは思わなかった。

先生はじっと手元を見ていた。

「つまらねぇ話をしたな。アンチャン、もう塩梅《あんばい》はいいのか」

男が先刻のボクの発作を気にかけてくれた。

「は、はい。迷惑をかけました」

ボクは男に会釈し、先生に頭を下げた。

「ちっとも迷惑じゃねぇ」

「うん、まったくそうだ」

先生はそう言ってうなずいてから男を見た。

「好きにやればいいんですよ。なるようにしかなりませんから」

「そうだな、先生の言うとおりだ。なるようにしかならないものな。さあもう少し飲もうや」

男がにごり酒の瓶をかかげた。

「それは少し腹に溜り過ぎるね」

「そうかね。じゃウィスキーでも取ってこようか」

「いや、それも大変だ」

「けどこのドブロクはなかなかなんだがな……」

「その酒は少し危なそうだからね」

先生が笑って言った。

「じゃ、いいもんがある」

男は上着のボタンを外し、腹巻きを見せると中から白いちいさな紙袋を出した。

「朝のドリンクより効くぞ」

男は紙袋からカプセルを出し、掌《てのひら》に載せて、そのひとつを口に入れた。

そうして口の中にそれを含んだままくぐもった声で、

「どうですか。どうぞ遠慮なく」

と先生にすすめた。先生は身を乗り出して男の手の上のカプセルをじっと覗いていた。

「珍しいもんだね」

「わかりますか」

男は少し自慢気に言った。

先生の太い指が伸びてカプセルをひとつ摘まみ上げた。

先生はそれをいとも簡単に口に入れ、ゴクリと喉を鳴らして飲み込んだ。

ボクは先生が少しは品定めをするのだろうと思っていたから、呆気なく飲み込んだのに驚いた。

——大丈夫なんだろうか。

先生は、悪戯好きの少年がするように舌舐《したな》めずりをしていた。そうして身体の反応を待つように少し首をかしげていた。

「うん、これはなかなかよさそうだ」

「そうかね、それはよかった。どうだい？　アンチャンも」

男が掌に残ったカプセルを差し出した。

「いやボクは……」

「サブロー君、これは上質だし、そんなに強いもんじゃないよ。あとにも残らなそうだ」

先生が言った。

「よくわかってるね」

ボクは男の手からカプセルを取った。鼻先に近づけて見てみると、白とピンクのカプセルは、お洒落だった。

——先生はどうしてこういうものに目がないのだろうか。

見ると、先生も男も薬の反応を待つかのように身体をじっとしたまま目を閉じていた。

しばらく時間が経つと、先生と男は、ボクが聞いていて他愛もない話をしては、お互いのことを指さしたり、顔を見合わせて笑い転げていた。

男が豪快に、ワッハハハと笑えば、先生はハッハハハと応え、先生が、イッヒヒヒッと笑うと男もヒッヒヒヒと卑猥《ひわい》に笑い返した。見ていて、その反応が先刻のカプセルのせいだとわかったが、薬の媒介がなくとも二人は馴染み合っていたように思えた。先生の目も男の目もぎらぎらとしていた。ついさっきまではボクのことを気にしてか、二人は時折、ボクに声をかけていたが、もうボクのことは二人の眼中からは失せていた。

男が笑い転げている。腹をかかえて、もう止めてくれというような仕草をしつつも、急に目を剝いて二言、三言口にする。その言葉に今度は先生が腹を揺すって笑う。耳を澄ましても二人が何を言ったのか聞こえない。よほど二人の聴覚が敏感になっているのだろう。その上二人の話題はひとつの話から枝葉を延々と伸ばしている。時折、卑猥な単語が飛び出し、それが可笑しくてたまらないといったふうである。

ボクは男にすすめられたカプセルを飲まなかった。薬が自分の体質に合わないのは以前に経験してわかっていたし、よく効くと言われる薬ほど、後に来る疲労感が嫌だったし、一度ならず自己嫌悪の裏返しなのか暴力を振るってしまったことがあったからだ。

それでも自分一人がとり残されたようで、どうしたらいいものか戸惑っていた。

笑うだけ笑った男が急に黙り込んだ。

見ると先生は目を閉じていた。

何やら舞台の幕が降ろされたように静寂がやってきた。

月はすでに西方に傾き、田毎の月は帯状に揺れていた。

「チキショー」

男がいきなり叫んで立ち上がった。

ボクは驚いて男を見上げ、先生も目を覚ました。

男は足元にあった酒瓶や茶碗を蹴散らかし、煮物の皿を拾い上げ水田にぶちまけた。

ボクは男が先生に危害を加えるのではと、あわてて男と先生の間に割り込んだ。

「チキショー」

男はさらに大声を上げ上着を脱ぎ捨て、ずかずかと水田の中に入った。そこで肌着も脱ぎ捨て、しゃがみ込んだかと思うと両手一杯に田圃の泥を鷲づかんで頭の上に持ち上げ、何事かを叫んで、それを水田に打ち捨てた。

水田に波紋が立ち、映った月が千切れるように動いた。

男は靴を脱いで、水田の中に投げ捨て、ズボンを脱いで、それを振り上げるように捨てた。田圃に両手を突っ込み、泥をつかんでは投げつけた。

「＊＊＊」

男は名前を叫んでいた。

それは女の名前だった。一人だけの名前ではなかった。名前を呼んでは泥を水底からえぐり取り、それをぶちまけ続ける。先生とボクは畔道の端に立ち、男の様子を見ていた。

どうしたらいいのかボクにはわからなかった。ただ男の声が胸の底にまで響いて、泣きそうになった。やがて叫ぶ声が泣き声のように聞こえはじめた時、男は、ウオッゥウゥー、ウオーッと獣のような呻《うめ》き声を上げたかと思うと、いきなり両手で自分の首を絞め上げた。

ボクは先生を見た。先生は素早く上着を脱ぎ、上半身素裸になって巨体を揺らしながら水田に入ると、男を背後から抱きかかえた。

男のむせび声に、先生の声が重なった。それは声というより、先刻の笑い声に似ていた。

先刻の、あの明るい男にかえそうとしているのだと思った。

先生の手を振りほどこうとする男に先生は必死でとりすがっていた。熊が交尾をしているような奇妙な姿態だった。男が身体を反転させた。二人が抱き合う恰好になると、先生の声も男の声も泣いているように聞こえはじめた。

二人を見ていて知らぬ間にボクも泣き出していた。ボクはよろよろと水田に入った。

二人に近づこうとすると、いきなり笑い声がした。

ハッハハハと甲高い声で二人は笑い出し、その場にへたり込んだ。

そうしてまたお互いの顔を見て笑い合った。

先生が水を両手で叩いた。泥水が跳ね返り、先生と男の顔に当たった。今度は男が同じように水を叩いた。大きな音がしてボクにまで泥水がかかった。

二人はまるで赤児が行水でもしているように水をかけ合っていた。

先生が突っ立っているボクを手招き、そばに来るようにうながした。ボクは上着と靴を脱ぎ捨て、先生と男のそばにしゃがみ込んだ。

生温かい泥水の感触が下半身に伝わり、心地好かった。ボクも笑い出し、二人がするように泥水を叩き、水底から泥をつかんで、それを思いっ切り投げ捨てた。

――これはいい気分だ。

ボクがさらに水を叩くと、先生も男も嬉しそうに同じことをくり返した。

突然、男が立ち上がった。

そうして西の空に浮かぶ月を指さし、

「ヨイッショ、アラ、ヨイショ」

と何やら景気のいい掛け声とともに両手を座敷舞いのように右に左に突き出し、アラ、ヨイショ、コラ、ヨイショと足を右から左に、左から右に出しながら踊り出した。男は顔一杯に笑みを浮かべ軽妙に身体を動かした。見事なものであった。

男が振りむき、先生とボクを誘《いざな》うように手招いた。先生は立ち上がり、これまた器用に手を右に左に動かし、足を巧みに動かして、ヨイショ、ヨイショと言いながら男について行く。先生はボクを見て、さあ君もとうなずいた。ボクも先生に続いた。ヨイショ、ヨイショ、ヨイショ……、少し先まで行った男が踵《きびす》を返し、先生とボクに近づいてきた。男の踊りは妙に艶っぽく、時折、股間を隠すような仕草をした。男が踊りながらパンツを脱ぎ捨てた。

それを見て、先生も裸になった。ボクも裸になり、ヨイショ、アラ、ヨイショと声を合わせて踊った。

三人が顔を見合わせては大笑いし、男が剽軽《ひょうきん》な顔を突き出すと、先生もボクも唇を突き出し、ひょっとこの顔をした。それを男は喜んで、さらにぐしゃぐしゃの顔をしたり、逆にとりすました顔をしてみせる。

掛け声に合わせているだけなのに、ボクの耳の底で祭り囃子《ばやし》のような音がたしかに聞こえていた。

見ると月は西方で震えるように揺れてかがやき、棚田に映った月明りは錦繍《きんしゅう》の帯のように蠢《うごめ》いていた。その光に包まれ踊りに興じる先生と男の裸体は惚れ惚れするほど美しかった。

青森

先生と青森で待ち合わせた。

珍しく先生は競輪の取材を依頼され、競輪専門紙の編集者と現地に先乗りしていた。

その数日前、ボクは京都から上京し、Kさんに挨拶に行った。

六本木の酒場で、ボクと二人で行った弥彦の逸話をKさんから訊かれた。

「弥彦の特観席で面白いことがあったんだって？」

Kさんが嬉しそうに言った。

何のことかわからず、ボクが特観席には行かなかったことを話した。

「そうなんだ。実はあそこでこんな話があったらしいんだ……」

その時、そこに居合わせた者からの話――だった。

先生は昔馴染みの知人や編集者とともに弥彦競輪場の特観席で競輪を打っていたという。

特観席は眺望のよい所にこしらえられていて、レース自体も見易《みやす》く、一般席のように夏の猛暑や冬の木枯しに吹かれることもない。その上、いちいち自分で広場まで車券を買いに行かなくとも各部屋にメッセンジャーと呼ばれる女性が控えていて、専用の買い目表がついた封筒に現金を入れれば済む。的中した時もメッセンジャーの女性が払い戻しの現金を換金してきてくれる。

その日、最終レースが終ってほどなく、先生と同行した人の中にはそのレースの的中者がなかったので皆が引き揚げようとすると、メッセンジャーの女性が的中者の払い戻しの金が入った封筒を持って来て、おめでとうございます、と言って、一人の男にそれを置いて行った。皆驚いて、その人を見た。よく見ると彼女のミスで、違う客の払い戻し金を置いて行ったらしい。封筒の中身をたしかめると結構な金が入っていた。皆は色めき立ち、これで今夜宴会をやろうということになり、とんだ拾い物だと喜んだ。

その時、先生がぽつりと言った。

「その程度の金で、あの女の人の一生を傷つけるのもどうなのか」

その一言で金は返されたという。

「先生らしい話だろう」

Kさんが美味そうにウィスキーを飲みながら言った。

「そうですね。先生らしい話ですね」

「その話を先生に直接訊いてみたんだ」

「そうなんですか」

「何と言ったと思う？」

「さあ……」

「もう少し金額が多かったら考えてもよかったんだが、だと」

「ハッハハハ」

二人して笑い合った。

「『狂人日記』、本になったね。サブロー君、読んだ？」

「はい」

「どうだった？」

「驚きました」

「それだけ？」

「怖いような……、いや、可哀相な気がしました」

「可哀相って、主人公が？」

「主人公も他の登場人物も……」

「てことは、先生もそういうことかもしれないね」

「そう思いました」

「文学って、ああいうことなのかな……」

Kさんがぽつりと言った。

「文学ですか。ボクにはわかりません」

「書いてないの？」

「ええ、先生と逢って、いろんなことがわかったように思います」

「そうなの。例えば……」

「小説を書くって人は持って生まれた資質があるように思います」

「才能のこと」

「それも勿論あるんでしょうが、もっと違う根元のようなものが……」

「でもそんな小説家ばかりじゃないぜ」

「そうなんですか」

「そりゃ社会の縮図と一緒さ。本物もいれば贋物もいる。だから面白いんだよ」

Kさんの口から贋物という言葉を聞いて、いつか四国の湊浦で、釣宿の主人から先生が〝雀聖〟と色紙に書いて欲しいと頼まれ、ようやく書いた言葉が〝贋雀聖〟だったのを思い出した。

「先生は贋物なんかじゃありませんから」

「そりゃ、勿論だ。けどどうかな？　当人はどう思っているか」

Kさんは言って、グラスのウィスキーを飲み干した。

夏以降、それまで定期的に頭痛をともなって生じていた焦燥感は失せていたし、ましてや発作も起こらなかった。何かが特別かわったとは思えないのだが、怖れ、怯えという感情がボクの中から失せ身体が少し楽になっていた。

ボクは青森にむかう飛行機の中で、先生の新しい本の中の一節を思い出していた。作品の中で、己を狂人と自覚している主人公が、唐突に吐露した一言だった。

『自分は誰かとつながりたい。自分は、それこそ、人間に対する優しい感情を失いたくない』

その一節を読んだ時、この一年半、先生とさまざまな場所を旅し、そこで見た先生の姿が浮かんだ。

機内アナウンスがあり、霧のために青森空港に着陸が難しいかもしれないので、青森まで行き様子を見て羽田《はねだ》に引き返すかもしれないと告げた。

飛行機は雲の中を機体を揺らしながら着陸を試みようとしていた。機体がひどく揺れはじめた。ボクは目を閉じた。

こんなに揺れる飛行機に先生が同乗しなくてよかったと思った。

降下していたはずの飛行機が、突然、機首を上げて急上昇しはじめた。乗客の中からちいさな悲鳴がした。飛行機は左右に揺れながら旋回していた。

――無事に着陸できるのだろうか。

掌に汗を搔いているのがわかった。

青森へは先生と別々に入る予定になっていた。

先生は東京を出て、岩手の一関《いちのせき》の知人の所に寄り、そこから青森にむかうと言っていた。先生と待ち合わせているので、何としても青森に降りたかった。

競輪場のスタンドにぽつねんと座っている先生の姿が浮かんだ。

飛行機は二度目のランディングをはじめた。やがてドーンと激しい音を立てて着陸した。

窓から外を覗くと霧が立ち込めていた。タラップを降りると肌を刺すような冷気に触れた。秋の終りというより、もう冬を迎えているのではと思った。

競輪場にむかった。先生の姿はなかった。場内をあちこち探した。食堂にも、子供用の遊び場のベンチにもいない。

――一緒に電車に乗って来るべきだった……。

ボクは気になって一度競輪場の外に出て、乗合バスの停留所の周辺を歩いた。以前、千葉の競輪場で、先生が乗合バスの停留所までやってきて、そこで睡魔に襲われ、ベンチでずっと眠むっているのを見つけたことがあった。競輪場の裏手、選手の出入口へも行ってみた。やはり姿はなかった。最終レースが終ってもしばらくスタンドにいた。先生はあらわれなかった。

心配になってきた。Kさんに電話を入れようかと思った。人影の消えた競輪場を先生の姿を探しながら出口にむかった。車券売り場が目に留まり、今日は一レースも車券を買っていないのに気付いた。

公衆電話で予約しておいた宿に電話を入れた。

先生からの伝言が入っていた。明日の午前中に、競輪場に入るということだった。

安堵した。同時にどこか途中の駅で迷ってしまったのではないかと思った。

その夜、一人で食事を摂り、酒を飲んだ。

弥彦以来、ボクは酒を飲んでも、必要以上に何かを怖れたり、怯えたりすることがなくなっていた。発作の兆候はまるでなかった。グラスの中のウィスキーを見ながら、自分は先生に助けてもらっているのに電車で同行できなかったことを悔んだ。

——明日の朝、青森駅へ迎えに行こう。

そう思ってベッドに入った。

天井の薄闇を見つめながら、ボクは独り言をつぶやいていた。

……ボケ、チョビ、ヒラ、小僧、ケチ、小人のスペイン人、船乗り……。それは先生の小説に登場するさまざまな男たちの名称や職業だった。

先生の頭の中にある風景が自分にも見えればいいのにと思った。

——きっと見てしまうと大変なんだろうな……。

そんなことを思いながら眠むってしまった。

目覚めるとまだ夜は明けていなかった。

駅にむかおうと思ったが、ボクが競輪を打たずに駅で待っていたとわかると、先生が済まなそうにしてしまうと思った。宿を出て、朝帰りの酔っ払いたちを見ながらタクシーを拾って競輪場に行った。

「えらい早いんだね」

タクシーの運転手が言った。

ボクは返答もせず、まだ人影もない競輪場でタクシーを降り、駐車場の隅にあったベンチに腰を下ろし、夜が明けるのを待った。

いつの間にかボクは眠むってしまい、途中せわしない小鳥のさえずりを聞いた気がした。車のクラクションの音で目を覚ました。見ると周囲には車があふれていた。

新聞を売る女がボクを見て笑っていた。ボクも笑い返した。

——こんなに賑やかになっていたのに、どうして目を覚まさなかったのだろう。

ベンチから立ち上がり、乗合バスからぞろぞろと降りて来た乗客の中に先生の姿を探した。

先生の姿があらわれたのは正午過ぎだった。コートのポケットに片手を入れ、片方の手に紙袋をさげていた。

「すみません、迎えに行かないで」

「いいんだよ。サブロー君、ちょっと用を済ませて来るから、これ頼んでいいかな」

先生は紙袋を置いて、元来た方向に歩いて行った。紙袋を足元に寄せるとひどく重かった。よくこんなに重いものをさげてこられたものだと思った。

先生は一時間余り戻って来なかった。

——誰か連れでもあるのだろうか。

戻って来た先生はぼんやりとバンクの中を疾走する選手を眺めていた。いつもと様子が違っていた。

——どうしたのだろう。

今度はきょろきょろと周囲を見回しはじめた。

「どなたか見えるんですか」

ボクが訊くと、先生は驚いたように目を開き、じっとボクの顔を見返した。そうして何も言わずゆっくりと首をかしげた。

「体調が良くないんですか」

「いや、そんなことはありません」

「電車の中ではお休みになれましたか」

するとまた首をかしげた。先生の顔をあらためて見るとひどく疲れているように思えた。足元の紙袋を引き寄せると何かを探しはじめた。やはり落着きがなかった。

——もしかして……。

ボクは先生の様子を窺った。

またきょろきょろと左右を見たり、目を細めてスタンドのむこうの山影を見ていた。

——そうに違いない。あの気動車にずっと追い駆けられているに違いない。

今度はボクが先生を助ける番だ。

ボクは先生の手を握った。先生は驚いたように身体をビクッとさせた。

ボクは先生の手を引き、競輪場を出てタクシーに乗り込むと運転手に宿の名前を告げた。その間中、先生はボクの手を握っていた。タクシーが走り出すと、先生は安心したように眠むり出した。ボクはその寝顔を見て安堵した。

翌夜、競輪新聞の記者のAさんが一緒になり、少し賑やかな夕食になった。

先生はAさんの話を聞きながら、うとうととしていた。やはり先生は疲れていた。その疲れが何のせいなのかはわからなかった。

今日もまた、あの重い紙袋を手元に置いたまま大切そうにしていた。

一度、袋の中からレコードを出し、そのジャケットをじっと見ていた。

「古いレコードですね」

「うん、ずっと探していたレコードでね」

先生はそう言ってジャケットのビニールに付いた汚れを唇をすぼめて息をかけて拭っていた。

——大切なものなんだ……。

その夜も落着きがなかった。

ボクは心配になって、二軒目に立ち寄ったバーから先生を連れて早々に引き揚げた。

昨夕同様、ボクは先生の手を握って宿に戻り、部屋に送った。

最終競輪の日、先生はようやく車券を買いはじめた。

それでも途中、車券を買いに穴場に行ったきり一時間余り戻ってこなかった。

——何があったのだろうか。

決勝戦の最終レース。先生もボクも、そして二人で作った会社の車券も外れた。

「ツイてませんでしたね」

「そうだね」

「帰りましょうか。今から空港に行けば出発まで一時間半あります。空港の食堂で残念会でもやりませんか」

「サブロー君」

「何でしょうか」

「飛行機は君一人で行ってくれますか」

「切符は二人分予約してありますよ。Aさんの会社の仕事の原稿代と言ってましたし」

「それはかまわないんだ」

「何か用がおありなんですか」

ボクが訊くと、先生は目を伏せて黙った。

「実は、このところ……、私、ちょっと運勢がおかしくてね」

「はあっ？」

「う～ん、何と言ったらいいか。少しおかしい具合でね。私が同乗すると危険だから、君一人で行ってくれませんか」

「えっ？」

ボクは先生の顔を見返した。何と返答したらいいのかわからなかった。

「……そうなんだ。妙なことを言って済まないが万が一ということもあるから……悪いがサブロー君、君一人で飛行機に乗って帰って下さい」

「じゃあボクも電車で帰ります」

「サブロー君、言うとおりにして下さい。今は別々に動いた方がいいんだ。私を信用して下さい」

先生の真剣な目を見て、それ以上何も言えなかった。先生を青森駅まで送ってボクは空港にむかい、羽田から関西へむかう最終便に乗った。

青森駅で見た先生の目がよみがえった。どうしようもできないものに捕えられている小動物の哀しい目に似ていた。機中でも、乗継ぎのターミナルでも、ボクはいたたまれない気持ちになっていた。

新宿

年が明けて二月、ボクは内幸町《うちさいわいちょう》にあるホテルに出かけた。

ジャケットを着るのは何年振りかのことだった。

先生の小説が文学賞を受賞し、その受賞パーティーに招かれた。

数日前、六本木の中華料理店でKさん夫妻とIさんで先生の受賞祝いをした。

Kさんと夫人の喜びようを見ていて、こちらまでが嬉しくなってしまった。

「先生、賞金で今年の秋は上海《シャンハイ》へ蟹《かに》を喰いに行きましょう」

「いや、あれはもう全額手がついています」

ハッハハとIさんが甲高い声で笑う。

皆先生の力量が評価されたことを当然だと思いながら、先生の力をあらためて再認識し、誇りに思った。皆しあわせな夜だった。

ホテルのロビーに入り、待ち合わせたティールームに行くと数人の人が談笑していた。Kさん夫妻、Iさん、鮨屋の主人、バーのマスター、銀座のママ……誰もが顔をかがやかせていた。

授賞式に続いてパーティーが催され、会場は人であふれていた。

胸に花を飾った先生の所に祝いを告げる人が列をなしていた。

ボクは会場の隅にIさんと二人で立っていた。

「なかなかのもんだね、これは」

Iさんが感心したように言った。

「そうですね。驚きました」

「サブロー君」

Iさんは遠くにいる先生を眺めながら、

「君もさ。こつこつとやっていれば、こういうことにぶつかることがあるんだよね」

と独り言のように言った。

「それは違っています」

ボクが言うと、Iさんはボクを見返した。

「どうして？」

「ボクにはこんなことはありません。それに小説を書くのはとっくにあきらめましたから」

「そうなの？」

「ええ、この二年、先生を見てよくわかりました。けどボクは先生に出逢えて本当によかったです。Kさんとあなたには本当に感謝しています」

「それはボクも同じだよ。ねぇ、ぼちぼちここを抜け出して二次会までどこかで一杯やりましょうか」

「そうですね」

ボクはIさんと二人で新橋の地下にあるバーに行った。

「さっきの話だけど……」

Iさんが言った。

「何のことです？」

「君の小説の話だよ。先生は君の小説を誉めていたよ。Kさんも誉めてた。それに先生はサブロー君は書くようになるんじゃないかとも言ってた」

「……………」

ボクは黙ってしまった。

今の気持ちを正直に話してしまうとIさんに失礼だと思ったし、Iさんがボクに気を遣ってくれていることもよくわかった。

「書く人と、それ以外の人。このふたつしかないらしいね」

「はあ……」

「ボクはプロってのがいまだによくわからなくてね。それで生計を立ててると言ってしまえばそれまでのことだけど、そういうことじゃないんだよね、プロって」

「はあ……」

「ほらっ、生計と言ってもさ、これはお金の問題じゃないでしょう」

ボクは二次会には出席せず、Iさんと別れてから東京駅へ行き新幹線に乗った。

電車が静岡に近づく頃、冬の夜空に富士山が黒い稜線を見せていた。

初めて先生と旅に出た日、電車が富士山を通過するまでうつむいたまま汗を掻いていた先生の姿がよみがえった。

数日前の中華料理店での祝宴の後、ボクは先生と二人で新宿二丁目のバーに行った時のことを思い出していた。

「サブロー君、ちょっと一軒つき合ってもらっていいかな」

「かまいません」

「新宿二丁目の店をどこか知ってる？」

「えっ、新宿二丁目ですか？　ゲイバーですよね」

「うん、そうなんだ。いや、そっちの趣味があるわけじゃないよ。別にあっても不思議はないんだけどね。ハッハハハ」

先生は笑った。

「実は次の小説のことで見てみたいことがあってね」

「そうなんですか。どんな店がいいんですか。すっきりした店もありますし、ハードな店もあります。けどそっちは覗いたことはあまりありません。女装と、そうじゃないのはどちらです」

「女装ではない方です」

「わかりました」

ボクは知り合いのやってる店にむかった。

新宿二丁目にむかう間、先生は次に取りかかる小説の話をボクにした。そんなことは初めてだった。

「その主人公というのが、それまでキングと呼ばれる人に下僕のように仕えていたんだけど、或る日突然、主従関係が逆転するというか、下僕の冴《さ》えない男にまぶしいくらいの脚光が当たってね……」

先生は興奮して話し続けた。

ボクは少し面喰らっていたが、先生が懸命に話している姿を目にするだけで嬉しかった。

店に入ると、先生は驚くほど人気があった。嫉妬を感じるほどだった。先生はかわるがわるやってくる男たちと話をしていた。皆が愉しそうに先生の話を聞いていた。こんな光景も初めて目にした。しかし興奮し過ぎたのか、先生は突然、眠むり込んでしまった。

「あら、噂は本当なのね」

「本当だわ。うん、すごくいい。先生ってチャーミング」

「可愛い」

一人の男が先生の頰に唇をつけようとしていた。

「こらこら、もういいよ」

ボクは先生の隣りに座って、先生が目を覚ますまでウィスキーを飲んだ。

時折、男たちがやってきて、先生の隣りに座らせて、と言った。ボクが笑って首を横に振ると、何よ、デキテルんでしょう、あんたたち、と怒ったように言った。それを聞いてボクはまた笑いながらウィスキーを飲んだ。先生は時々ちいさな声を上げた。その顔は、あの苦悶の中の、それとはあきらかに違っていた。

もしかして、これからの先生の小説は苦しいだけのものではないかもしれないと、その時ボクは思った。それが先生のしあわせそうな寝顔を見た最後の夜だった。

香港・九龍島

長閑《のどか》な春の昼下りだった。

鴨川《かもがわ》沿いの土手に桜が満開に咲いていた。往来する人は皆、春の宴を愉しむように微笑みながら歩いていた。

先生の死を報せてきたのはN君だった。

「先程、先生がお亡くなりになられた報が入りました」

N君は出版社の文芸担当の若い編集者だった。

彼より早くにKさんから先生の危篤をボクは報されていた。Kさんは昨日、京都に来ていた。危篤の報が入り、急遽、先生が入院していた一関の病院に夫人とむかっていた。

N君の電話のすぐ後に電話が鳴った。Kさんからだった。

「亡くなった」

何かを押し殺したような声だった。

「わかりました」

「私はこれから先生について東京に帰る」

「………」

ボクは黙って聞いていた。Kさんの興奮した声で、先生の死がボクの中で決定的になった。

「聞こえてるのか、サブロー君」

「は、はい」

先生の死は、先生を慕う人たちに衝撃を与えた。通夜に駆けつけた人々は皆戸惑い、憤っている人もいた。

Kさんはひどく興奮していた。それまでボクが見たこともないKさんの憤怒が、先生の死が現実であることをボクに否《いや》が応にも伝えた。Kさんがどんなに先生を思っていたかがあらためてわかり、その声を聞く度にやるせない気持ちになった。

Iさんは無気味なほど無表情だった。

信濃町《しなのまち》の斎場で行なわれた盛大な葬儀に参列し、ボクは東京を去った。

先生の一周忌が終り、ボクはIさんと二人で谷中にある先生の墓参りに出かけた。

簡素な墓だった。墓参りのあと、Iさんと二人で新橋のバーに寄った。

「時々、先生のことを思い出そうとするのだけど、どういうわけか、こっちがなるほどと思えるようなことがまったくあらわれなくてね」

そう言ってIさんは真顔で、

「幽霊でもいいから出てきてくれないものかと思うこともあるよ」

とグラスのウィスキーに目を落した。

「……冗談だけどね」

Iさんの目は笑っていなかった。

ボクはこの一年、先生との日々が夢であったのだろうと思い込むようにしていた。その思いから抜け出そうとも考えなかった。

ボクは弟の死、親友の死、妻の死と近しい人間が死ぬ度に動揺し、ゆさぶられてきたから、先生の死はことさら考えないようにつとめた。

『知らん振り、知らん振り』

先生の声を思い出しながら暮らした。

先生が亡くなってからの一年、先生と旅をしたいくつかの競輪場にも行ったが、そこで特別な感慨がわくこともなかった。鐘の音も、車輪が風を切る音も、観衆の怒声も、先生と出逢う以前と何ひとつかわらずにそこにあり、賭して車券を打ち捨て、風の吹きすさぶ博奕場を去り、場末の酒場で夜を過ごした。それは先生と出逢う前からあった自分の日々であった。

　ただひとつ違っている点があるとしたら、得体の知れないものを怖れたり、怯えたりして追い詰められていく、どうしようもなかった感情が失せていたことだった。

　発作も一度として起きなかった。

「もう大丈夫ですから……」

　時折、ボクは酒場の隅で誰に言うでもなくそうつぶやき、泥水にまみれた手でボクの手を握ってくれた先生の温《ぬく》もりを思い出そうと掌を見つめた。

　ボクの言葉を聞いてくれる相手はいなかった。

　相変らず定職にもつけず、他人と寄りそうこともできなかった。

　時折、N君が訪ねてきて、先生の話をして行った。

　先生の未発表の作品が本になったりして、N君は、いろんなことを考えていらしたんですね、とボクに言った。そんな話が出る度に、ボクは新宿二丁目の酒場で嬉しそうに彼等の話を聞いている横顔が浮かぶことがあった。しかしそれもすぐに霧のように失せて、最後に見た寝顔さえ思い出せなかった。

　N君は別れ間際にいつも同じことを言った。

「小説をもう一度書いてみませんか」

ボクは首を横に振るだけで、半年前にN君にはっきりと、そういうことでボクのところに来ても時間の無駄だよ、と伝えておいたからそれ以上何も言わなかった。

それでもN君は何かと用をみつけて逢いに来てくれた。

N君の口から語られる先生の話だけは、ボクは何のわだかまりもなく聞くことができた。

「もうここもそろそろ引き揚げようかと思って」

「上京されますか」

「いや」

「故郷に？」

「いや」

行くあてはなかった。

「引っ越し先が決ったら、必ず報せて下さいね」

——どうして？

ボクがN君を見ると、N君は人なつっこい顔をして、

「あなたに逢ってるだけでいいんです」

と言った。

九龍島《クーロンとう》へ渡るフェリーのデッキから揺れ動くビル群を眺めていた。燕《つばめ》が水面を遊ぶように飛んでいた。

いつの頃からか鳥や虫、花や木々、小動物の目を見ていると、彼等が何事かを話しはじめる気がしてじっと見つめてしまうようになっていた。

フェリーを降りて、スタッフから渡されたメモに記してある料理店の住所を目指して九龍島の繁華街を歩いた。

懐かしい音を耳にして立ち止まった。見ると路地の奥に薄灯りが揺れ、灯りの下で上半身裸の男たちが麻雀を打っていた。そばに行って見物したい衝動にかられたが、時計を見て歩き出した。古い友人が無職のボクのために、その頃流行り出したプロモーションビデオの制作の仕事をくれた。若い歌手の新曲のための映像制作で、ボクはただ撮影を見物していればよかった。その夜が撮影の最終日で皆と食事をする予定になっていた。料理店はすぐに見つかった。古い五階建の建物で、狭い階段を料理を運ぶ給仕たちと上って行った。各階から賑やかな声がした。

まだ誰も着いていなかった。撮影が長引いたのかもしれない。ビールでもやって待つことにした。給仕を呼んだ。なかなかあらわれなかった。少し大声を出した。

おずおずと一人の男が顔の汗を拭いながらあらわれた。その顔を見た瞬間、ボクは手にしていた煙草を落した。

疲れ果てたように首に滴る汗を指で拭いながら男はボクに、まだメンバーが揃わないのか、何かを飲むか、と訊いた。男は新米の給仕なのかどこか怯えているような物の言い方だった。しかしそれ以外の顔は、目も、鼻も、唇も……、すべてが先生と瓜ふたつだった。

男がテーブルの上で煙りを上げているボクの煙草を指さした。ボクはあわてて煙草を拾おうとしたが、指先が震えて上手くつかめなかった。ようやくつかんで灰皿に入れた。

「何か飲みますか」

男の声がやけに遠くで聞こえた。

「ああビールを下さい。青島《チンタオ》ビールを」

青島、青島と男はくり返し、立ち去ろうとした。ボクは声を発した。

「君は、君は、君は……」

ボクの声は段々と大きくなっていた。

男はその声に驚いたのか、怖気《おじけ》づいたような情ない目をして部屋を出て行った。

「あっ、待て、待ってくれ」

ボクは男を追い駆けた。だがそこに男の姿はなかった。若い女の給仕に、今ここにいた男はどこに行ったか、と訊いたが、彼女は言葉が通じないのか、ただ首を横に振るだけだった。厨房《ちゅうぼう》に続く扉を開けたが、そこにはコックたちが忙しく立ち働いているだけで皆がボクを睨み返した。

席に戻り、男を待った。

——先生、こんなところにいたのですか。

ボクはつぶやいた。

待ち遠しかった。

男はあらわれなかった。ビールも来ない。燃え尽きようとする煙草だけが燻《くすぶ》っていた。

大粒の涙がとめどなく流れはじめた。

解説

村松友視

実は、私はこの作品の純粋な読者として、もっともふさわしくないのではないかという不安を、読みはじめる前は感じていた。タイトルロールの〝いねむり先生〟をはじめ、重要な登場人物の〝Kさん〟や〝Iさん〟、その他さまざまな登場人物および作品が進行する中で起る事柄について、あまりにも具体的なイメージを浮かべやすい立場にいすぎる、という自覚があるからだ。それに、私の小説『時代屋《じだいや》の女房《にようぼう》』が映画化されたさい、女性主人公の真弓《まゆみ》を演じてくれたのが、『いねむり先生』の著者たる人の前夫人の夏目雅子さんであったことも、冒頭の不安につながる事情なのである。

私は一九六三年(昭和38)に中央公論社に入社し、「小説中央公論」編集部に配属された。そして、新入編集者として大日本印刷の出張校正室につめていたとき、著者校正のために色川武大《いろかわたけひろ》さんがその部屋に姿をあらわした。大物作家の急な執筆不能によるページの穴埋めとして、すでに編集部があずかっていた新人・色川武大「眠《ねむ》るなよスリーピイ」が急遽《きゆうきよ》、掲載されることになったのだった。私は先輩編集者から、当時三十四歳の色川武大さんを紹介されている。

そのときの色川武大さんは、額が広い総髪といった感じで、ときおり仄暗《ほのぐら》い笑顔を浮かべる頬骨の目立つ細おもて、軀《からだ》つきはスリムに近いという印象だった。

その二年前、色川武大さんは「黒《くろ》い布《ぬの》」で第六回中央公論新人賞を受賞しており、深《ふか》沢七郎《ざわしちろう》、福田章二《ふくだしょうじ》（庄司薫《しょうじかおる》）、坂上弘《さかがみひろし》に連なるこの受賞体験が、色川武大さんの小説を書く者としての矜持《きょうじ》の源となっているらしい、とはかなりあとになって感じたことだった。そして、その矜持が、自身の作品に対する判定のハードルを、異常に高く上げる水脈ともなって、ずっと生きつづけていた、という気がする。

やがて、色川武大さんは本名を封印し、文壇の中枢から身をそらすように、あるいは文壇の水面から深く海底に沈み込むようにして、麻雀《マージャン》小説の阿佐田哲也《あさだてつや》としての名を馳《は》せてゆく。それにつれて、容貌および体軀《たいく》の様子も、いま知られる雰囲気になっていった。そして、「眠るなよスリーピイ」の十一年後、色川武大の名がふたたび水面に浮上した。かかえていた病いが、治療法も分からぬナルコレプシーなる難病と判明し、この宿痾《しゆくあ》を道づれにして生きて行こうとの覚悟が、本名での執筆に結びついたのだともいう。

「話の特集」に連載された色川武大名による「怪しい来客簿《らいきやくぼ》」は評判を呼び、単行本化されるや第五回泉鏡花《いずみきようか》文学賞を受賞した。そのとき、文芸誌「海」編集部に配属されていた私は、当時の編集長塙嘉彦《はなわよしひこ》氏とともに色川武大さんをたずねた。四十八歳になっていた色川武大さんは、シャイな笑顔でなつかしそうに私たちを迎えてくれた。それは、とりもなおさず、中央公論新人賞への郷愁の表情にちがいなかった。こうやって文芸誌「海」における「生家《せいか》へ」の連載が始まり、私は色川武大担当の編集者になった。

そこから、『離婚《りこん》』での直木《なおき》賞受賞、『百《ひやく》』での川端康成《かわばたやすなり》文学賞受賞などで、色川武大の名が文壇の中枢に大きさと重さをもって存在感を示すようになるまでの時間が、いまふり返ってもおそろしいほど短かく感じられる。奔馬のいきおい……他の作家の目にはそのように映ったのではなかろうか。しかし、自分に吹いている思いもかけぬ性急で激しい順風に、色川武大さん自身はとまどいをおぼえていたはずだ。そして、自作を判定する目線は、さらに高くなっていったのではなかろうか。

勝ちつづける気運への博打《ばくちうち》の勘……〝いねむり先生〟の気持の本髄を、『いねむり先生』においてえぐり出した著者ならではのアングルは、色川武大さんに私がいだいていた当時の漠然たる思いへの、魅力的で説得力のある謎解きとなってくれた。作中の〝いねむり先生〟の呟《つぶや》き、「知らん振り、知らん振り」は胸にこたえるセリフだった。

耳のうしろを指で掻《か》き、首をすくめてニヤリと笑うときのいたずら小僧と気の小さい極道が入りまじる目、カッとみひらいた瞳を、上瞼《うわまぶた》でなく下瞼が持ち上がるように閉じていったあとストンと眠りに入るかのごとき一瞬の不思議……『いねむり先生』をバネとして、色川武大さんのいくつかの場面が目のうらに浮かぶものの、小説を読みすすめる邪魔とはまったくならなかった。冒頭に書いた懸念は、気がつけば嘘《うそ》みたいに消えていたのだった。

これは、〝ボク〟〝いねむり先生〟〝Kさん〟〝Iさん〟……いやすべての登場人物が、小説の色に油断なく染められているせいにちがいなかった。阿佐田哲也ファンもまた、おびただしい麻雀小説への記憶を呼び起こしつつ、〝いねむり先生〟と〝ボク〟の旅打《たびうち》に身をゆだねるだろうし、〝怪しい来客〟たる浅草《あさくさ》芸人に思いを馳せる読者もまたしかりであろう。

つまりこの作品は、事実として宙にさまよう無数の蜘蛛《くも》の糸をたぐり寄せ、虚構の巣を編みなおすような、綿密で気の遠くなるような工夫のいとなみによって書かれているのである。

私は、色川武大さんがいだきつづけた、小説を書く者としての矜持の源にある、ひとつの新人賞を主催した会社から派遣される編集者としての、どちらかといえば距離をとったつきあい方に終始していた。ギャンブル、無頼、病魔についても、外側からぼんやりと想像するくらいだった。小説を書く者と作品を受け止める第一の読者たる担当編集者……この真空状態のようなゾーンでの緊密でいささか奇妙な色川武大さんとの関係、これはこれでかなり充実した味わいを私の中に残してくれている。そして、私はあきらかに阿佐田哲也をつつみ込んだ色川武大に偏した担当者だった。

しかし、担当者には色川武大よりも阿佐田哲也に偏したタイプも多く、私よりもっと間近に寄り添い、ギャンブルとも宿痾ともスイングしているらしい何人かも見ている。彼らは、私とも作中の〝ボク〟ともちがう、それぞれの〝いねむり先生〟とともに生きていたにちがいなく、このあたり、色川武大さん特有の幅の広さだ。もっとも、色川武大と阿佐田哲也の境界線なんて、あるようでないのだろう。

作中の〝ボク〟は、つかみ取ったかと思ったとたんスイと指の隙間を抜けて宙へ舞いもどる蛍《ほたる》、あるいは永遠の逃げ水のごときありように翻弄されつつ、〝いねむり先生〟の軀の奥の奥、芯の芯でうごめくマグマに目を凝らし、その正体を見極めようとあがいていく。そのとてつもない気力は、師と定めた〝いねむり先生〟を救うのは自分しかいないという、すさまじい激情をともなう愛から生じている。

そして、それを成し遂げることが、同時に自分を苛《さいな》んでいる懊悩《おうのう》や幻覚との暗闘からの脱出につながるはず……それを胆《きも》に銘じつつ、〝ボク〟は〝いねむり先生〟とはげしく一体化していく。

だが、〝ボク〟はついに師の眠りを奪うマグマの正体をつかめぬまま、〝いねむり先生〟の唐突な死におそわれる。ものがたりは、いったん絶望と空虚に支配される静寂の闇につつまれるが、やがて〝ボク〟の目から流れ出る大粒の涙をともなって閉じる。その涙が、小説を書くことへの〝ボク〟の覚悟の芽生えの暗示ともなっている、と私は受け取った。それは〝いねむり先生〟が宿痾を道づれに生きようとしたことと、かさなる覚悟であったかもしれぬ、と。

これは、色川武大さん亡きあとにおける著者の小説家としての充実した作家活動を知るゆえではなく、長い飛行をつづけた作品のランディングたる最終章への私なりの感触だった。

〝ボク〟は、〝いねむり先生〟の一周忌のあと、かつての自分に微妙にかさなるN君に、「小説をもう一度書いてみませんか」と言われ、それには何も答えぬまま、やがて映像製作の仕事で香港《ホンコン》へ赴き、九龍《クーロン》島の料理店で〝いねむり先生〟の亡霊に出会う……このなつかしさをともなうやわらかいショックにさそい出されたのが、〝ボク〟の小説を書く意志の封印を溶かす涙だった……これこそ自分に偏した読み方であるかもしれぬとは自覚しつつ、私はそんなことを思った。

とてつもない暗闇や絶望や悪夢の代償をともない、とてつもない謎の恩人の死へと向かう途次のはげしいゆさぶりに背を押されたあげく、〝ボク〟はようやくその覚悟をしっかりとつかみ直すことができたのではなかろうか。

読み終えた私は、大きく息を吐き出していた。

それは、かくも厄介でありながら、書くべき宿命にあるこのテーマに取り組んで、ハードロック的パワー、軽演劇的洒脱《しゃだつ》、祭文《さいもん》語り的渋さ、ジャズの粋なリズム、まっすぐな純情、そして悪夢や幻想の場面を書くときのしたたかな文章のひとくだりなどのようなさまざまな色彩を場面に応じてほどこしつつ、いったん奈落の淵《ふち》に落ちた〝ボク〟が、奇跡の出会いによってさらなる過酷なストラグルを強いられたあげく、ついに生還するという、古代神話のごとく骨太な、面白さと怖さにみちた、ひとりの男の成長譚《せいちょうたん》ともいうべきものがたりを書き切ったあとの、著者の充実した疲労感が乗りうつった反応であるのかもしれなかった。

そして、著者にとっての宿命であったとはいえ、この作品の執筆まで、〝いねむり先生〟亡きあと二十二年の時を要したのは、当然のなりゆきであったのだろうというのが、読後にしみじみと残る感慨だった——。

（むらまつ・ともみ　作家）

初　出　小説すばる　二〇〇九年八月号〜二〇一一年一月号
単行本　二〇一一年四月、集英社刊
引用文献　『狂人日記』色川武大（講談社文芸文庫）

伊集院 静

機関車先生

瀬戸内の小島。全校生徒わずか7人の小学校に北海道から臨時の先生がやって来た。体が大きくて目がやさしいが口がきけない先生から子供たちは大切なものを学んでいく。第7回柴田錬三郎賞受賞作。

集英社文庫

伊集院 静

宙ぶらん

逗子の古いホテルに宿賃滞納のまま居続け、無為な日々を過ごしていた私。20年後、大学野球部で同期だったYが自殺したと聞き、当時抱いた宙ぶらんな感情が甦る——表題作など10編。珠玉の短編集。

集英社文庫

集英社文庫

いねむり先生《せんせい》

2013年8月25日　第1刷　定価はカバーに表示してあります。

著者　伊集院《いじゅういん》　静《しずか》

発行者　加藤　潤

発行所　株式会社　集英社
東京都千代田区一ツ橋2-5-10　〒101-8050
電話　03-3230-6095（編集）
03-3230-6393（販売）
03-3230-6080（読者係）

印刷　凸版印刷株式会社

製本　凸版印刷株式会社

フォーマットデザイン　アリヤマデザインストア　マークデザイン　居山浩二

ISBN978-4-08-745099-6 C0193